한국의 명언

김종권 편저

明文堂

머리말

이 책은 우리 선조들이 남긴 말씀 중에 값진 뜻을 지닌 것으로 여겨지는 것을 가려서 지금 세상을 살아가는 우리의 심성에 결부시켜 옛것을 거울삼아 오늘을 경계하며 앞길을 바로잡아 보자는 뜻으로 마련하였다.

내용은 우리나라 역대 선조들 가운데 374명의 말씀을 한 가지씩 골라서, 효도 · 충성 · 화목 · 입지 · 학습 · 수신 · 처세 · 근검 · 선정 · 호국 · 인덕 · 절의 · 예절 · 지략 · 용맹 · 안분 · 언어 · 준법의 18편으로 분류하였다. 그 참뜻을 이해하고 올바른 얼을 찾아서 값진 삶의 자세를 가다듬어 보게 하였다.

그리고 선조들의 인물 선정은 말씀을 위주로 하여 역사와 문헌에 나오는 사실 중에서 인생의 실생활에 교훈이 될만한 것을 옛 신라 · 고구려 · 백제 · 통일신라 · 후삼국 · 고려 · 조선 · 구한국에 걸쳐 실었는데, 자료는 《삼국사기(三國史記)》 · 《고려사(高麗史)》 · 《조선왕조실록(朝鮮王朝實錄)》 등의 사서와 《고려인물지(高麗人物誌)》 · 《국조인물고(國朝人物考)》 등의 문헌과 개인의 저서, 언행록, 문집 등을 주로 하였고, 가려 뽑는 것은 저자 나름의 주견에 따라 하였다.
저자는 이 책을 내면서 사람이 세상에 태어나서 주어진 분수에 따라 살다 가는데, 그 값진 삶의 가치를 인류의 역사나 문화유산으로 남기고 가는 사람이 그 얼마나 되는지 생각해 보았다. 그 많은 사람 가운데 후세까지 그 말이 오랫동안 사람의 입에 오르내리는 사람은 매우 적을 것이라 믿는다.
다시 말하면, 인류 역사를 통하여 수많은 사람 가운데서 어떤 사람은 백 년을 살면서도 그 후손에게조차 값있는 말 한마디나 본받을 행실 한 가지 남기지 못하고 간 사람이 있는가 하면, 어떤 사람은 60년을 살면서도 헤아릴 수 없을 만큼 많은 말, 값진 글과 책, 훌륭한 행적을 남겨 놓은 사람도 있고, 또 어떤 사람은 30년도 살지 못하고 세상을 떠났는데 그가 남긴 말이나 행동이 세상 사람을 영원히 감동 감화하게 하고 인류의 삶에 본보기가 되게 한 사람도 있다.
말은 인생의 뜻을 여닫게 만드는 열쇠이다. 말은 사상면으로는 선과 악을, 인륜면으로는 사랑과 미움을, 도덕면으로는 진실과 거짓을, 정치면으로는 안정과 혼란을, 행실면으로는 성공과 실패를, 경제면으로는 건설과 파괴를, 문화면으로는 창조와 침체를, 사회면으로는 질서와 문란을, 대외면으로는 전쟁과 평화를, 생활면으로는 행복과 불행을 결정하는 힘이 된다.

그런데 말은 참되고 미덥고 깨끗하고 바르고 부드럽고 사랑스러운 데서 값진 빛을 낸다. 예컨대 한마디의 참된 말은 사람의 마음을 감동하게 하여 그 생사를 가름하는 힘이 있는 것과 같다.

선조들의 참된 말과 글에는 국혼(國魂)을 불러일으키고 삶의 바른길을 열어주는 고귀한 얼이 깃들어 있다. 그 얼을 찾아서 마음가짐과 몸가짐을 다잡고 힘차게 살아가는 것이 올바른 도리다.

우리는 오랜 역사와 찬란한 문화를 자랑하는 한국 사람이다. 지금 국토가 양단되고 민족이 분열된 험난한 처지에서 그 어려움을 이겨내고 평화 통일의 성업을 완수해야 할 사명이 우리에게 있다. 이런 때일수록 선조들이 온갖 국난을 극복하고 국토와 민족과 문화를 지켜 우리에게 물려준 그 거룩한 얼을 이어받아 보다 자유롭고 평화롭고 잘 살 수 있는 나라를 이룩하여 자손만대에 계승 발전시켜야 한다.

요즘 우리나라에는 나를 알자, 우선 내 것을 알고 그 가운데서 좋은 근원을 찾아서 보다 슬기로운 힘을 기르고 잘살아보자는 소리가 높다. 이에 수반하여 젊은 학도들까지도 선조들의 문화유산 보존에 정성을 쏟는 한편, 귀중한 문헌과 한문 고전을 연구하는 기풍이 일고, 나아가서는 우리의 근본 체통과 아름다운 문화 전통을 이어받아야 한다는 기운이 크게 전개되고 있는데, 이는 실로 기쁜 일이다. 저자도 이런 흐름에 힘입어서 조그마한 뜻이라도 기울여 보겠다는 마음으로 선조들이 남긴 귀중한 문헌을 살피면서 뜻한 내용을 가려서 하나의 책으로 마련하고, 그 이름을 《한국의 명언》이라고 붙였는데, 실은 "우리의 명심보감(明心寶鑑)"이라고 하면 어떨까 하는 생각도 해 보았다.

끝으로 이 책을 출판하는 데 물심양면으로 도와주신 출판사 사장님과 여러 벗에게 진정 고마운 뜻을 표하며, 아울러 이 책을 읽는 독자 여러분은 잘못된 점이 있으면 바로잡아 주고 많은 가르침이 있기를 바라는 마음 간절하다.

설악산인(雪嶽山人) **김종권**(金鍾權) 씀

차 례

효 도 편

[孝道 : 부모를 잘 섬기는 도리]

1

내가 만약 사실을 밝히면 곧 어머니의 죄악을 드러내어 부왕에게 근심을 끼쳐 드리게 되니, 어찌 효도하는 도리라 하겠는가?

– 호동왕자(好童王子, ?~32. 고구려 3대 대무신왕의 아들)
삼국사기三國史記

호동왕자가 낙랑국을 굴복시킨 뒤 신망이 두터워지자, 왕비는 차비 소생인 호동왕자가 태자가 될까 근심하여 왕에게 참소하였고, 왕은 그 말을 믿고 호동왕자를 처벌하려 하였다. 이때 호동왕자는 이 말을 남기고 칼을 물고 엎드려 죽었다.

2

신하가 임금에게, 아들이 어버이에게, 아내가 남편에게는 마땅히 그 은혜와 의리를 다하여야 할 따름이다. 그 아버지가 억울하게 죄를 뒤집어썼는데, 그 아들이 되어 어찌 차마 구원하지 않으랴?

– 김륜(金倫, 1277~1348. 고려 충숙왕~충목왕 때 현신)
고려사高麗史

충혜왕이 원나라에 불려갈 때 모든 재신(宰臣)이 그 뜻을 따르려 하자, 김륜이 신병을 무릅쓰고 달려 들어가 소리 높여 그 불가함을 말한 내용의 머리말이다.
충숙왕이 원나라에서 5년 동안 있을 때, 심왕(瀋王) 왕고(王暠)가 원나라 세력을 업고 왕이 되려 하여 많은 사람이 심왕을 임금으로 삼자고 서명하였으나 그는 홀로 서명하지 않았다. 그들은, "중의를 어기다가 후회하게 되리라." 하니 김륜이 꾸짖기를, "신하가 되어 두 마음을 갖지 않는 것이 본분인데 후회가 무엇인가?"라고 하였다.

3

가정에서는 나라에 충성하고 어버이에게 효도하는 법도를 전승하도록 하고, 사회에서는 대대로 남에게 인자하고 공경하는 가풍을 지키도록 하라.

-이도(李祹, 1397~1450. 조선 제4대 임금 세종대왕)
전의이씨가훈全義李氏家訓

세종대왕이 효자 이정간(李貞幹)에게 그 지극한 효성을 칭찬한 글이다. 이정간은 벼슬하여 강원도 관찰사를 지냈으나 늙은 어머니의 봉양을 위하여 벼슬을 그만두고 서원의 송천별장으로 물러나서 어머니를 섬겼다. 당시 어머니의 나이는 102세이고, 이정간은 80세였으나 어머니 곁을 잠시도 떠나지 않았고, 기쁜 얼굴로 새 새끼를 희롱하며 입에 맞는 음식을 대접하여 어머니를 즐겁게 해 드렸다. 사람들은 이를 '노래의 놀음〔노래희老萊戱〕'이라고 하였다.

4

옛 성현이 사람의 다섯 가지 윤리를 펴서 아버지와 아들은 사랑이 있어야 한다는 덕목을 맨 먼저 놓고, 세상에 죄가 3천 가지가 있으나 효도하지 않는 것을 가장 중대한 죄로 삼았다.

– 김시습(金時習, 1435~1493. 조선 전기의 학자. 생육신)
국조인물고國朝人物考

다섯 가지 윤리에서 어버이와 아들의 사랑이 먼저이고, 잘못한 죄는 3천 가지 중에 불효가 가장 크다는 뜻이다. 김시습은 세조가 단종을 내몰고 왕위에 오르고, 이어 성삼문(成三問)·박팽년(朴彭年)·이개(李塏)·하위지(河緯地)·유응부(兪應孚)·유성원(柳誠源) 등이 단종 복위를 도모하다가 참형을 당하자, 남몰래 배를 타고 시신을 거두어 노량진 산으로 옮겨 묻었다. 그리고는 책을 모두 불태워 버리고 속세를 떠나 중이 되었는데, 이때 나이 21세였다.

5

선조의 아름다운 업적이 없는데 이를 찬양하는 것은 속이는 일이고, 착한 일이 있는데 알지 못하는 것은 밝지 못한 일이고, 알면서도 전하지 않는 것은 사람답지 못한 일이다.

– 이자견(李自堅, 1453~1529. 조선 성종~중종 때 문신)
국조인물고國朝人物考

조상의 자취를 올바르게 알고 자손들에게 전승하여 잘 알게 해야 한다는 뜻이다. 이자견은 윤리를 존중하여 자손들에게 사람답게 살아야 한다고 훈계하였는데, 이 말도 그 훈계 중의 한 구절이다.

6

부모를 섬기는 데는 효도와 공경을 근본으로 삼고, 처자를 대하는 데는 화목과 온순을 먼저 하도록 하고, 가정을 다스리는 데는 절약과 검소를 중요한 일로 삼고, 세상을 살아가는 데는 겸손과 사양에 힘쓰도록 하라.

– 정렴(鄭礦, 1506~1549. 조선 중종·명종 때 학자)
북창집北窓集

부모를 섬기고, 처자를 대하고, 가정을 다스리고, 세상을 살아가는 데는 효도와 공경, 화목과 온순, 절약과 검소, 겸손과 사양이 중요한 일이라는 뜻이다. 정렴은 말하기를, "조상을 받드는 데 예법을 따르고, 자손 중에 나쁜 사람을 사귀어 음탕한 짓을 하거나, 인륜 도덕을 망가뜨리는 사람이 있으면 재산을 나눠 주지 말라."고 하였다.

그리고 근사록(近思錄)과 소학(小學)은 인격 수양에 길잡이가 되니 잘 공부하라고 하였다.

7

나는 불민하여 선조의 위업을 추락시킬까 두려워하며 살아가는데, 너희들도 또 스스로 잘 살아갈 도리를 생각하지 않고 우리 조상을 욕되게 하려느냐?

- 심강(沈鋼, 1514~1567. 조선 명종 때 문신)
국조인물고國朝人物考

자식 된 도리로서 조상의 위업을 조금도 잘못되게 해서는 안 된다는 뜻이다. 심강은 자제를 가르치는 법도는, 반드시 친히 글로 써서 가르치고 힘써 배우고 삼가 실행에 옮기게 하였으며, 조금이라도 잘못하는 일이 있으면 반드시 이 말로 깨우쳤다.

8

효도는 모든 행실의 근원이 되는데, 한 가지 행실이라도 잘못하는 점이 있으면 효도는 참된 효도가 될 수 없다.

- 이황(李滉, 1501~1570. 조선 중기의 대학자)
해동속소학海東續小學

모든 행실은 효도가 근원이 되는데, 한 가지 행동이라도 잘못하면 효도하는 사람이 될 수 없다는 뜻이다. 이황은 선조의 부름을 받고 중요한 정사를 상소하였는데, 그 요점은 계통을 존중하여 인과 효를 온전하게 하고, 참소와 이간을 막아 양궁을 화합하고, 성학을 돈독히 하여 나라 다스림의 근본으로 삼고, 도덕을 밝혀 성실하게 몸가짐을 닦아 천리에 순응할 것을 역설하였다. 선조는, "경의 도덕은 옛 성현에 뿌리 박았다."라고 하며, 성학십도를 병풍으로 만들어 좌우명으로 삼았다.

9

효도와 공경은 위로는 사물의 이치를 연구하여 지식을 확실하게 하고, 아래로는 몸을 닦고 가정을 정제하고, 나라를 다스리고, 세상을 평화롭게 하는 도리이다.

- 노진(盧禛, 1518~1578. 조선 선조 때 명신)
국조인물고國朝人物考

어버이에게 효도하고 형을 공경하는 행실은, 마음을 바로잡고 뜻을 참되게 하고 사물의 진리를 연구하고 아는 것을 확실하게 하여, 몸을 닦고 가정을 정제하고 나라를 다스려야 세상이 태평하다는 뜻으로, 효도와 공경의 근본 도리를 자제들에게 훈계한 내용이다.

10

효도는 모든 행실의 근원이다. 소학 책에는 그 내용이 구비되어 있다. 잘 읽고 마음에 명심하고 힘써 몸가짐에 실행할 것이다.

- 심집(沈諿, 1569~1644. 조선 선조·인조 때 문신)
국조인물고國朝人物考

효도는 행실의 근본인데, 그 내용이 소학(小學)에 있으니 잘 읽고 잘 알아서 몸소 실행에 옮기라는 뜻이다. 심집은 어버이에게 효도하는 정성이 지극하였는데, 이는 어려서부터 늙을 때까지 한결같았다. 항상 자제들에게 어버이에게 효도하고 형제간에 우애하는 도리를 훈계하였다.

11

가정의 법도는 충성과 장렬과 효도를 근본으로 삼으라. 나라의 안위를 염려하여 집안일을 잊는 것을 충성이라 말하고, 외적의 침략을 이겨내고 국난을 극복하는 것을 장렬이라 말하고, 어버이를 위하여 정성을 다하는 것을 효도라고 말한다.

- 천만리(千萬里, 17세기. 조선 선조 때 무관)
천씨가훈千氏家訓

가정의 법도는 충성과 장렬과 효도를 근본으로 삼으라는 뜻이다. 천만리는 또 자녀들에게 훈계하기를, “가정을 다스리는 법도는 성실하고, 건전하고, 잘 배우고, 잘 실행하고, 정직하고, 화목하고, 인내하고, 근면하라. 모든 일을 참되고 진실하게 하고, 굳건하고 온전하고, 널리 공부하고, 착실히 실행하고, 일 처리를 정직히 하고 화목하고, 더러운 일도 참고 견디고 부지런하고 검소하게 살도록 하라."고 하였다.

12

어버이의 나이가 백 살을 넘는다 하더라도 비유하면 한순간이니, 나중에 비록 잘 봉양하려 한들 뜻대로 되겠는가? 생각이 이에 미치면 오장이 불타는 것 같으리라. 다만 자손들이 나를 대하는 데 불효한 것만을 알고, 나 자신이 어버이를 받드는 정성이 박하여 소홀히 하고 근심스럽게 한 것을 모르면, 하늘은 반드시 그를 죽인다. 그래서 세상에 죄악이 3천 가지가 있는데 어버이에게 효도하지 않은 죄악을 으뜸으로 하였으니 가히 두렵지 않으랴?

- 안후열(安後說, 1632~?. 조선 숙종 때 학자)
규범선영閨範選英

어버이를 섬기는 것을 시간으로 따지면 잠깐이니, 나중에 뉘우치지 말고 살아계실 때 효성을 다하라는 뜻이다. 아울러 불효는 모든 죄악 중에서 가장 큰 죄임을 명심하라는 뜻이다.

13

충신을 구하려면 반드시 효자 가문에서 찾아야 한다. 그런데 효자라고 해서 반드시 충신이 되는 것은 아니고, 충신이라고 해서 반드시 효자가 되는 것은 아니다.

- 김창흡(金昌翕, 1653~1722. 조선 숙종 때 학자)
국조인물고國朝人物考

충신과 효자의 참된 뜻을 설명하고, 나라를 위하여 목숨을 바칠 수 있는 인재는 효도하는 가문에서 찾아야 한다는 뜻으로, 벼슬하는 인재에 관하여 논한 내용이다.

14

아버지와 아들이 나라에 충성하고 어버이에게 효도하는 일로 해서 죄를 지었으니, 비록 죽더라도 무슨 부끄러움이 있겠느냐? 나는 이를 결코 슬프게 생각하지 않으니 모름지기 염려하지 말라. 오직 자신의 몸 보전을 천금으로 여기고, 가문을 이어가는 것을 큰 의리로 삼는 것이 옳으리라. 아아, 위로 사당이 있으니 잘 지키도록 하고, 아래로 어린 아우가 있으니 잘 어루만져 가르치도록 하라.

- 임징하(任徵夏, 1687~1728. 조선 숙종 때 문신)
서재집西齋集

옥중에서 아들에게 보낸 유계(遺誡)로, 부자가 충효로 죽는 것을 부끄럽게 생각하지 않으니 종사를 잘 받들고 어린 아우를 잘 기르라는 뜻이다.

15

사람이 세상을 살아가는 데 가장 고귀한 점은 인륜이다. 임금과 신하, 어버이와 자식의 윤리는 사람이 지켜야 할 큰 인륜이다. 임금이 어질고 신하가 충직하고, 어버이가 인자하고 자식이 효성스러워야 곧 가정과 나라가 발전해 다함없는 행복을 누릴 수 있다.

- 전봉준(全琫準, 1853~1895. 조선 고종 때 동학 지도자)
동학당 포고문東學黨布告文

동학당 포고문의 첫머리로, 사람에게는 인륜이 중요하여 임금이 어질고 신하가 충직하고, 어버이가 인자하고 자식이 효성스러워야 나라가 융성한다는 뜻이다.

16

효도는 모든 행실의 근본이다. 사람으로서 어버이에게 효도하지 않는다면 그 밖의 행실은 물어볼 것이 못 된다. 설사 그가 다른 일을 다 잘하고 모든 일에 능통하다고 하더라도 남들은 그를 칭찬하지 않는다. 칭찬하지 않을 뿐만 아니라 그와 함께 세상에 살아가는 것을 부끄러워할 것이다.

- 지응현(池應鉉 ,1867~1957. 조선 고종 때 학자)
붕남실기鵬南實記

효도는 모든 행실의 근본이므로 불효자는 다른 일을 잘 하고 능통하더라도 사람들은 그와 함께 살아가는 것을 부끄러워한다는 뜻으로, 가훈 중 효도에 관한 내용의 머리말이다.

17

가정에서는 나라에 충성하고 부모에게 효도하는 법도를 전승하도록 하고, 사회에서는 대대로 청렴하고 결백한 가풍을 지키도록 하라.

– 허태희(許泰熙, 조선 후기의 학자)
해동윤강록海東倫綱錄

가정의 법도와 세상을 살아가는 신조를 제시한 가훈으로, 나라에 충성하고 부모에게 효도하고, 몸가짐을 청렴하고 결백하게 하라는 뜻이다. 허태희는 또 말하기를, "몸가짐을 잘 닦아서 모든 일에 부지런하고 검소하게 살고, 형제간에는 우애하고, 친척 간에는 화목하라."고 하였고, "남을 접대할 때는 공손하고 삼가고, 아들딸을 가르칠 때는 옳고 바른 도리를 지키도록 하라." "일을 처리할 때는 반드시 공명정대하게 하고, 세상을 살아가는 데는 명예나 이익을 탐내지 말라." "인자하고 지혜롭고 참되고 미덥고 널리 배워 견문을 넓히고, 예의범절을 잘 지키도록 하라."고 가르쳤다.

충 성 편

[忠誠 : 진정에서 우러나오는 정성]

1

따뜻한 봄 화창한 기운에는 초목이 번성하지만, 추운 겨울이 되면 홀로 소나무와 잣나무만이 시들지 않는다. 지금 외로운 성에 구원군이 없어 날로 위태로움이 더하니, 이때야말로 뜻있는 인사와 의로운 사람들이 충절을 다하여 이름을 떨칠 때다.

– 눌최(訥催, ?~624. 신라 진평왕 때 장군)
삼국사기三國史記

눌최는 5군의 장병들이 구원을 포기하고 돌아간 뒤에 장병들에게 이 말을 남기고 끝까지 적과 싸우다가 장렬한 최후를 마쳤다. 따뜻한 봄에는 초목이 꽃피지만, 추운 겨울에는 소나무와 잣나무만이 시들지 않는다는 말은 절개를 뜻하는 말로, 깊은 뜻이 담겨 있다.

2

우리 아버지가 내 이름을 죽죽이라고 지은 것은 나에게 추운 겨울에도 시들지 말고, 꺾어지더라도 굽혀져서는 안 된다는 뜻이니, 어찌 죽음을 두려워하여 살아서 항복하랴?

– 죽죽(竹竹, ?~642. 신라 선덕여왕 때 용사)
삼국사기三國史記

죽죽은 대야성주 김품석(金品釋) 밑에서 나라를 위하여

충성을 다한 용사이다. 평소 그 이름처럼 절개를 지니고 살며 적을 무찌르는 싸움에 용감하였다. 백제가 쳐들어와서 대야성이 함락되어 성주인 품석 부부와 성안의 군민이 비참하게 죽을 때 끝까지 싸우다 죽었다.

3

신하가 되어서는 충성을 다하는 것만 같지 못하고, 아들이 되어서는 효성을 다하는 것만 같지 못하다. 나라의 위태로움을 보고 목숨을 바치면 충성과 효성 둘 다 완전히 이루어질 것이다.

- 김흠순(金欽純, 7세기. 신라 무열왕·문무왕 때 명장. 흠춘欽春)
삼국사기三國史記

신라가 백제를 멸망시킨 황산벌 전투에서 신라군은 백제의 계백(階伯) 장군에게 패하여 더는 진격할 수 없는 곤경에 처하였다. 이때 김흠순은 아들 반굴(盤屈)에게 이 말로 훈계하니, 반굴은 아버지의 뜻에 따라 적진으로 달려가서 장렬하게 전사하였다.
김흠순은 백제를 멸망시키는 데 큰 공을 세우고, 이어 고구려를 멸망시키고 삼국을 통일하는 데 큰 공을 세웠으며, 어진 재상으로서 국태민안을 도모하는 데 힘썼다.

4

나도 화살이 60보밖에 안 가는 까닭을 모르겠소. 아마도 재목이 바다를 건너올 때 그 습기를 받은 탓인지?

-구진천(仇珍川, 7세기. 신라 문무왕 때 유명한 노사弩師)
삼국사기三國史記

당 고종은 신라의 천리노를 만드는 구진천을 초청하여 천리노를 만들라고 하였다. 그는 요청에 따라 활을 만들어 쏘니 30보밖에 나가지 않았다. 고종이 까닭을 물으니, 구진천은 재목이 신라 것이 아닌 까닭인가 여겨진다고 하자, 신라에서 재목을 가져왔다. 그는 그 재목으로 활을 만들었는데 이번에는 60보밖에 나가지 않았다. 이 말은 이때 고종이 까닭을 물은 데 대한 대답이다.

당 고종은 화를 내며 그를 죽이려 하였다. 구진천은, "천리노는 신라의 활이지 당나라의 활이 아니다."라고 대답하며 그 뜻을 굽히지 않았다. 당 고종은 그의 애국심에 감복하여 예의로 대하며 신라로 돌려보냈다.

5

한 나라의 사람으로 신라와 당나라의 대군을 당하자니 나라의 존망을 알 수 없겠다. 아마도 내 처자는 적에게 잡혀 노비가 될 것이니, 그들이 살아서 욕을 당하는 것보다는 시원하게 죽는 것만 같지 못하리라.

- 계백(階伯, ?~660. 백제 의자왕 때 명장)
삼국사기三國史記

백제의 멸망과 운명을 같이한 계백은 싸움터로 나가기에 앞서 처자를 모두 죽게 하여 장례를 마치고 출전하였는데, 애국의 결의는 우리 역사상 유례가 드물다.
5천 명 결사대로 신라 5만 군과 황산벌에서 싸울 때 신라의 어린 군사 관창(官昌)의 충성과 용맹을 가상히 여겨 살려 보낸 일은 인류애적 의협심으로 볼 수 있다. 마지막 남긴 말, "옛날 월나라 구천(勾踐)은 5천 명 군사로 오나라 70만 대군을 쳐부쉈다. 이를 명심하고 싸우자."라는 외침은 실로 최후를 다짐하는 결의가 엿보인다.

6

나는 고려의 신하로 감히 두 마음을 먹지 않는다. 죄가 있으면 천만 번 죽을지언정 살아서 거란을 섬기기를 원하지 않는다.

- 하공진(河拱辰, ?~1011. 고려 현종 때 무장)
고려사高麗史

현종 때 거란주(성종)가 40만 대군으로 서경을 침범하자 나라에서는 적에게 굴복하자는 의논이 있었다. 강감찬의 주장으로 왕은 복주로 피란하고, 하공진은 고영기(高英起)와 함께 적진으로 들어가서 앞으로 왕의 친교와 자신이 볼모가 되는 조건으로 적군을 철수시켰다.
그는 거란으로 들어가서 겉으로는 그 뜻을 따르는 척하면서 속으로는 고국으로 돌아올 계획을 꾸미다가 그 일이 알려졌다. 거란주는 친히 국문하였는데, 그는 죽음을 결심하고 이 말을 하며 뜻을 굽히지 않았다. 두 번 세 번 달래려 해도 듣지 않자 거란주는 마침내 그를 참혹하게 죽이고 미친 듯이 간까지 꺼내어 먹었다.

7

내 임을 그리워하여 울며 살아가니, 저 봄 동산에서 슬피 우는 두견새와 같네. 옳으니 그르니 하는 말을 묻지도 마소서. 다만 지는 달과 샛별만이 알고 있으리라.

-정서(鄭敍, 12세기. 고려 인종·의종 때 문신)
고려사高麗史

의종 5년(1151) 5월에 왕식(王軾) 등이 정서의 잘못을 논하며 처벌하자고 들고 일어났다. 왕은 그들의 뜻을 받아들여 그를 고향인 동래로 귀양 보냈다. 이때 왕은 말하기를, "오늘 가게 하는 것은 조정의 의논에 어쩔 수 없이 보내는 것이니 오래지 않아 반드시 불러 돌아오게 할 것이다."라고 하였다. 정서는 왕의 말을 믿고 1년, 2년, 3년 기다렸으나, 여러 해를 넘겨도 부르지 않자, 이런 임금을 그리워하는 뜻과 아울러 자신의 억울한 사정을 노래하였다.

8

우리 임금께서 시종 베푸시는 은덕을 네 눈으로 보았으리라. 그 은혜를 만분의 1도 갚지 못하고 죽는 것은 운명이다. 너는 내 뜻을 욕되게 하지 말라.

-최기우(崔奇遇, 12세기. 고려 인종 때 문신)
고려사高麗史

이 말은 최기우가 죽을 때 아들에게 남긴 유훈으로, 나라에 충성하라는 뜻으로 한 말이다. 그는 바른말을 잘하였는데, 예종 때 이자량(李資諒)을 장수로 삼아 동북부로 출정하게 하자, "자량은 왕후의 숙부이므로 만일 잘못을 저질러도 처벌하지 못할 것이다."라고 글을 올려 반대하였다.
인종이 즉위하여 이자겸이 정권을 좌우하자, "폐하께서 마땅히 선정을 베풀어 민심을 안정시켜야 하는데, 간사한 무리를 가까이하고 학사 대부를 멀리하시니 이는 신의 바람에 어긋나는 것이오니, 원하건대 늘 편전에 나와 유신들을 만나보며 태조의 유훈을 따라 나라를 다스리소서."라고 말하였다.

9

나라의 환란은 백성의 환란이요, 어버이의 근심은 자식의 근심이다. 어버이를 대신하여 나라의 은혜를 갚는다면 충성과 효도 두 가지 모두 이룰 수 있으리라.

- 김지대(金之岱, 1190~1266. 고려 고종 때 문관)

- 고려사高麗史

김지대는 고종 4년(1217), 거란적을 칠 때 아버지를 대신하여 강동 전투에 출정하였다. 이때 군사들은 모두 방패에 기이한 짐승 그림을 그렸는데, 김지대는 유독 "나라의 환란은 백성의 환란이요(國患臣之患), 어버이의 근심은 자식의 근심이니라(親憂子所憂). 어버이를 대신하여 나라의 은혜를 갚는다면(代親如報國), 충성과 효도 두 가지 모두 이룰 수 있으리라(忠孝可雙修)."라는 시를 써 가지고 있었다. 이것을 본 도원수 조충(趙沖)은 놀라고 기특하게 여겨 그를 불러 중요한 임무를 맡겼다. 그리고 다음 해 조충은 지공거가 되자 김지대를 맨 먼저 발탁하였다.

10

사람은 모두 한 번 죽는 법인데, 어찌 아내가 병들고 자신이 늙었다고 해서 임금을 잊고 스스로 편안히 있으리오?

- 허유전(許有全, 14세기. 고려 충숙왕 때 문신)

고려사高麗史

허유전은 충숙왕이 즉위하자 정승으로 임명되고 가락군으로 봉해졌다. 그런데 원나라에서 충선왕을 토번으로 유배시키자 민지(閔漬) 등과 함께 원나라로 가서 소환을 청하였다. 이때 그의 나이 81세이고, 아내도 병으로 죽게 되었으므로 이를 만류하니, 그는 이 말을 남기고 아들 허영(許英)에게 어머니 병을 시중들 것을 부탁하고 떠났다. 그러나 그의 아내는 그가 떠난 지 9일 만에 세상을 떠나 사람들이 탄식하였다.

11

왕업을 창건하여 그 전통을 이어나가게 한 임금은 그 식견이 원대하고 그 생각하는 것이 깊어서 후세 사람들이 따를 수 없다.

- 이제현(李齊賢, 1287~1367. 고려 후기의 명신 · 학자)
고려사高麗史

충선왕이 일찍이 이제현에게 묻기를, "태조 때 거란이 낙타를 선물로 보내왔는데 이를 다리 밑에 매어두고 먹이를 주지 않아 굶어 죽게 하였다. 낙타는 중국에서 나지 않아도 그들이 이를 잘 길렀는데, 임금은 수십 마리 낙타를 가져도 백성에게는 폐가 되지 않고, 또 받지 않으면 그만일 텐데 왜 받아서 굶어 죽게 한 것인가?"라고 하자, 이제현이 이렇게 대답하였다. 이어서, "태조께서 그렇게 한 까닭은 장차 오랑캐의 흉계를 꺾으려 하고, 아울러 후세에 사치스러운 마음을 막으려 한 것이오니, 전하께서는 이러한 뜻을 삼가 생각하시고, 힘써 실행하여 그 뜻을 체득하소서."라고 하였다.

12

신하가 그 임금을 위하여 죽는 것은 그 직책일 따름이요, 옷을 입고 밥을 먹는 것도 임금의 덕인데, 어려운 일에 임하여 구차하게 죽음을 면하려는 태도는 신이 부끄러워하는 바입니다.

-박순(朴淳, ?~1402. 고려 말·조선 초의 충신)
국조인물고國朝人物考

박순은 이성계(李成桂)와 우의가 깊었다. 고려 우왕이 요동정벌군을 일으켰을 때, 이성계 등과 함께 출정하였다가 위화도회군을 도모하였고, 고려를 무너뜨리고 조선을 세우는 데 공헌하여 벼슬하였다. 조선 건국 초에 왕자의 난이 일어나고 태조 이성계가 함흥으로 자리를 옮겨 나라는 어지러워졌다. 그리하여 함흥차사로 간 사람은 모두 죽임을 당하였다.

이때 박순은 태종에게 자청하며 이 말을 하고 함흥차사

로 가서 태조 이성계에게 환도할 뜻을 갖게 하고 돌아오다 용흥강에서 애석한 죽임을 당하였다. 그가 죽었다는 소식을 듣고 부인 임씨도 자결하여 나라에서는 그 집에 충신 열녀문을 세웠다.

13

나는 곧 상왕(단종)의 신하인데 어찌 나리의 신하가 되리오?

– 박팽년(朴彭年, 1417~1456. 조선 세종~세조 때 학자 · 충신. 사육신)

국조인물고國朝人物考 · 장릉지莊陵誌

박팽년은 과거에 급제하여 집현전 학사로 세종을 도와 여러 가지 편찬 사업에 힘썼고, 문종과 단종을 섬겨 충성을 다하였다. 수양대군(세조)이 단종을 내몰고 왕위를 빼앗자 경회루 연못에 몸을 던져 죽으려 하였다. 이때 성삼문(成三問)은 이를 만류하여 뒤에 상왕(단종) 복위를 도모할 것을 약속하였다.
충청도 관찰사로 있다가 내직으로 들어와 형조참판이 되었을 때 상왕 복위를 도모하는 이른바 사육신의 변고가 일어나 사형에 처하게 되었는데, 이 말은 세조의 심한 고문에도 그 지조를 굽히지 않고 한 말이다. 세조는 그의 재능을 사랑하여 회유하려고 하였으나, 그는 웃으며 세조를 '나리'라고 칭하였다. 세조는 그 입을 찢으며, "너는 이미 나에게 신이라 하였는데 지금 나리라니…."라고 하자, 그는 충청 감사로 있을 때도 신이라 칭하지 않은 사실을 말하며 끝내 뜻을 굽히지 않고 죽었다.

14

내가 상왕의 복위를 도모한 까닭은 하늘에 두 해가 없고, 백성에게 두 임금이 없기 때문이다.

-성삼문(成三問, 1418~1456. 조선 단종 때 충신·학자. 사육신)
장릉지莊陵誌

이 말은 충신은 두 임금을 섬기지 않는다는 충절로 단종 복위를 도모하였다는 뜻으로, 세조의 친국(親鞫, 중죄인을 임금이 직접 국문함)에 대답한 일부이다. 성삼문은 세종 때 집현전 학사로, 박팽년(朴彭年)·신숙주(申叔舟)·최항(崔恒)·이개(李塏) 등과 함께 왕의 총애를 받으며 정사를 보필하였다. 세조가 단종을 내쫓고 왕위에 오르자 예방승지로 국새를 안고 통곡하였으며, 그다음 해 아버지 성승과 박팽년·이개·하위지(河緯地)·유성원(柳誠源)·유응부(兪應孚) 등과 단종 복위를 도모하다가 잡혀서 처참한 형을 받고 죽었다.
그는, "옛 임금(단종)을 복위시키려 했을 뿐입니다. 천하에 누가 그 임금을 사랑하지 않겠습니까? 내 마음은 온

나라 백성들이 다 알고 있는데 어찌 배반하였단 말입니까? 나리는 평소 주공(周公)을 인용하여 맹세했는데 주공이 이런 일이 있었습니까? 내가 상왕의 복위를….”이라 하고, 이어 사형장으로 끌려갔다. 그는 사형장에서도 태연히 시 한 수를 읊었다. “북소리는 둥둥둥 사람의 목숨을 재촉하는데, 해는 벌써 기울어져 서산을 넘으려 하는구나. 황천으로 가는 길엔 나그네 집도 없다는데, 오늘 밤은 어느 곳 누구 집에서 자고 가나.”

15

잘 드는 칼로 족하를 죽이고 상왕을 다시 세우려다가 불행히 간사한 사람들 때문에 발각되어 실패하였다.

– 유응부(兪應孚, ?~1456. 조선 전기의 학자·충신. 사육신)
국조인물고國朝人物考

유응부는 의로운 장수로 지혜와 인자와 용맹이 뛰어났다. 세조가 단종을 내몰고 왕위에 오를 때 동지중추원사로 정2품 벼슬에 있었다. 성삼문·박팽년·이개·하위지·유성원 등과 함께 세조를 죽이고 단종을 복위시키려다가 김질(金礩)의 고발로 발각되어 처참하게 처형되었다.

16

군자는 반드시 임금을 속이지 않는다. 네가 만약 벼슬을 한다면 마땅히 내 말을 생각하라.

-유호인(兪好仁, 1445~1494. 조선 성종 때 학자)
국조인물고國朝人物考

이 말은 나라에 충성하는 근본이 임금을 속이지 않는 행실에서 시작된다는 뜻으로, 임종 때 아들에게 말한 유언이다. 유호인은 시를 잘 짓고 문장이 뛰어났는데, 그가 지은 시에, "북쪽을 바라보니 임금과 신하가 떨어져 있고, 남쪽에 와서 어머니와 아들이 함께 있네."라는 시구를 본 성종은 감탄하였다고 한다.

17

오늘은 다만 한번 죽음이 있을 따름이니, 죽고 살고 나아가고 물러가는 하나하나의 동작에는 의리라는 글자의 뜻에 부끄러움이 없도록 하라.

-조헌(趙憲, 1544~1592. 조선 선조 때 학자·의병장)
선조실록宣祖實錄·국조인물고國朝人物考

조헌은 임진왜란이 일어나기 전 왜국 사신이 입궐하자, 옥천에서 백의를 입고 달려와서 대전 앞에 엎드려, "오늘의 안위와 성패는 눈앞에 있으니 오직 왜국 사신을 목베어야 합니다."라고 청하였다. 이 말은 금산의 결전에 앞서 결사적으로 전쟁에 임하는 7백 의사들에게 명령한 의로운 말이다. 영규대사(靈圭大師)와 7백 의사와 함께 왜적과 결전을 벌이다가 장렬히 전사하였다.

18

왜적이 감히 바로 호남으로 달려들지 못하는 것은 우리 해군이 그 길목을 막고 있는 까닭입니다. 전선은 비록 적으나 미천한 신하가 죽지 않는 한 왜적은 반드시 감히 우리를 얕보지 못할 것입니다.

- 이순신(李舜臣, 1545~1598. 조선 선조 때 명장)
국조인물고國朝人物考

이순신은 왜란이 일어날 것을 예측하여 거북선을 만들고 군비를 강화하고 군사를 훈련하여, 싸움마다 적을 무찔러 왜적들은 그의 이름만 들어도 떨었다. 옥포·당포·한산도대첩 등 세계대전 사상 드문 승전사를 남겼다. 그러나 안으로 당파싸움과 밖으로 왜적의 모함으로 억울하게 하옥되었다가 풀려나 백의종군하게 되고, 원균(元均)의 패전으로 다시 수군을 맡았으나 당시 수군은 보잘것없었다. 그래서 조정에서는 해전을 그만두고 육지에서 막으라고 명하였는데, 그는 끝내 해전을 시도하며 이 말을 하였다.

19

주상이 호적의 포위를 당하여 그 안위를 모르고, 종묘사직과 원손이 강화도에 있는데, 만일 불행한 일이 있으면 죽을 따름이다. 어찌 삶을 도모하랴?

-김상용(金尙容, 1561~1637. 조선 인조 때 문신)
국조인물고國朝人物考

인조 때 병자호란이 일어나자 종묘사직을 받들고 강화도로 피난하였는데, 호적들은 국토를 짓밟고 마침내는 남한산성을 포위하고 강화도로 쳐들어와 도성이 함락되려 하였다. 김상용은 난을 피하자는 권고를 듣지 않고 이 말을 한 다음 모든 사람을 물러나게 하고, 손자 김수전과 하인 한 사람과 함께 화약고에 불을 지르고 폭발하여 죽었는데 시신도 찾지 못하였다.

20

신하로서 나아가 나라의 어려움을 구하지 않으면 그 의리가 어떻게 되랴? 그대들은 싫으면 다 가거라. 나는 혼자라도 달려가서 성을 지키리라.

-윤신지(尹新之, 1582~1657. 조선 인조 때 명신)
국조인물고國朝人物考

윤신지는 병자호란 때 어명을 받고 늙고 병든 재상들과 함께 강화도로 들어가게 되었는데, 종묘사직을 지키고 있던 아버지는 그를 소모대장으로 죽진에 있게 하였다. 그러나 아군이 갑진에서 패하고 적이 강화부 성으로 가까이 오자, 군사를 이끌고 달려나가 죽기를 각오하고 성을 지키려 하였다. 이때 사람들이 만류하자 그는 꾸짖으며 이 말을 한 다음, 홀로 말을 달려 나아가다가 적을 만나 어쩔 수 없게 되자 몸을 언덕으로 내던졌다.

21

아아, 나라의 부끄러움과 백성의 욕됨이 이 지경에 이르렀으니 우리 백성들은 장차 생존경쟁하는 가운데서 죽어 없어지겠다. 대체로 살기를 바라는 사람은 반드시 죽고, 죽기를 기약하는 사람은 살 수 있는데, 여러분은 어찌 이를 헤아리지 못하는가?

- 민영환(閔泳煥, 1861~1905. 조선 고종 때 충신)
민충정공유서閔忠正公遺書

이 말은 민영환의 유서로, 일본의 침해로 국권의 일부를 빼앗기는 치욕을 당하였는데, 이를 막지 못하였으니 죽음으로써 항거하겠다는 뜻이다. 그는 이어 말하기를, "영환은 다만 한번 죽음으로써 나라의 은덕에 보답하고, 우리 2천만 동포 형제에게 사과하려 한다. 영환은 죽더라도 죽지 않고, 기어이 여러분을 저승에서 도울 것이니, 행여 우리 동포 형제들은 더욱더 기운을 내어 뜻과 기운을 굳건하게 하고, 학문에 힘쓰고 마음을 결합하고 힘을 다하여 우리나라의 자주독립을 회복한다면 죽은 사람이라도 마땅히 어두운 가운데서도 기뻐할 것이다. 아아, 조금도 희망을 잃지 말라."라고 하였다.

화 목 편

[和睦 : 서로 뜻이 맞고 정다움]

1

말과 행실을 삼가고, 신용과 의리를 성실하게 하고, 삼가 사사로운 원한을 남에게 두지 말라. 남이 혹시 원망하더라도 너는 부드러운 얼굴로 대할 것이지 같은 모양으로 대하지 말라.

-김맹(金孟, 1410~1483. 조선 세종~성종 때 문신)
국조인물고國朝人物考

이 말은 김맹이 세 아들에게 늘 훈계한 가르침이다. 그의 집안은 이러한 법도가 일관하여 전승되고 사람들의 본보기가 되었다. 김맹은 학문과 덕행을 잘 닦아서 진사를 거쳐 문과에 급제하고 세종부터 성종에 이르기까지 다섯 임금을 섬겼는데, 별일 없이 평범한 관리로 지냈다.

2

사림이 각각 붕당을 세워 다투는 것은 국가의 복된 일이 아니니, 이는 다음 세대에 나라가 망하는 까닭이 될 것이다.

-이행(李荇, 1478~1534. 조선 중종 때 재상)
국조인물고國朝人物考

이행은 홍문관 응교가 되었을 때, 연산군이 어머니 윤비 사건을 들어 전조의 문신을 모두 죽이고 추숭 문제를 일으키자 반대하다가 유배되어 죽을 고비를 여러 번 겪었다. 중종반정으로 소환되어 대사간·대사헌을 지냈으나, 무고로 벼슬을 버리고 은거하였다. 그는 일생을 사화와 당쟁 속에서 시달렸다. 그래서 자손들에게 이 말을 남겨 붕당에 관여하여 당파싸움하는 일은 나라를 망치는 근원이 된다고 경계하였다.

3

땅의 줄기가 기름지게 어울리면 풀이 나서 반드시 무성하고, 한 집안이 화목하면 복이 생겨 반드시 번성한다.

-주세붕(周世鵬, 1495~1554. 조선 중종 때 학자)
해동속소학海東續小學

이 말은 민생 안정을 위한 가르침으로, 주세붕이 평소에 말하고 실천한 생활신조 중 하나이다. 풍기 군수로 있을 때 백운동에 안향(安珦)의 사당을 세워 백운동서원(소수서원)이라 이름하고, 많은 경적을 간직하고 학자를 두어 우리나라 최초의 서원을 만들었다. 황해도 관찰사로 있을 때 해주에 문헌공 최충(崔沖)의 사당을 세워 수양서원(문헌서원)이라 하였다.

4

당파를 만들어 싸우는 무리는 사람의 얼굴을 하고 귀신처럼 날뛰는 무리일 따름이니 화가 또한 다다를 것이다.

-임제(林悌, 1549~1587. 조선 선조 때 학자)
국조인물고國朝人物考

임제는 동인이니 서인이니 당파를 만들어 상대를 공격하며 당파싸움을 일삼자, 그 무리와 사귀지 않고 부당함을 비평하였다. 이 말도 그들을 지칭하여 비판한 일부이다. 그리하여 벼슬길에서 물러나 명산대천을 주유하면서 자연을 벗 삼았다.

5

먼 친족들에게 내가 비록 아주 가깝게 지내지는 않았으나, 우리 선조들로부터 본다면 같은 자손이니 어찌 감히 소홀히 하여 선조의 사랑을 상하게 하고, 우리가 조상을 존경하는 본심을 저버리랴?

-정곤수(鄭崑壽, 1538~1602. 조선 선조 때 명신)
국조인물고國朝人物考

이 말은 먼 친족을 소홀히 대접하면 조상을 숭상하는 본뜻을 상하고 저버리게 된다는 뜻으로, 자손들에게 일가친척과 화목해야 할 도리를 설명한 내용이다.

6

나 자신의 출세는 조상의 은덕이다. 너희는 벗을 가려서 사귀어 놀고, 말을 삼가 절대로 의론을 좋아하고 당파를 만들어 출세하려 하지 말라.

- 홍이상(洪履祥, 1549~1615. 조선 선조 때 명신)
국조인물고國朝人物考

홍이상은 문제가 되는 일을 싫어하였고, 당파를 만들어 상대를 논평하며 자기주장을 관철하여 권세를 잡고 영달꾀하는 것을 꺼렸다. 그래서 조정에 문제 되는 일이나 학자들 간에 다투는 일을 화해시키는 데 힘써 오해를 받기도 하였다.

7

친척은 곧 조종의 혈맥이다. 친척을 사랑하지 않으면 곧 조종을 사랑하지 않는 것이다. 문중 사람들은 각각 이 뜻을 체득하고 한결같이 화목을 으뜸으로 하라.

- 황종해(黃宗海, 1579~1642. 조선 인조 때 학자)
후천집朽淺集

이 말은 친척들이 지켜야 할 규약을 말한 내용이다. 황종해는 광해군이 실정하자 유학자 1천여 명과 함께 상소문을 올려 시정을 촉구하고, 왕이 어머니 인목대비를 서궁에 유폐하자 인륜의 도가 끊어졌다고 한탄하며 과거도 보지 않고 벼슬에 뜻을 두지 않았다.

8

사람이 세상을 살아가는데 임금에게 충성하고 어버이에게 효도하고, 형제간에 우애하고 붕우 간에 미더우며, 마음이 스스로 속이지 않고, 행실이 의롭지 않은 것이 없으면 죽어도 또한 무엇이 한스러우랴?

-인평대군(麟坪大君, 1622~1658. 조선 인조의 셋째아들)
국조인물고國朝人物考

인평대군이 죽기 하루 전에 가족에게 남긴 말이다. 이 말을 할 때 정신을 가다듬었으나 울면서 말하였고, 이어 타이르듯이 악한 일은 작아도 하지 말고, 착한 일은 작아도 하라고 하였다. 그는 37세의 짧은 일생을 국난의 도가니에서 살았으며, 청나라에 볼모로 갔을 때의 괴로운 심정과 심양에 세 번, 연경에 아홉 번 오가던 심정을 시조로 노래하였다. 특히 형제간에 우애가 있었으며, 친척들과 화목을 도모하여 왕실을 비롯한 모든 사람의 경애를 받았다.

9

부모 형제간에는 삼가 착한 일만 하라고 조르지 말고, 종족 간에는 원한이나 노여운 마음을 가져서는 안 되고, 오직 서로 사랑하고 화목한 것을 으뜸으로 삼으라.

-최흥원(崔興遠, 1705~1786. 조선 영조·정조 때 학자)

이 말은 가훈의 첫머리에 있는 가르침이다. 최흥원은 또 훈계하기를, "친척 중에 가난한 사람이 있으면 힘껏 도와주고, 친구와 사귈 때 착한 일을 하라고 권장하고, 또 나에게 충고하는 말을 잘 듣고, 다른 사람을 가엾게 여기는 마음으로 잘 다스리고, 부모는 정성껏 봉양하고, 가풍으로 전승되는 예의범절을 잘 지키고, 학문은 효경(孝經)·소학(小學)·사서(四書)를 차례로 공부하라."라고 하였다. 또 말하기를, "자손들이 잘못하는 일이 있으면 꾸짖기만 하지 말고, 너그러운 마음으로 잘 타일러 고치게 한다면 듣는 사람은 감복하여 순종할 것이다."라고 하였다.

10

사람들은 오직 부인 말만 듣고서 형제간에 틈이 생기고 친척 간에 사이가 나빠지는 일이 많다. 만약 일상생활을 통하여 형제간에 우애하는 정이 착실하고, 친척 간에 화목한 정이 두터우면, 부인이 평소에 보고 들은 것으로 비록 말이 많더라도 어찌 서로 틈이 생기게 하겠는가?

-최옥(崔鋈, 1762~1840. 조선 정조·순조 때 학자)
근암유고近庵遺稿

최옥은 가훈을 통하여 부모는 자녀가 어릴 때 바른 것을 잘 가르쳐야 한다. 자녀는 공부할 나이가 되면 잡된 생각을 버리고 학업에 전념하라. 조상을 정성껏 받들라. 남의 인격을 존중하여 접대하라. 집안사람이 화평하도록 힘쓰라. 아랫사람의 괴로움을 잘 보살피라. 집안을 법도 있게 다스려라. 재물을 낭비하지 말고 검소하게 살라. 독서에 힘써 재능을 기르라. 자신의 인격 수양에 힘쓰라. 미신을 믿지 말라고 가르쳤다.

11

부모에게 효도하고, 나라에 충성하고, 형제간에 우애하고, 아내를 사랑하고, 제사에 충실하고, 벗과 미덥고, 종족과 화목하라. 종족은 비록 갈래가 멀고 가까운 차례가 있더라도 그 선조는 하나이다. 그렇다면 갈래가 멀고 가까움으로 해서 정의가 후하고 박함을 비교하거나, 의리가 가볍고 무거움을 가려서는 안 된다. 사람이 종족의 근원이 있는 것은 비유하면 벌레에 많은 발이 있는 것과 같아서 죽음에 이르러서도 넘어지지 않고, 수레바퀴처럼 서로 의지해서 좋은 일이나 나쁜 일이나 반드시 서로 돕고, 근심스러운 일이나 즐거운 일이나 함께 겪을 것이다. 비록 나누어진 다른 갈래라 하더라도 대하는 것을 한집안 사람처럼 도울 것이니, 이런 것이 종족을 돈독히 하고 화목하게 하는 올바른 도리이다.

– 남진원(南鎭元, 1847~?. 조선 후기 고종 때 학자)

용주유고蓉洲遺稿

어버이에게 효도하고, 나라에 충성하고, 형제간에 우애하고, 부부간에 사랑하고, 조상을 잘 받들고, 벗과 믿음으로 사귀고, 종족과 화목해야 사람답게 살 수 있다는 뜻이다.

12

일가친척과 화목하도록 힘쓰되 항상 너그럽게 용서하는 마음을 근본으로 삼으라. 흉년을 당하였을 때는 가지고 있는 곡식을 풀어 굶주리는 사람들을 구제해서 살 수 있도록 마련해야 고을 사람들이 서로서로 공경하게 될 것이다.

-정석민(鄭碩敏, ?~?. 조선 후기의 학자)
해동윤강록海東倫綱錄

정석민은 또 훈계하기를, "어버이를 섬기는 데 정성을 다하고, 형제간에 우애를 돈독히 하라. 그러면 온 집안에 화목한 기운이 잘 융합될 것이다. 항상 자기 자신의 마음가짐과 몸가짐을 바로잡은 다음에 남을 대접하도록 하고, 늘 뜻을 확실하게 세우고서 학업에 힘쓰도록 하라."라고 가르쳤다.

13

집안이 화목하면 비록 끼니를 잇기 어려운 형편이라도 오히려 충분한 즐거움이 있을 것이고, 나라에 세금을 일찍 납부하고 나면 비록 주머니에 돈이 남아 있지 않더라도 자연 진정한 즐거움이 있을 것이다. 한 그릇 죽이나 한 그릇 밥도 내가 먹는 것이 쉽지 않다는 것을 생각하고, 반 토막 실이나 반쪽 옷감을 만드는 힘이 어렵다는 것을 항상 생각하라. 그릇이 질박하고 깨끗하면 질그릇이라도 금이나 옥으로 만든 그릇보다 낫고, 음식이 간소하고 정결하면 채소라도 진귀한 반찬보다 낫다. 뜻밖의 재물을 탐내지 말고, 정도에 지나친 술을 마시지 말라. 딸을 시집보낼 때는 어진 사위를 가릴 것이지 많은 재물을 구하지 말고, 며느리를 취할 때는 정숙한 여자를 구할 것이지 많은 재산을 가지고 올 것을 헤아리지 말라. 아름다운 여자를 보고서 음란한 마음을 일으키면 그 보복이 아내에게 돌아올 것이고, 원한을 숨기고서 가만히 활을 쏘면 그 앙화가 자손에게 미칠 것이다.

-박길화(朴吉和, 1871~1951. 조선 후기의 학자)
송은선생유고松隱先生遺稿

이 말은 송은선생유고 가훈 중에서 일상생활에 명심할 점 몇 가지를 가린 것으로, 인생의 참된 가치는 사소한 일이라도 사리를 깨닫고 바르게 실천하는 것이 중요하다는 뜻이다.

입 지 편

[立志 : 뜻을 세움]

1

대체로 비상한 사람이 있은 다음에야 비상한 일이 있습니다. 요컨대 불교는 그 진리가 깊다 하오니 아마도 믿지 않으면 안 됩니다.

-이차돈(異次頓, 503~527. 신라 법흥왕 때 명승)
삼국사기三國史記

이차돈이 불교를 믿게 하려고 순교한 예는 실로 거룩한 희생이었다. 당시 고구려나 백제에서는 불교로 인하여 문화가 크게 발달하였으나 신라만은 불교가 공인되지 않았고, 문화도 그들보다 뒤떨어졌다. 그래서 법흥왕은 불교를 공인하려 하였으나 군신의 반대로 뜻을 이루지 못하였다. 이 사실을 알고 있는 이차돈은 자신의 희생으로 법흥왕의 뜻을 관철하려고 자진하여 처형당하여 기적을 나타내고, 군신을 감동시켜 불교를 공인하게 되었다.

2

이 신라의 산곡 간에서 일생을 마친다면 어찌 연못 안의 물고기나 조롱 안에 든 새가 넓은 바다나 큰 산에서 편하게 살 수 있는 것을 모르는 것과 다르겠는가?

-김대세(金大世, ?~587. 신라 진평왕 때 사람)
삼국사기三國史記

이 말은 한정된 곳에서 구차하게 사는 것보다는 큰 이상을 가지고 넓은 세상으로 나아가 잘살아보겠다는 진취적 기상이 담겨 있다. 김대세는 이러한 생각을 품고 뜻을 같이하는 벗 구칠과 함께 배를 타고 넓은 바다로 떠났다. 그러나 그들은 기록에는 없으므로 어떻게 되었는지 알 길이 없다. 아마도 그들은 뜻한 대로 어느 곳엔가 이상향을 마련하여 값진 삶의 자취를 남겼으리라.

3

한 말의 곡식이라도 찧어 먹을 수 있으면 오히려 족하고, 한 자의 베라도 꿰매어 입을 수 있으면 오히려 족하다. 실로 부부는 한마음 한뜻이면 되지, 하필이면 부귀영화를 앞세우리오?

– 평강공주(平岡公主, 6세기. 고구려 25대 평원왕의 딸)
삼국사기三國史記

평강공주는 어릴 때 잘 울어 아버지 평원왕은, "너는 잘 울어 내 귀를 시끄럽게 하니 자라서 사대부 아내는 되지 못하겠다. 마땅히 바보 온달에게 시집보내야겠다."라고 늘 되풀이하여 말하였다. 공주가 16세가 되었을 때 왕은 상부 고씨에게 공주를 시집보내려 하자 공주는, "아버님께서는 늘 너는 바보 온달에게 시집보내겠다고 하셨는데 무슨 까닭으로 다른 말을 하십니까? 신분이 낮은 사람도 한번 언약한 말을 지키지 않는 일이 없는데, 하물며 지존으로서 어찌 그럴 수 있겠습니까?"라고 말하였다. 마침내 공주는 부왕의 곁을 떠나 온달을 찾아가서 이 말을 하고, 정화수 한 그릇을 떠놓고 결혼식을 올리고 부부가 되었다.

4

내 이번 길에 계립현과 죽령 서쪽 땅을 우리에게 돌아오게 하지 못하면 나도 돌아오지 않겠다.

-온달(溫達, ?~590. 고구려 평원왕 때 명장)
삼국사기三國史記

나라를 위해서 목숨을 바치는 것을 충성이라고 한다면, 온달은 충성스러운 명장이다. 세상에서 바보 온달로 불리던 그가 평강공주의 뜻으로 부부가 되고, 공주의 내조로 유명한 장수가 되고, 왕의 사위가 되었다. 온달은 군사를 거느리고 나가 중국의 침해를 물리쳐 국토를 지키고, 신라에게 빼앗긴 땅을 회복하려 하였으나 뜻을 이루지 못하고 전사하였다. 이 말은 당시 출전에 임하여 한 말로 그는 끝내 뜻을 굽히지 않았다.

5

임금을 섬기되 충성으로써 하고, 어버이를 섬기되 효도로

써 하고, 벗을 사귀되 믿음으로써 하고, 싸움에 임하여 물러서지 말고, 산 것을 죽이는 데는 가림이 있어야 한다.

-원광법사(圓光法師, ?~630. 신라 진평왕 때 명승)
삼국사기三國史記

원광법사는 인생의 가치관을 묻는 젊은이들에게 이 다섯 가지 생활신조를 가르쳐 주었다. 그리하여 이 이념은 화랑도 정신뿐 아니라 도의생활의 덕목으로 굳어지고, 나아가서는 전통적인 윤리관과 생활신조로 발전되었다. 그런데 원광법사가 화랑들에게 이 다섯 가지 계명을 가르쳐 줄 때 살생유택의 뜻을 되묻자, "이는 살생을 할 때를 가리고, 대상을 가리고, 정도를 넘어 지나친 살생을 해서는 안 된다는 뜻이다."라고 일러주었다. 사람이 살아가는 데 명심해야 할 계명은 많지만 이 화랑도 세속오계는 예나 지금이나 명심해야 할 좌우명이다.

6

누가 자루가 없는 도끼를 빌려주면 나는 하늘에 받칠 기둥을 찍으리라.

-원효대사(元曉大師, 617~686. 신라 진평왕·신문왕 때 명승)
삼국유사三國遺事

이 말은 불가인 자신에게 속세와 인연을 맺어주면 큰 인물을 생산하겠다는 비유이다. 원효대사가 어느 날 거리로 나와서 큰 소리로 이런 노래를 부르며 돌아다녔다. 사람들은 그 뜻을 몰랐는데, 태종무열왕이 이 말을 듣고, "대사가 귀한 부인을 맞아 어진 아들을 낳고 싶어 하는구나. 나라에 이런 일이 있으면 이보다 이로운 일이 있으랴."라고 말하였다. 당시에 요석공주(瑤石公主)가 과부로 있었으므로 사람을 시켜 대사를 모셔오게 하였다. 그리하여 원효대사와 요석공주 사이에서 위대한 학자인 설총이 태어났다.

7

내 차라리 하루 동안 계율을 지키다가 죽을지언정, 백년 동안 계율을 깨뜨리고서 살기를 원하지 않는다.

- 자장율사(慈藏律師, 7세기. 신라 선덕여왕·태종무열왕 때 명승)
삼국유사三國遺事

자장율사는 신라의 귀족으로 태어나서 불교를 믿으며 이러한 뜻을 세우고 당나라로 가서 불교를 연구하고 돌아와 선덕여왕의 뜻을 받들어 설악산 한계사, 오대산 월정사, 태백산 정명사, 강릉 수다사, 양산 통도사 등 많은 절과 탑을 세우고 불교 문화를 크게 융성시켰다. 또 당시 중국의 발전된 문물을 받아들여 우리 고유문화에 융합하는 데 공헌하였으며, 불교 예술을 계발하는 데도 공헌하였다.

8

눈이 어두워지려고 하니 소경이 되고 귀마저 멀려고 하니 귀머거리가 되는구나. 보고 듣는 것이 잘 통하지 않으니 어리석은 사람과 똑같아지는구나.

-이맹전(李孟專, 1392~1480. 조선 전기의 학자. 생육신)
국조인물고國朝人物考

이맹전은 단종 때 수양대군이 권세를 잡고 시국이 어지러워지자 벼슬을 버리고 고향으로 돌아가서 눈멀고 귀먹었다고 핑계하고 밖으로 나다니지 않았다. 이 말은 나라에서 여러 번 불러도 병을 빙자하고 나가지 않으면서 평소에 자주 한 말로, 아들딸까지도 아버지가 눈멀고 귀먹은 줄로만 알았다. 다만 옛 벗인 김숙자(金淑滋)와 김종직(金宗直)과는 뜻이 통하여 마음속에 있는 말을 주고받았다. 89세로 세상을 떠났는데, 가족들도 운명하기 전에야 비로소 눈이 멀지 않고 귀먹지 않은 사실을 알았다. 죽을 때까지 초하룻날에는 멀리 북쪽을 향하여 절하며 옛 임금을 추모하였다.

9

성인은 광란하는 것을 생각하는 일이 없고, 광인은 성스러운 일 하는 생각을 억누른다. 성인과 광인의 기틀은 이런 마음가짐이 있고 없는 데 달렸다.

– 서거정(徐居正, 1420~1488. 조선 전기의 학자)
국조인물고國朝人物考

서거정이 홍문관 대제학으로 있을 때 세조가 성균관에 행차하여 시강관의 정치 강론을 들었는데, 이 말을 하여 임금이 나라를 다스리는 데 있어 마음가짐의 중요성을 논하였다. 서거정이 수양대군의 종사관으로 중국으로 가는 도중, 압록강을 건너 파사보에서 잘 때 일이다. 그의 어머니가 위독하다는 유서가 이르렀는데, 수양대군은 날이 밝으면 알려주려 하였다. 그런데 서거정은 밤중에 일어나 앉아서 슬피 울고 있었다. 동료들이 까닭을 물으니, "내 달의 변괴를 꿈꿨다. 대체로 달은 어머니의 형상인데, 나는 늙으신 어머니가 있는데 꿈의 징조가 상서롭지 않아서 슬퍼한다."라고 말하였다. 수양대군이 이 말을 듣고 감탄하기를, "그 효성이 하늘을 감동시켰구나."라 말하고 곧 그를 불러 임금의 교서를 주며 돌아가게 하였는데, 압록강을 건너 어머니의 부고를 받았다.

10

착한 일을 하고 벌을 받는 일은 내 마음속으로 즐겁게 여기는 것이다.

– 엄흥도(嚴興道, 조선 세조 때 지사)
금계필담錦溪筆談

엄흥도는 단종이 임금 자리에서 물러나고 영월로 쫓겨나서 온갖 괴로움을 겪을 때 충성을 다하였다. 왕이 죽임을 당하여 시체가 버려지는 날 다른 사람들은 모두 두려워하여 감히 시체를 거두어 묻는 사람이 없었다. 그는 관과 수의를 갖추어 스스로 장사지낼 곳을 가린 다음, 제물을 마련해 후하게 장사를 지냈다. 이때 친척들은 그런 일을 하다가는 장차 큰 화가 미칠 것을 염려하여 만류하였으나, 그는 이 말을 남기고 왕을 매장한 다음 무덤을 만들었는데, 이것이 장릉이다.

11

공부하는 사람이 뜻을 세우는 데 비록 성현이 될 것을 기약하여도 지나친 것은 아니다. 남을 대하는 데 이르러서는 늘 그 장점을 취하고 힘써 남을 너그럽게 용서하는 아량을 넓히는 것이 옳다. 사람은 자신에 대하여는 스스로 후하고 남을 책망하는 데에는 야박하니 이를 몸소 체득하지 않아서는 안 된다.

- 조광조(趙光祖, 1482~1519. 조선 중종 때 학자)
정암문집靜菴文集

조광조는 김종직(金宗直)의 학통을 이어받은 사람의 영수로서 벼슬한 다음 뜻을 같이하는 사람들과 혁신정치를 하다가 반대파의 무고로 능주에 유배되어 사약을 받고 참사하였다. 마지막으로 남긴 말 중에서 사약을 가지고 온 금부도사에게는, "임금을 사랑하기를 어버이를 사랑하는 것같이 하고, 나랏일 근심하기를 집안일 근심하는 것같이 하라. 밝은 햇빛이 저 땅 밑까지 임하였으니 밝고 밝게 내 마음을 비춰 주리라."라고 하였다.

또 자기가 데리고 있던 사람들에게는, "내가 죽은 다음에는 관도 가볍고 얇게 만드는 것이 좋겠다. 결코 무겁고 두껍게 하지 말라. 그 까닭은 멀리 가는 길에 돌아가기가 어렵겠고, 자주 보자고 하면 열어보아야 할 것이니 관 뚜껑까지 변을 당할까 염려되기 때문이다."라고 하였다. 묵고 있던 집주인에게는, "내 그대의 집에 몸을 의지하고 있으면서 그 고마운 뜻을 갚으려 하였는데 마침내 갚지도 못하고 말았다. 그보다는 도리어 그대에게 흉측한 변고를 보여주고 그대 집까지 더럽게 만들어 놓겠으니 이야말로 한스럽기 그지없구나."라고 하였다.

12

마음에 어떤 생각이 일어나면 그 깃들일 곳을 생각하고, 깃들이면 살펴볼 것을 생각하고, 살펴보면 좋고 나쁜 것을 생각하고, 좋고 나쁜 것을 알면 바르게 가려 할 것을 생각하라.

-김정국(金正國, 1485~1541. 조선 중종 때 학자)

국조인물고國朝人物考 · 사재집思齋集

김정국은 옛 선비들의 격언 중에서 공부하는 사람이 지켜야 할 24조항을 만들었는데 이 말은 그 일부이다. 그는 학생들에게, 첫째 일상생활에는 일찍 일어나서 방안을 정돈하고 조용히 앉아서 책 읽고 생각하고 사리를 분별 체득하여 실행할 것, 둘째 마음가짐은 항상 착하고 악한 것을 분별하여 착한 덕을 쌓을 것, 셋째 행동은 방종하지 말고 다투지 말고 잘못하지 말고 미덥고 성실할 것을 말하였다.

13

공부하는 사람은 반드시 어지러운 생각을 깨끗이 씻어버리고 마음 바탕을 맑고 밝게 한 다음에야 거의 공부하는 데 빠른 길로 들어가서, 소인이나 금수가 사는 곳으로 달려가는 것을 면할 수 있을 것이다.

－이연경(李延慶, 1484~1548. 조선 중종 때 학자)
국조인물고國朝人物考

이 말은 사서를 공부하는 학생들을 위한 가르침이다. 교리로 있을 때 나라를 태평성대로 만들기 위해서는 조광조(趙光祖)를 중용해야 한다고 주장하였다. 그런데 조광조가 사화로 화를 입게 되자 그도 명단에 올랐으나 중종은 그의 이름을 지우며, "나는 그 사람됨을 안다. 처벌하지 말고 직책이나 바꾸라."라고 하였다. 그는 벼슬을 버리고 고향으로 돌아가서 은거하였다.

14

세상을 잘 다스리는 도리는 그에 대한 뜻을 세운 다음에야 그를 위하는 일이 마련되고, 그 일이 마련된 다음에야 그 보람이 있게 되는 것이다.

-장유(張維, 1587~1638. 조선 선조·인조 때 명신)
국조인물고國朝人物考

이 말은 장유가 대사간으로 있을 때 이괄(李适)의 난을 겪어 나라가 어지럽고 민생이 안정되지 않자, 상소문을 올려 임금에게 정사를 바로잡고 민생을 안정시켜야 한다고 역설한 것이다. 이때 그는 중국 역대의 사실을 예로 들어 나라 다스리는 도리나 뜻을 세우고 일을 실천할 도리를 간곡히 말하여, 인조에게 새로운 정사를 베풀 계기를 마련하였다.

15

공부하는 사람은 마땅히 뜻을 작게 가지고 담력은 크게 하여 한 몸을 튼튼하게 발붙이도록 할 것이다.

-정온(鄭蘊, 1569~1641. 조선 인조 때 명신)
국조인물고國朝人物考

이 말은 학자는 뜻은 작게, 담력은 크게 가져야 몸이 튼튼하게 자리 잡게 된다는 뜻이다. 광해군 때 장악첨정이 되었는데 영창대군(永昌大君)의 옥사가 일어나자, "8세 동자가 어찌 역모하는 것을 알랴?" 하고, 영창대군을 강화도에 가뒀다가 강화유수 정항(鄭沆)에게 죽임을 당하자, 조정에 항의하여 그를 처형하라고 강경한 말로 상소하였다. 이때 광해군은 그를 죽이라고 진노하였으나 이원익(李元翼) 등의 간언으로 대정으로 귀양 가서 10년을 지냈다.

16

세상의 모든 일은 천 가지 만 가지로 변화하므로 그 처리는 오로지 임금의 한결같은 마음에 근본 되지 않음이 없어야지, 남의 말로 이리저리 흔들려서는 안 된다.

-김익희(金益熙, 1610~1656. 조선 인조 때 명신)
국조인물고國朝人物考

이 말은 효종 때 청나라에 대응하는 북벌정책에 왕이 확고한 의지를 가질 것을 진언한 말이다. 김익희는 대학자인 사계 김장생(金長生)의 손자로 24세에 문과에 급제하고 한림원에 들어가 옥당의 벼슬아치로 바른말로 이름을 떨쳤다. 병자호란으로 국난을 극복할 때는 남한산성에서 독전어사로 활약하고 척화의 뜻을 굽히지 않았다.

17

임금이 강하고 큰마음을 마음가짐으로 삼고, 씩씩하고 힘찬 뜻을 의지로 삼으면 군사의 기율이 저절로 엄숙하게 되고, 나라의 세력이 절로 굳건할 것입니다.

-윤이지(尹履之, 1579~1668. 조선 현종 때 문신)
국조인물고國朝人物考

이 말은 호란을 극복할 때 왕에게 진언한 내용이다. 윤이지는 광해군 때 폐모론이 일어나자 아버지와 함께 이에 항의하였고, 인조반정 후에 사간으로 있으면서 정사를 공정하고 청렴결백하게 하였다. 여주 목사·충청 관찰사로 있을 때는 목민관으로 모범 행정을 하여 명망이 전국적으로 높았다.

18

일은 큰 것 작은 것 할 것 없이 뜻을 세우기를 먼저 하라. 또 착하냐 착하지 않으냐는 나에게 달려 있으나, 아느냐 모르느냐는 남에게 달려 있으니, 마땅히 그 일을 잘 닦는 것은 나에게 달려 있을 따름이다.

-이홍연(李弘淵, 1604~1683. 조선 숙종 때 문신)
국조인물고國朝人物考

이 말은 이홍연이 평소 자제들을 경계한 말로, "남의 비방을 대처하는 방도는 스스로 자신을 잘 반성하는 데 달려 있다."라고도 가르쳤다. 효종 때 좌승지로 있다가 황해 감사가 되었는데, 호란 때 피폐된 모든 시설을 수축하고 그릇된 폐단을 바로잡는 데 힘쓰는 한편, 민심을 수습하고 어진 정사를 폈다.

19

모든 일을 참되고 실속있도록 힘써 실행하라.

-안창호(安昌浩, 1878~1938. 독립운동가)
도산명훈島山名訓

이 말은 1908년 청년학우회를 조직하고, 민족 계몽을 위하여 주창한 말로, "모든 일을 참되고 실속 있도록 힘써 실행하라(務實力行)"는 뜻이다. 안창호는 또 말하기를, "큰일이든 작은 일이든 하는 일에 정성을 기울여 최선을 다하라." 하였고, "어떤 신령이 무심중에 갑자기 나타나서 나에게 너는 무엇을 하느냐고 물을 때 나는 어떤 일을 하고 있다고 서슴지 않고 대답할 수 있게 하라."라고도 하였다. 또 말하기를. "진리는 반드시 따르는 사람이 있고, 정의는 반드시 이기는 날이 있다."라고 하였다.

20

네 소원이 무엇이냐 하고 하느님이 물으시면 나는 서슴지 않고, "내 소원은 대한 독립이오." 하고 대답할 것이다. 그다음 소원은 무엇이냐 하면 나는 또, "우리나라의 독립이오." 할 것이고, 또 그다음 소원이 무엇이냐 하는 세 번째 물음에도 나는 더욱 소리 높여서, "나의 소원은 우리나라 대한의 완전 자주독립이오."라고 대답할 것이다.

동포 여러분! 나 김구의 소원은 이것 하나밖에는 없다. 내 과거 70 평생 늘 이 소원을 위하여 살아왔고, 현재에도 이 소원 때문에 살고 있고, 미래에도 나는 이 소원을 달성하려고 살 것이다.

-김구(金九, 1876~1949. 독립운동가 · 정치가)
백범명언白凡名言

이 말은 김구의 소원은 대한 독립, 우리나라의 독립, 우리나라 대한의 완전한 자주독립이라는 뜻이다.

학 습 편

[學習 : 배워서 익히는 일]

1

어버이가 아들딸을 대하는 관계는 농부가 좋은 곡식을 대하는 것과 같다. 농부가 곡식을 잘 길러서 좋은 결과를 얻지 못하면 마침내 굶주리는 환난을 입게 되고, 어버이가 아들딸을 잘 가르쳐 훌륭한 인재를 만들지 못하면 마침내 외롭고 위험한 재화를 불러오게 될 것이다.

-강희맹(姜希孟, 1424~1483. 조선 전기의 명신)
사숙재집私淑齋集

이 말은 어버이가 자녀를 기르는 도리는 농부가 곡식을 잘 기르는 것처럼 하라는 뜻으로, 강희맹이 평소 자녀교육에 관하여 한 말이다. 그는 또, "농부가 땅을 푸석푸석하게 잘 갈고 김을 잘 매어 기름진 옥토를 만드는 법은, 어버이가 자녀를 잘 가르치고 훈계하고 인도하여 모든 일에 성실하게 힘쓰는 것과 같으니 어찌 잠시라도 이런 뜻을 게을리하겠는가?"라고 말하였다.

2

사람이 한 가지 버릇을 많이 익히면 자연히 그런 행동을 하게 되는데, 어찌 나쁜 버릇을 배우겠는가?

-이자(李耔, 1480~1533. 조선 중종 때 문신)
국조인물고國朝人物考

이 말은 남의 물건을 훔치는 버릇을 경계한 말이다. 이

자는 가정의 법도를 엄격한 가풍으로 만들어 어린아이들도 예의범절과 질서를 지켜 가족들 사이에도 손님을 대하듯 하는 긍지를 지니게 하였고, 나쁜 버릇을 조금도 익히지 못하게 하였다.

3

만약 바르게 앉아서 공부하지 않으면 생각이 통일되지 않고, 생각이 통일되지 않으면 사물의 진리를 바르게 구명할 수 없다.

- 서경덕(徐敬德, 1489~1546. 조선 중종 때 학자)
해동속소학海東續小學

이 말은 학문하는 방법은 바르게 앉아서 정신을 집중하고 사리를 구명해야 그 진리를 터득할 수 있다는 뜻으로, 학문하는 태도를 말한 내용이다. 서경덕은 18세에 대학(大學)을 읽어 사물의 진리를 궁구하여 아는 것을 확실하게 한다는 뜻을 이해한 다음 본격적으로 학문의 진리를 구명하였다. 심지어 천지 만물의 이름을 써서 벽에 붙여 놓고 하나하나 그 이치를 밝히기까지 하였다.

4

책을 읽고 공부하는 것은 마음을 다스리고 기운을 기르는 것을 근본으로 하는 것이지, 어찌 책 읽는 것으로 해서 병이 생기는 까닭이 되랴?

-황준량(黃俊良, 1517~1563. 조선 명종 때 학자)
국조인물고國朝人物考

이 말은 백성의 힘을 기르기 위하여 독서를 권장한 내용이다. 황준량은 어려서는 신동이라는 소문까지 났는데, 성주 목사로 있을 때 목민관으로 민생의 안정을 도모하고 학문을 일으키는 데 힘썼다.

5

학문하는 데 반드시 지켜야 할 도리는 다른 것이 아니라 참된 진리를 궁구하여 몸과 마음을 순수하게 유지함으로써 덕성을 함양할 따름이다.

-오건(吳健, 1521~1574. 조선 선조 때 학자)
국조인물고國朝人物考

오건은 홍문관 전한으로 경연에서 임금을 모실 때 이 말을 하고 그 뜻을 설명하여 말하기를, "혹은 책을 읽어 의리를 밝히고, 혹은 고금의 인물을 논하여 그 옳고 그른 점을 가리고, 혹은 사물에 접하여 그 마땅함을 헤아리는 것은 진리를 궁구하는 일이요, 말이나 행실이 똑똑하고 그 마음을 다잡아서 한 가지 일이라도 잘못됨이 없도록 하는 것은 몸과 마음을 깨끗하게 가다듬어 덕성을 함양하는 것이다."라고 하였다.

6

글다운 글은 마땅히 경학에 근본을 두어야 한다. 실로 그 근본이 없으면 글이 비록 잘 되었다 하더라도 무엇에 쓰랴?

- 조언수(趙彦秀, 1497~1574. 조선 선조 때 명신)
국조인물고國朝人物考

이 말은 문장의 가치를 말한 내용으로, 조언수는 타고난 자질이 너그럽고 진실하고 침착하고 자중하였다. 남들과 사귀어 놀기를 좋아하지 않았고, 다만 동갑인 화담 서경덕(徐敬德)과 정답게 지냈다. 생활 태도가 매우 검소하고 청렴결백하여 "낡은 집 한 채도 내 몸을 마치는 데 족하다."라며 청백한 지조를 사람들에게 본보였다.

7

집에 들어오면 효도하고, 밖에 나가면 공경하며, 삼가 말하고 살펴 실행하는 것은 곧 공부하기 위한 까닭인데 어찌 힘쓰지 않으리오?

- 홍담(洪曇, 1509~1576. 조선 명종·선조 때 문신)
국조인물고國朝人物考

이 말은 어버이에게 효도하고 어른을 공경하고 삼가 말하고 살펴 실행하는 데 힘쓰라는 뜻이다. 홍담은 성품이 강직하고 뜻이 굳고 실천력이 확고하여 누구의 일이라도 거리낌 없이 그 잘잘못을 바르게 말하였다.

8

공부하는 사람은 반드시 참된 마음으로 학문하는 길로 향할 것이고, 세상의 잡된 일로 그 뜻을 어지럽히지 않고서 공부해야 그 기초가 잡힐 것이다.

-이이(李珥, 1536~1584. 조선 명종·선조 때 학자)
율곡전서栗谷全書

이 말은 격몽요결(擊蒙要訣) 중 올바른 몸가짐을 논한 내용의 주제가 되는 말이다. 이이는 조선 중기의 대학자로 우리 민족 문화 발전과 도의 정신 앙양에 크게 공헌한 선현이다. 과거 볼 때마다 장원급제하여 아홉 번 장원한 사람이라고 칭송하였다고 한다.

9

학문하는 데는 반드시 효도·공경·충성·신의를 근본으로 삼고, 겸손·사양을 바탕으로 삼고, 침잠·독실을 공력으로 삼을 것이다.

-성혼(成渾, 1535~1598, 조선 선조 때 학자)
국조인물고國朝人物考

학업을 닦는 사람의 마음가짐과 몸가짐을 세 가지 면으로 가르친 말로, 곧 효도하는 마음과 겸손한 태도와 성실한 노력이 중요하다는 뜻이다. 이 말은 파평의 우계에서 학당을 열고 많은 학자를 길러낼 때 은봉 안방준(安

邦俊)에게 공부하는 데 명심할 점을 가르친 내용이다. 안방준은 인조 때 유명한 학자로 사우감계록(師友鑑戒錄) 등 많은 저서를 남기고 공조참의를 지냈는데, 성혼의 이 교훈을 평생 좌우명으로 삼아 지켰다고 한다.

10

학문을 닦는 데 중요한 일은 뜻을 정하고, 학문을 강독하고, 몸가짐을 삼가고, 사리사욕을 억제하고, 군자를 가까이 하고, 소인을 멀리하는 것이다.

-김우옹(金宇顒, 1540~1603. 조선 선조 때 명신)
국조인물고國朝人物考

학문의 경계할 점 여섯 가지〔정지定志 · 강학講學 · 경신敬身 · 극기克己 · 친군자親君子 · 원소인遠小人〕를 들었다. 이 말은 왕의 분부를 받들고 학업을 닦는 데 여섯 가지 경계할 점을 진언한 것으로, 왕은 이를 보고 크게 기뻐하였다. 김우옹은 남명 조식(曺植)에게 글을 배우고, 퇴계 이황(李滉)에게 의심된 점을 질문하는 등 학업에 힘썼다.

11

소학은 곧 모든 경전의 중요한 내용을 모아놓은 책이니 진실로 이 책을 능통하게 익혀야 한다. 사람을 거룩하게 만드는 근본 바탕은 여기에 있는 것이다.

-조목(趙穆, 1524~1606. 조선 선조 때 학자)
국조인물고國朝人物考

이 말은 소학(小學)이 중요하다는 것을 학자들에게 일러준 내용이다. 조목은 도학(道學)이 뛰어난 인물로, 전국의 석학이 그를 영수로 받들었다. 경사자집의 어떠한 책도 읽지 않은 것이 없었으며, 책에 있는 성현의 훈화를 가려내어 곤지잡록(困知雜錄)을 만들었다.

12

학문하는 데 매우 중요한 것은 힘써 사사로운 욕망을 모두 버리고, 천지의 도리를 깨끗하고 온전하게 하는 것이다.

-조익(趙翼, 1579~1655. 조선 효종 때 문신)
국조인물고國朝人物考

조익은 왕에게 나라 다스리고 백성 구제하는 방도를 여러 면으로 제의하였다. 임금은 덕을 닦는 일이 중요하고, 어진 인재를 등용하고, 법도를 바로잡고 모든 일을 너그럽게 다스려야 한다고 역설하였다.

13

책을 읽을 때는 반드시 한 글자 한 어구를 맑고 깨끗하게 읽어 되는대로 지나치지 않아야 한다. 그런 다음에야 가히 글에 따라 뜻을 찾을 수 있을 것이다.

– 이후(李垕, 1611~1668. 조선 인조~현종 때 문관)
국조인물고國朝人物考

이 말은 인조 때 세자(효종)가 글공부하는 자리에서 글을 되는대로 읽자 이를 바로잡아 한 말이다. 이후는 명분 없는 재물은 탐하지 않아 집안이 매우 가난하였다. 그가 죽은 뒤 부인 권씨는 자녀에게 경계하기를, "우리 집은 본래 가난하게 살았다. 어찌 요행으로 재물을 구하랴." 라고 청빈한 삶을 가르쳤다.

14

학문하는 도리는 다름 아닌 다만 마음속에 털끝만큼이라도 거짓된 일이 없어야 한다.

– 권시(權諰, 1604~1672. 조선 효종~현종 때 학자)
국조인물고國朝人物考

이 말은 학문을 연구하는 방법에 관한 말이다. 권시는 학문과 덕행이 뛰어나서 사람들은 그를 공자의 제자인 안자(顔子)에 비유하였다. 20세 때 나라에 이름을 떨쳐 대군의 스승으로 천거되었으나 나아가지 않았다. 학문은 진실해야 한다고 주장하였으며, 몸가짐과 마음가짐과 말과 행동이 참된 진리에서 벗어나지 않았다고 한다.

수 신 편

[修身 : 몸과 마음을 바르게 닦는 일]

1

화와 복은 출입하는 문이 따로 없고 오직 사람이 불러들이니, 마땅히 충성과 의리를 마음속에 두고 예의 바른 행실로써 자신의 욕망을 이겨내어, 위로는 임금의 덕망과 함께하고 아래로는 민심을 얻어야 부귀가 몸에서 떠나지 않고 불행과 어지러운 일이 일어나지 않는다.

-백고(伯固, 89~179. 고구려 8대 신대왕)
삼국사기三國史記

이 말은 태조왕 때 형인 수성(遂成)이 정권을 잡고 실정하는 것을 충고한 내용이다. 백고는 형이 나랏일을 맡은 책임자로서 정사와 민생을 보살피기보다 날마다 사냥을 일삼자 지극한 정성으로 간하였다. 형은 그 말을 받아들이지 않고 형 태조왕으로부터 강제로 임금 자리를 물려받고 즉위하였는데 그가 곧 차대왕이다. 이때 백고는 형의 횡포무도를 피하여 있었으나 차대왕이 명림답부(明臨答夫)에게 시해되자 임금으로 추대되었다.

2

나는 화랑 근랑의 낭도가 되어 화랑도의 뜨락에서 행실을 닦았으니, 실로 의롭지 않은 재물이면 비록 천금의 이로움이라도 마음이 흔들리지 않는다.

-검군(劍君, ?~628. 신라 진평왕 때 화랑)

삼국사기三國史記

당시에 흉년들어 먹을 것이 없으므로 백성들은 굶주림을 견디지 못하여 자식까지 팔아먹을 지경이었다. 사량궁(沙梁宮, 신라 때 사량부에 속하여 왕궁의 재정을 맡아보던 관아) 벼슬아치들은 국고에서 곡식을 훔쳐내어 나누어 가졌는데, 검군은 홀로 이 말을 하며 거절하였다. 그러자 다른 사람들은 잘못을 은폐하려고 검군을 독살하려 하였다. 검군은 그들의 음모를 알면서도 알리지 않고 그들이 권하는 독주를 마시고 죽었다. 어떤 사람은 그 죽음에 대하여, "검군은 죽을 데가 아닌 데서 죽었으니 귀한 생명을 기러기 털보다 가볍게 여긴 사람이다."라고 말하였다.

3

집이 가난하고 신분이 천한 것은 부끄러워할 것이 아니고, 올바른 진리를 배워서도 실행하지 않는 것이 실로 부끄러운 일이다.

-강수(强首, 7세기. 신라 태종무열왕 때 학자)
삼국사기三國史記

강수는 모든 경전에 능통하고 학식과 문장이 뛰어나서 당시 외교문서는 모두 그의 손을 거쳤다. 태종무열왕이 그의 머리뼈가 뒤로 튀어나온 것을 보고 강수 선생이라고 말한 것을 계기로 강수라고 이름하였다고 한다.

4

대장부로 태어나서 몸을 나라에 바치기로 허락하였으면 남들이 알아주든 몰라주든 상관할 것 없다. 어찌 감히 명예를 구하리오?

-김흠운(金歆運, ?~655. 신라 태종무열왕 때 무관. 흠운欽運)
삼국사기三國史記

김흠운은 화랑 문노(文努)의 낭도로서 화랑정신으로 심신을 계발하였다. 옳다고 여기는 일에는 뜻을 굽히지 않고 과감히 실천하였다. 나라를 위하여 충성을 바치는 일도 그러하였고, 남들이 알아주든 몰라주든 옳은 일을 실천하는 것이 충성이고 의리이고, 용맹이고 절개라고 여기고 처신하였다. 자신에게 명예로운 일이라고 해서 하고, 공로가 없다고 해서 하지 않는 것과 같은 행동은 하지 않았다.

5

정사에는 잘 다스리는 것과 잘못 다스리는 것이 있고, 세상일에는 착한 일과 악한 일이 있으니 그 시작하고 끝맺는 것을 삼가지 않으면 위태롭고 어지러운 데 이른다.

-최승로(崔承老, 927~989. 고려 전기의 명신)
고려사高麗史

임금에게 어진 정사를 펴야 한다고 깨우친 글 가운데 일부로, 나라를 다스리고 일을 처결하는 데 명심할 점은 모든 일에 삼가야 함을 말한 것이다. 최승로는 왕에게 어진 정사를 펴는 데 중요한 시무28조(時務二十八條)를 적어 올렸는데, 내용은 역대 임금의 정사에 관한 선악과 득실을 자세히 분석하여 잘 알고 어진 정사를 하게 한 글이다.

6

벼슬하는 사람의 행실에는 여섯 가지 바른 행실과, 여섯 가지 바르지 못한 행실이 있다. 이 여섯 가지 바른 행실을 행하면 영화롭지만, 여섯 가지 바르지 못한 행실을 범하면 욕된다.

-김심언(金審言, ?~1018. 고려 현종 때 문관)
고려사高麗史

이 말은 김심언이 기거로 있을 때 성종에게 어진 정사를 펴는 데 관해 상소한 일부이다. 여섯 가지 바른 행실을 하는 사람이란 성스러운 사람〔聖臣〕, 착한 사람〔良臣〕, 충성된 사람〔忠臣〕, 지혜로운 사람〔智臣〕, 곧은 사람〔貞臣〕, 강직한 사람〔直臣〕을 말한다. 바르지 못한 행실을 하는 사람이란 놀고먹는 사람〔具臣〕, 아첨하는 사람〔諛臣〕, 간사한 사람〔姦臣〕, 참언하는 사람〔讒臣〕, 해치는 사람〔賊臣〕,

나라를 망치는 사람〔亡國之臣〕을 말한다.

7

내 비록 나약한 사람이지만 나라의 어려움을 피하는 것은 장부답지 못한 것으로 안다.

–이규보(李奎報, 1168~1241. 고려 고종 때 문신)
고려사高麗史

신종 2년(1199), 동경에서 민란이 일어나 이를 토벌할 때 벼슬하지 않은 사람 중에서 기록관을 뽑으려 하였으나 응하는 사람이 없었다. 그때 이규보는 이 말을 하며 나라의 어려운 일을 구하러 나섰다. 최충헌(崔忠獻)이 모정기(茅亭記)를 짓게 하고, 그 뒤부터 문장가로 이름이 났다.

8

사냥꾼에게 쫓긴 짐승이 굴로 들어갔는데 활을 들고 그 앞을 지키면 곤란한 짐승이 어떻게 나오겠는가? 또 얼음과 눈으로 뒤덮여 땅이 얼어붙으면 초목이 싹틀 수 있겠는가?

–김수강(金守剛, 13세기. 고려 고종 때 문관)
고려사高麗史

이 말은 막다른 지경에 이르면 최후의 수단을 도모한다

는 뜻이다. 김수강이 시어사로 있을 때 몽고가 침입하여 나라가 어려운 처지에 놓이자 서울을 강화도로 옮겼다. 그런데 몽고에서는 사신을 보내어 옛 서울로 돌아오라고 독촉이 심하였다. 왕은 김수강을 몽고로 보내어 군사를 파하고 돌아가라고 청하게 하였으나 몽고는 듣지 않았다. 그때 김수강은 이 말을 하여 몽고 임금의 마음을 움직이게 하였다. 몽고 임금은, "그대는 실로 사신답구나. 내 마땅히 두 나라의 선린을 맺을 것이다."라며 사신으로 서지를 파견하여 군사를 돌리게 하였다.

9

괴이하구나, 나쁜 나무 밑에서는 쉬지 않고, 도적 샘이라면 마시지도 않는 것은 그 이름을 꺼리기 때문인데, 어찌 외연한 그 모습이 한 고을 사람의 눈여겨보는바 되는 것을 믿지 말라는 말로써 표시하랴?

- 정습인(鄭習仁, 14세기. 고려 공민왕 때 문신)
고려사高麗史

청렴결백한 지조를 지키는 사람은 나쁜 것을 가까이하지 않는다는 말이다. 나쁜 나무 그늘에서는 아무리 덥더라도 쉬지 않고〔惡木不息〕, 도적 샘물은 아무리 목이 말라도 마시지 않는다〔盜泉不飮〕는 말은 모두 청렴한 지조를 가리키는 말로, 모두 불의를 매우 미워한다는 뜻이다.

10

너희들은 교만한 마음과 그런 행동으로 가득하다. 이를 고치지 않으면 반드시 패망할 것이다.

-민제(閔霽, 1339~1408. 조선 전기의 문신)
국조인물고國朝人物考

이 말은 민제가 아들 민무구(閔無咎)와 민무질(閔無疾) 등에게 훈계한 말이다. 민제가 가장 근심한 일은 자손들의 몸가짐이었다. 그래서 항상 아들들을 모아놓고 이를 경계하였다. 그가 걱정한 것처럼 나중에 무구와 무휼, 무회(無悔)는 모두 나라에 죄를 짓고 유배되었다가 죽었다.

11

인자하려면 부유하지 않고, 부유하려면 인자하지 않다. 부유하다는 한 글자는 나는 탐내지 않는 것이니, 너희들은 마땅히 이를 경계하라.

-정수충(鄭守忠, 1401~1469. 조선 세조 때 공신)
세조실록世祖實錄 · 국조인물고國朝人物考

인자한 사람은 부유하게 사는 것을 탐내지 않으니 이를 경계하라는 뜻으로, 정수충이 아들들에게 항상 훈계한 내용이다. 그는 생활이 청렴결백하고 정직하여 재산에 관해서는 조금도 괘념하지 않았다. 기쁨이나 노여움이나 감정을 나타내지 않고 바르지 않은 말은 입 밖에 내지 않았으며, 자신에게 권세를 아부하고 부당한 청탁과 같은 것은 전혀 발붙이지 못하게 하였고, 공명정대하였다.

12

밝은 덕이 지극하나 사람은 처음엔 부지런하다가도 끝에 가서 게을러지는 것이 보통 인정이니, 원하건대 끝을 삼가기를 처음같이 할 것이다.

– 한명회(韓明澮, 1415~1487. 조선 세조·성종 때 재상)
국조인물고國朝人物考

이 말은 한명회가 병들어 죽게 되었을 때 성종이 내의를 보내어 치료하고, 승지를 보내 위로하였을 때 왕에게 올린 유언이다. 그는 사소한 일에 구애되지 않고, 뜻한 일은 확고하게 이루되 중의를 모아 화평에 힘썼다. 한명회는 7개월 만에 태어나 어려서 어버이를 잃고, 스스로 학문을 닦고, 권람(權擥)과 벗 삼아 수양대군을 도와 계유정난을 일으켜 공신이 되었다.

13

내 함창의 농부 출신으로 출세하여 벼슬이 재상에 이르렀는데, 성공한 것도 내 힘이고, 실패한 것도 나 때문이니 무엇을 한탄하겠는가?

– 홍귀달(洪貴達, 1438~1504. 조선 세조~연산군 때 문신)
국조인물고國朝人物考

이 말은 경원으로 유배되어 가족들과 헤어질 때 남긴 말이다. 홍귀달은 부림 사람으로 대대로 함창에서 농사짓고 살았다. 그는 총명하여 학문에 힘썼으나 가난하여 남의 책을 빌려 공부하였다. 이시애(李施愛)의 반란을 평정하는 데 공을 세워 중용되었으나 연산군 무오년에 상소 문제로 좌천되고, 갑자사화 때 경원으로 유배되었는데, 단천에 이르렀을 때 사약을 받고 죽었다.

14

사람은 첫째로 사람됨의 근본 바탕을 배워야 하고, 둘째로 공허한 것을 숭상해야 하고, 셋째로 온갖 욕심을 막아야 하고, 넷째로 맡은 일을 부지런히 해야 하고, 다섯째로 모든 학문을 널리 해야 하고, 여섯째로 친척들과 화목하게 지내야 한다.

-이심원(李深源, 1454~1504. 조선 성종 때 학자)
가재사실록嘉齋事實錄

이 말은 아들을 훈계한 것으로, 사람은 그 바탕을 배우고, 없는 것을 숭상하고, 물욕을 억제하고, 매사에 부지런하고, 널리 배우고, 친척들과 화목해야 사람답게 된다는 뜻이다. 이심원은 나라의 정사에도 뜻을 두어 25세가 될 때까지 다섯 번이나 왕에게 글을 올려 선정에 관하여 논하였다. 성종 때는 임사홍(任士洪) 부자의 잘못을 간하여, 성종은 그 진정을 깨닫고 임사홍을 멀리 귀양 보냈다.

15

효도는 처자를 너무 사랑하는 데서 쇠약해지고, 벼슬은 환관이 되는 데서 게을러지고, 병환은 조금 나았다고 여기는 데서 더해지고, 재화는 교만하고 방자하게 되는 데서 생기는 것이다. 마음을 깨끗이 하고, 욕심을 적게 하고, 정신을 기쁘게 가지고, 성품을 잘 기르고, 상쾌한 일을 잘 인내하고, 괴팍한 일을 부끄러워하라.

-성몽정(成夢井, 1471~1517. 조선 중종 때 명신)
양경공자경문襄景公自警文

이 말은 가훈에 실린 자경문으로, 효도하고, 벼슬하고, 병들고, 불행할 때 자신의 마음가짐과 몸가짐에 경계할 점을 들어 항상 자신을 반성하게 하고, 이를 위하여 마음을 깨끗이, 욕심을 적게, 정신을 기쁘게 하며, 성품을 잘 길러 잘못된 일을 하지 말라는 뜻이다.

16

나는 날마다 세 번 나 자신의 몸가짐을 반성한다. 하늘을 섬기는 일에 극진하지 않았는가? 임금과 어버이를 위하는 데 정성을 다하지 않았는가? 몸가짐을 다잡는 데 바르지 않았는가?

－이언적(李彦迪, 1491～1553. 조선 중종 때 학자)
해동속소학海東續小學

이 말은 몸을 닦아 사람답게 살려는 뜻에서 마련한 말이다. 이언적은 임금에게 정사에 관한 열 가지 일을 상소하기를, "집안을 엄격히 다스리고, 나라의 근본을 배양하고, 조정의 기강을 바로잡고, 공사를 구별하고, 천리에 순응하고, 인심을 바로잡고, 바른말하는 길을 넓히고, 사리사욕을 경계하고, 국방을 강화하고, 모든 일을 잘 살펴서 해야 한다."라고 역설하였다. 자신의 몸가짐을 경계하는 글 다섯 가지, 곧 하늘을 공경하고, 마음을 잘 기르고, 몸을 공경하고, 허물을 고치고, 뜻을 돈독히 한다는 내용을 지어 평생의 좌우명으로 삼았다.

17

조심스럽게 옛 성현의 얼굴을 대하는 태도로써 진리를 의논한다면 나 또한 부끄러움이 없겠다.

－기대승(奇大升, 1527～1572. 조선 선조 때 학자)
국조인물고國朝人物考

기대승은 공조참의 · 대사간으로 임명되었으나 모두 사양하고 고향으로 돌아가다가 천안에 이르렀을 때 갑자기 종기 병이 나고 태인에 이르러서는 매우 심하였다. 사돈

인 김점(金漸)이 소식을 듣고 와서 문병하였다. 그는 말하기를, "사람이 죽고 사는 것은 생명이므로 괘념할 것이 못 됩니다. 다만 성현의 학문에 뜻을 두었으나 본래의 뜻대로 공부하지 못하였으므로…." 하고는 이 말을 하였다.

18

옛사람 중에는 한 손으로 하늘을 떠받드는 사람도 있었고, 한마디 말로 백만 대군을 물리치는 사람도 있었는데, 이는 곧 내 정성스러움이 어떠하냐에 달려 있을 따름이다.

- 박응남(朴應男, 1527~1572. 조선 선조 때 문신)

국조인물고國朝人物考

나라의 어려운 일을 극복하는 데 유의할 점을 말하여 성실하게 살라고 타이른 말이다. 박응남은 인품이 뛰어나고 기상이 강직하였으며 의논이 공명정대하였다. 일 처리에 있어서 공과 사를 분명히 하여 잘하고 잘못한 것을 거침없이 가렸다. 명종이 세상을 떠나고 선조가 어린 나이로 임금이 되자, 승지로 있으면서 나라의 어려운 일을 거침없이 알려 바르게 처결하였고, 옳지 않은 일을 하는 관리가 있으면 사정없이 바로잡게 하였다. 그래서 선조 초기의 정사는 그의 힘이 컸다는 말을 남겼다.

19

여색에 빠지지 않도록 경계하라. 남자가 이에 엄정하지 않으면 그 밖의 행실은 족히 볼 만한 것이 없다.

- 이지함(李之菡, 1517~1578. 조선 명종·선조 때 학자)
국조인물고國朝人物考

이지함은 우리나라의 역사적 인물로, 학자·술가(術家)·기인(奇人)으로 회자하는 인물이다. 어려서 어버이를 잃고, 형 이지번(李之蕃)과 화담 서경덕(徐敬德)에게 글을 배웠다. 특히 잡술과 예언에 뛰어나 사람의 앞일을 환하게 알았으니, 토정비결(土亭秘訣)도 그 한 예이다. 선조 때 대신을 지낸 이산해(李山海)의 숙부로 그에게 글을 가르쳤다. 평소 자손에게 사람답게 살라고 훈계하였는데, 이 말도 그 중요한 가르침이다.

20

공부하는 사람으로서 부귀와 영달을 바라는 마음이 있는 것은 도리어 배우지 않는 것만 같지 못하고, 자녀의 혼사를 구하는 데는 오직 그 가정의 법도가 어떠한지를 볼 따름이다.

- 이제신(李濟臣, 1536~1583. 조선 선조 때 문신)
국조인물고國朝人物考

이제신이 평소 집안에서 자녀를 훈계한 말이다. 그는 타고난 자질이 총명하여 7세 때 글을 지어 사람들을 놀라게 하였고, 명종 때 사마시를 거쳐 문과에 급제하였다. 자녀교육에 특히 유념하여, "너희들은 재물 보기를 거름처럼 생각하라."라고 하는 등 재물에 욕심을 갖지 말라고 경계하였고, 청렴결백한 태도로 살 것을 자주 타일렀다.

21

우리는 몰래 황금을 선물로 가져온 사람에게, "하늘이 알고, 땅이 알고, 내가 알고, 네가 안다."라고 그 잘못을 타일러 돌려보내 어른의 후예로서 우리 조상의 거룩한 뜻을 욕되게 해서는 안 된다.

– 양사언(楊士彦, 1517~1584. 조선 명종 · 선조 때 문관)
국조인물고國朝人物考

양사언은 몰래 선물을 바치려는 선비에게 세상에 비밀이 없다고 그 잘못을 타일러 깨닫게 한 청렴결백한 관리의 후예로서, 이 말은 조상의 뜻을 욕되게 해서는 안 된다는 뜻이다. 조상 양진(楊震)이 왕밀(王密)에게 훈계한 사실〔사지四知〕을 명심하여 청렴한 생활신조로 삼으라고 자손에게 한 가르침이다. 그는 금강산 만폭동 동굴 입구에 "봉래풍악원화동천(蓬萊楓岳元化洞天)" 글자의 뛰어난 필적과 아울러 설악산 와선대 · 비선대와 명산대천의 암벽에 많은 필적을 남겼다.

22

검소한 사람은 스스로 절약을 일삼는 까닭에 항상 여유가 있어 남을 도와줄 수 있으나, 사치하는 사람은 씀씀이가 큰 까닭으로 항상 모자라서 남에게 인색하다.

- 이덕형(李德馨, 1561~1613. 조선 중기의 명신)
해동속소학海東續小學

사람이 검소하게 살면 늘 여유가 있어서 남을 도와줄 수 있지만, 사치하면 늘 모자라서 남에게 인색하다는 뜻이다. 이덕형은 문예에 뛰어나서 봉래 양사언(楊士彦)은 어린 그를 스승이라고까지 불렀다. 20세 때 문과에 급제하고 이항복(李恒福) · 이정립(李廷立) 등과 함께 수재로서 사람들의 입에 오르내렸다.

23

숨이 비록 붙어 있더라도 악한 행실을 많이 하여 남들이 모두 천대하고 미워하면 개돼지만 같지 못하니 어찌 살아 있다 할 수 있고, 숨이 비록 끊어졌더라도 착한 행실을 많이 하여 남들이 모두 존경하고 믿으면 영원히 그 빛이 없어지지 않을 것이니 어찌 죽었다고 하랴?

- 노경임(盧景任, 1569~1620. 조선 선조 때 학자)
사생설死生說

인생의 생사 가치는 착한 일을 했느냐 악한 일을 했느냐에 따라 분별한다는 뜻이다. 노경임은 대인관계에 대하여 말하기를, "남이 나에게 거만하더라도 내가 너그럽게 용납하면 거만한 사람도 공손해지고, 남이 나에게 박대하더라도 내가 잘 용납하여 대접하면 박한 사람도 후해지고, 남이 나를 노하게 하더라도 내가 잘 용납하여 너그럽게 참고 삼가 말하면 남이 반드시 감복할 것이다."라고 하였다. 서애 유성룡(柳成龍)은 아들 진(袗)에게 말하기를, "내 평생 많은 사람을 보았으나 충직하고 순후하고 신중하고 신의가 있는 사람은 이 사람 같은 사람은 없으니 너는 마땅히 그를 스승 삼아라."라고 하였다.

24

간소한 것은 번거로운 것을 절제하기 위함이고, 고요한 것은 움직이는 것을 절제하기 위함이다.

-박찬(朴璨, 1556~1618. 조선 선조·광해군 때 학자)
국조인물고國朝人物考

번거로운 것을 간소하게, 움직이는 것을 고요하게 절제하라는 뜻이다. 박찬은 평소 주자서와 이퇴계(李退溪)가 엮은 책을 손에서 놓지 않았고, 항상 집안의 법도를 바로잡고 자녀교육에 힘썼다. 사람들이 빈궁한 생활에 대하여 말하면, "청백한 생활은 우리 집안의 신조이다."라고 하였고 또 자제들에게, "일가친척이 화목하게 사는 우리 집안의 가풍을 명심하여 욕된 일을 저지르지 말라."고 훈계하는 글을 남겼다.

25

고요히 앉아서 하루 종일 지내기는 쉽지만, 지조를 다잡아서 한 시각을 지내기는 어렵다.

-유진(柳袗, 1582~1635. 조선 광해군·인조 때 학자)
해동속소학海東續小學

유진은 이 좌우명을 항상 마음가짐과 몸가짐으로 삼아 모든 일 처리를 순리대로 하는 데 힘썼다. 유진은 아버지 서애 유성룡(柳成龍)의 엄격한 훈도로 학문과 덕망을 갖추었다. 여러 사람이 모인 자리에서 한 사람이 유성룡에 관하여 헐뜯는 말을 하였으나 못 들은 척하고 그 자리를 피하였다. 말을 한 사람은 그가 유성룡의 아들임을 알고는 다급히 뒤따라가 잘못을 사과하였으나 유진은, "만약 대인이 죄가 있으면 그 자제인들 덮어둘 수 있겠는가?"라며 태연하였다.

26

착한 행실을 보고 잘 옮기면 틀림없이 세상의 착한 일을 다 할 수 있게 되고, 잘못하는 행실이 있을 때 잘 고치면 잘못하는 일이 없게 된다. 남에게 이로운 것이 이보다 큰 것이 없다. 무릇 사람이 잘못하고 잘 고치면 잘못이 없는 데로 돌아가지만, 고치지 않으면 그 잘못은 드디어 크게 되어 장차 고치지 못하게 된다.

-강덕준(姜德俊, 1607~1668. 조선 중기의 학자)
우곡선생훈자격언愚谷先生訓子格言

강덕준은 우곡선생훈자격언이란 자녀 훈계하는 가훈 책을 냈는데, 책머리 내용을 살펴보면 다음과 같다.
군자는 사물의 이치를 궁구하여 아는 것을 확실하게 하고, 뜻을 참되게 하고, 마음을 바르게 하고, 그 몸을 잘 닦고, 집안을 정제하고, 나라를 잘 다스리고, 천하를 평화롭게 해야 한다. 이 전제하에 뜻을 세우라, 몸가짐을 조심하라, 사물의 진리를 잘 연구하여 아는 것을 확실하게 하라, 거짓 없이 참되고 진실하라, 기질을 바로잡으라, 의지와 기개를 기르라, 마음을 바로잡으라, 몸가짐을 다잡으라, 어질고 너그러운 도량을 가져라, 잘못을 고치고 착하게 살라, 인정을 후하게 베풀라, 집안을 바로잡으라, 효도하라, 아내를 사랑하라, 자녀를 잘 가르쳐라, 형제는 우애하라, 질서를 지키라, 친척과 화목하라, 이웃을 사랑하라 등을 제목으로 세우고 설명하였다.

27

말할 때는 실행할 것을 돌아보고, 실행할 때는 말할 것을 돌아보라. 낮에는 하는 일이 있어야 하고, 밤에는 터득하는 것이 있어야 하고, 잘 때는 길러지는 것이 있어야 하고, 쉴 때는 가지는 것이 있어야 한다. 어버이에게 효도하고, 어른을 공경하고, 벗에게 미더워야 한다.

– 성여신(成汝信, 1546~1632. 조선 선조·인조 때 학자)

– 부사자경문浮査自警文

성여신은 두 가지 돌아볼 점과, 네 가지 있어야 할 점과, 세 가지 남에게 행할 점을 스스로 경계할 일로 삼았다.

28

사람이 참되고 진실하지 않으면 모든 일을 뜻대로 할 수가 없다.

– 박태상(朴泰尙, 1636~1696. 조선 숙종 때 문신)

국조인물고國朝人物考

이 말은 박태상의 좌우명이라 할 수 있다. 박태상은 인품이 근엄하고 굳건하고 성실한 사람으로, 맡은 일은 어떤 어려움이 있어도 바르게 처결하였으며 특히 목민관으로서의 치적이 높았다.

29

책은 자세히 읽지 않아서는 안 되고, 진리는 충분히 강구하지 않아서는 안 되고, 마음가짐은 공평하지 않아서는 안 되고, 일하는 것은 굳이 기약하기만 해서는 안 되고, 일 처리는 지략만 써서는 안 된다.

-김창협(金昌協, 1651~1708. 조선 숙종 때 학자)
농암집農巖集

학문하고 일상생활을 하는 데 특히 유념할 점을 들어 말한 내용이다. 김창협은 영의정으로 있던 아버지 김수항(金壽恒)이 진도로 귀양 가서 참화를 당하자, 영구를 받들고 돌아와 장례를 마치고는 어머니를 모시고 영평으로 들어가서 나오지 않았다. 의리와 절개를 굳게 지키고, 후학을 기르고 학문하는 것을 즐겼다.

30

세상일은 하나라도 임금이 한마음으로 마음을 다스리는 법도에 달려 있지 않음이 없다. 또 이런 도리는 곧다는 글자에 근본 된다.

-권상하(權尙夏, 1641~1721. 조선 숙종 때 학자)
국조인물고國朝人物考

나라를 잘 다스려 민생을 안정시키고 국부 민강을 도모하는 데 중요한 점은, 위정자가 마음을 잘 다스려 바른 정사를 도모하는 데 달렸다는 뜻이다. 숙종이 43년 동안 나라를 다스리다가 병이 들어 온양온천으로 행차하여 한수재에서 요양하며 권상하에게 우의정 벼슬을 내렸으나 사양하고 괴산 촌사에서 글을 올려 대죄하였다. 왕은 위로하며 이를 허락하고 평복으로 오라고 하였다. 그는 마지못해 행궁 때 호가하는 법도에 따라 융복으로 왕을 찾아뵈니, 왕은 크게 기뻐하며 그를 맞아 치안책을 물었다. 권상하는 옆자리에서 이 말로 말문을 열었다.

31

간사하고 망령될 때는 이겨 누를 것을 생각하고, 방탕한 데로 흐를 때는 거두어 다잡을 것을 생각하고, 게을러질 때는 바로잡을 것을 생각하고, 자유롭지 않을 때는 풀어 놓을 것을 생각하고, 들뜨고 조급할 때는 장중할 것을 생각하고, 마음이 상할 때는 부드러운 것을 생각하고, 경박할 때는 신중할 것을 생각하고, 거칠 때는 정밀할 것을 생각하고, 각박할 때는 너그러울 것을 생각하고, 나약할 때는 씩씩할 것을 생각하라.

– 이서(李漵, 1662~?. 조선 효종 때 학자 · 명필)
홍도선생유고弘道先生遺稿

이 말은 가훈으로 마음가짐과 몸가짐을 경계하라는 뜻이다. 이서는 이 훈계에 이어, "인색해질 때는 공평한 것을 생각하고, 교만할 때는 공손할 것을 생각하고, 들뜰 때는 참된 것을 생각하고, 거짓될 때는 정직할 것을 생각하고, 말할 때는 삼갈 것을 생각하고, 노여울 때는 화순할 것을 생각하고, 거칠 때는 세밀할 것을 생각하고, 좁을 때는 넓힐 것을 생각하고, 자랑할 때는 겸손할 것을 생각하고, 잘못을 말할 때는 캐내지 말 것을 생각하고, 남의 좋은 일을 드러낼 때는 살펴 삼갈 것을 생각하고, 속일 마음이 생길 때는 참될 것을 생각하라."고 가르쳤다.

32

아버지로서 아들딸을 사랑하는 마음이 어찌 지극하지 않으랴? 사랑이 지극하면 근심도 깊으므로 이 여섯 가지 하지 말라는 가르침을 써 준다. 아아, 세상일이란 높고 먼 데 매어 행하기 어려운 일이면 비록 아버지 명령이라도 지켜 받들기가 어렵고, 아주 가까운 데 매어 행하기 쉬운 일이면 비록 가르치고 훈계하지 않는다고 소홀하게 할 수 있겠는가? 빈둥빈둥 놀며 잡된 놀음을 하지 말라. 남의 부족한 점을 말하지 말라. 거짓말이나 간사한 말로 남을 속이지 말라. 야박한 행동이나 나쁜 일을 하지 말라. 남을 이기기를 좋아하는 마음을 내지 말라. 생명을 해치는 버릇을 기르지 말라.

– 유최기(兪最基, 1689~1768. 조선 영조 때 문신 · 학자)
정간공가훈貞簡公家訓

어버이로서 자녀의 복된 삶을 훈계하는 가르침으로, 유

최기는 성품이 공평하고 정직한 선비로 사람들의 존경을 받아 당대의 명사와 사귀었으며, 특히 학문과 시문에 뛰어나 수십 권의 책을 냈다. 평소 대의에 입각하여 몸가짐을 삼가고 당시 팽배한 당파싸움을 평정하는 일에 심혈을 기울였다.

33

재물을 아껴 쓰는 것은 곧 백성을 사랑하는 근본이고, 백성을 사랑하는 것은 곧 나라를 사랑하는 근본이다.

- 이금(李昑, 1694~1776. 조선 21대 영조)
어제조훈御製祖訓

영조는 즉위한 뒤에 어진 인재를 등용하고 탕평책(蕩平策)을 써서 당파싸움을 조정하고, 농업을 장려하여 민생을 안정시키고, 세금을 공평하게 하여 민심을 수습하고, 군기를 바로잡아 국방을 강화하고, 학자를 우대하여 문화를 발전시키고, 인쇄술을 개량하여 많은 서적을 출판하는 등 여러 업적을 남겼다. 그러나 아들 사도세자(思悼世子)를 참살하는 불미스러운 일을 하였다. 그 뒤 어린 세손(정조)을 귀여워하며 수시로 왕도를 가르쳤는데, 이 말도 어제조훈이란 책에 실린 교훈이다. 어제조훈은 세손이 12세 되었을 때, 장차 임금이 명심하고 지켜야 할 10가지 내용 중 다섯 가지 권하는 말의 한 가지인데, 그

중 네 번째 교훈인 절약과 검소를 권하는 내용이다.

34

몸가짐을 닦는 일은 말을 충직하고 미덥게 하라. 자기의 도리를 다하는 것을 충성이라 하고, 거짓 없는 진실을 믿음이라고 한다. 충성은 나라에 충성하는 행실뿐만 아니라 남을 위하여 옳은 일을 도모하는 데 내 마음을 다하는 것도 또한 충성이라 하고, 신의는 벗에게 미덥게 하는 행실뿐만 아니라 남과 약속한 일을 말대로 실천하는 것도 또한 신의라고 한다. 그렇다면 충성과 신의가 남에게 행하는 의리는 그 뜻이 큰 것이다.

-정홍규(鄭弘規, 1753~1836. 조선 순조 때 학자)
운와유고雲窩遺稿

운와유고 36편의 훈계 중 수신에 관한 가르침으로, 말을 참되게 하고 미덥게 하는 것이 몸가짐을 닦는 데 중요하다는 뜻이다. 정홍규는 또 몸가짐을 닦는 데 중요한 점은 행실을 돈독히 하고 삼가라고 하였다. 일마다 성실하고 착실하게 하고, 말 따라 공경하고 삼가며 자기 할 도리를 다한다면 어찌 어려움이 있겠느냐고 가르쳤다.

35

선악을 가려 몸을 수양하라. 몸가짐을 닦는 일은 부모에게 효도하고, 형제간에 우애하는 것을 근본으로 삼으라. 효도하고 공경하라. 효도하고 공경하는 일은 어질고 착한 일을 실행하는 근본이 된다. 근면하고 검소하라. 부지런하고 검소한 것은 좋은 밭보다도 나아 한평생 필요한 대로 써도 다함이 없다.

-정약용(丁若鏞, 1762~1836. 조선 정조·순조 때 대학자)
정다산전서丁茶山全書

이 말은 가훈에서 수신과 효제와 근검에 관한 가르침으로, 몸을 닦는 데는 효도와 우애가 근본이 되고, 효도와 공경은 착한 일의 근본이 되고, 근면과 검소는 큰 자산이라는 뜻이다. 정약용은 학식과 문필이 뛰어나서 높은 벼슬에 오를 수 있었으나 천주교를 믿는다는 죄로 온 집안이 화를 입고 강진으로 귀양 가서 18년간 고생하였다. 그동안 정치·경제·법률·역사·지리·의학 등 모든 학문을 연구하였다. 그는 가훈을 통하여 재물 씀씀이를 조심하라, 양심을 지니고 살라, 당파를 조심하라, 모든 일에 성실하라, 비밀을 지키라, 몸가짐을 삼가라, 집안을 잘 보전하라, 책을 지을 때 조심하라는 등 여러 가지 생활 덕목을 들고 그 내용을 훈계하였다.

36

공부하는 사람으로 드나드는 일을 자주 하지 말라. 그러면 학업이 반드시 거칠어진다. 벗과 놀 때 마구 희롱하지 말라. 그러면 틈이 반드시 싹튼다. 밥을 먹을 때 너무 배부르게 먹지 말라. 그러면 기운이 반드시 게을러진다. 술을 마실 때 정도를 넘지 말라. 그러면 병이 반드시 생긴다. 손님이 오면 늦게 나가 맞지 말라. 그러면 정이 반드시 멀어진다. 남이 준다고 경솔하게 받지 말라. 그러면 뉘우치는 일이 반드시 많아진다. 관청의 정사를 망령되게 논의하지 말라. 그러면 근심스러운 일이 반드시 이른다. 남의 잘못을 남에게 이야기하지 말라. 그러면 욕된 일이 반드시 다다른다.

-강종열(姜宗說, ?~?. 조선 후기의 학자)
수졸재가훈守拙齋家訓

일상생활에서 긴요한 여덟 가지 몸가짐과 사물을 접하는 방도를 말하여, 몸을 닦고, 일에 임하고, 남을 대하는 데 경계하고 삼가라는 뜻이다. 강종열은 이 말을 통하여 여덟 가지 반드시 되는 일〔八必〕과 아울러 여덟 가지 마땅히 할 일〔八當〕을 가훈으로 들었는데 제목만 들면 다음과 같다.

글을 읽을 때 헛된 소리를 내지 말고 마땅히 음을 바르게 분별하라. 글을 논할 때 희롱하는 이야기를 하지 말고 마땅히 참뜻을 찾으라. 말할 때는 높고 급한 말을 하지 말고 마땅히 부드럽고 온화하게 하라. 걸음걸이는 산만하고 방자하게 하지 말고 마땅히 침착하고 조용하게 하라. 기쁜 일을 만나도 가볍게 행동하지 말고 마땅히 먼 앞일을 생각하라. 노여움을 갑자기 나타내지 말고 마땅히 찬찬히 살펴서 하라. 일을 의논할 때 자기 뜻만 고집하지 말고 마땅히 여러 사람의 의견을 따르라. 어떤 일도 특별나게 하지 말고 마땅히 세상의 풍속을 따르라.

처 세 편

[處世 : 사람들과 사귀며 살아가는 일]

1

신하 된 도리는 위태로운 일을 당하면 목숨을 바치고, 어려운 일에 다다르면 몸을 잊는다고 한다. 전날의 포상 싸움과 갈화 싸움은 실로 위태롭고 어려웠다. 나는 목숨을 바치고 몸을 잊고 싸웠으나 남에게 알려질 수 없었으니, 장차 무슨 면목으로 세상에 나다니랴?

-물계자(勿稽子, 3세기. 신라 내해왕 때 충신)
삼국사기三國史記

옛 지사들은 남들이 알든 모르든 자신이 옳다고 여기는 일에 신명을 내던졌으나, 물계자는 큰 공을 세웠는데도 나라에서 알아주지 않는 일은 부끄러운 일이라, 어떻게 얼굴을 들고 남을 대하겠느냐며 산속으로 숨고 다시 세상에 나오지 않았다.

2

때를 만나지 못하면 숨고, 때를 만나면 벼슬하는 것이 선비의 떳떳한 도리이다. 지금 임금은 나를 후하게 대접하는데 내 어찌 또 숨어 살 것을 생각하랴.

-을파소(乙巴素, ?~203. 고구려 고국천왕 때 명재상)
삼국사기三國史記

고구려 왕실이 외척의 발호로 내정이 부패하고 백성이 불안과 공포로 원망이 쌓였을 때, 고국천왕은 나라의 정사를 혁신하려고 널리 인재를 구하였다. 그때 안류(晏留)의 추천으로 농토에 묻혀 살던 을파소가 등용되었는데, 그는 벼슬길로 나오면서 이 말을 하였다. 을파소는 국정을 맡아 정사를 바로잡고, 상벌을 공평하게 하며 온갖 정성을 기울여 선정을 베풀었다.

3

남의 재앙을 틈타서 그 밭을 갈아먹은 것도 오히려 의롭지 않은 일로 여길까 두려운데, 이제 돌아왔는데 어찌 차마 그대로 먹으리오?

- 권수평(權守平, ?~1250. 고려 고종 때 문신)
고려사高麗史

남의 땅을 갈아먹었으면 조세는 내는 것이 바른 처사라는 뜻이다. 권수평은 대정으로 있을 때 매우 가난하게 살았다. 낭중으로 있던 복장한(卜章漢)이 죄도 없이 귀양 가서 그의 땅이 묵게 되자, 얼굴도 모르는 복장한의 밭을 갈아먹으며 전조(田租, 논밭에 대한 조세)까지 물었다. 복장한이 돌아오자 권수평은 그를 찾아가서 사연을 말하고 전조를 낸 장부를 주니, 복장한이 말하였다. "내가 귀양살이할 때 그 밭을 그대가 갈아먹지 않았더라도 어찌 남이 갈아먹지 않았으리오? 그대가 나를 가엾게 여겨 밭을 돌려주면 족하지 어찌 전조까지 주오?" 그러자 권수평은 이 말을 하며 그 장부를 주었다. 복장한이 받지 않고 문을 닫고 들어가자, 그는 장부를 돌에 매어 그 집에 던져 주고 돌아왔다.
당시 사람들은 이 일에 감탄하며 말하기를, "지금 서로 빼앗아 가지는 풍습이 심한데 이 같은 사람을 보게 될 줄은 생각하지 못하였다."라고 하였다.

4

나라에 충성하고 어버이에게 효도하고 부부간에 사랑하고, 사람으로서 지켜야 할 다섯 가지 윤리〔부자유친 · 군신유의 · 부부유별 · 장유유서 · 붕우유신〕를 존중하고, 아랫사람을 너그럽게 거느리고, 윗사람을 예의 바르게 섬기고, 장례에는 슬픔을 다하고, 제례에는 공경을 다하고, 마음가짐을 공정하게 하고, 일 처리를 올바르게 하고, 자녀를 바르게 가르치고, 남을 인자하게 대접하라.

– 서릉(徐稜, ?～?. 고려 고종 때 효자)
절효공실기節孝公實記

서릉은 효자로 고려사(高麗史)에는 다음과 같은 일이 실려 있다. 그는 학문이 뛰어났으나 어머니를 봉양하기 위하여 벼슬도 하지 않았다. 그런데 어머니 목에 등창이 나서 의원을 청하니 의원은 진찰한 다음 말하였다. "만약 산 개구리를 얻지 못하면 낫기 어렵겠다." 때는 추운 겨울이라 산 개구리를 얻을 수가 없었다.
그는 어머니의 병은 낫지 못하겠구나 하고 슬피 우니 의원은, "비록 산 개구리가 없더라도 다른 약을 배합하여 써 보자."라며 약을 지어 주므로 그는 나무 밑에서 약을 달였다. 그런데 갑자기 무언가 나무 위에서 가마 속으로 떨어졌는데, 바로 산 개구리였다. 의원이 말하기를, "그대의 효성에 하늘이 감동하여 하늘에서 내려주었으니 그대 어머니 병은 반드시 나을 것이다." 하고 약에 배합하여 어머니에게 먹이니 과연 병이 나았다. 그 후 효자로 칭송되었다.
가훈 거가10훈(居家十訓)을 지어 자손에게 전하였는데, 이 말은 그 가훈의 제목이다.

5

나라의 안전과 위험과 백성의 이로움과 괴로움과 사군자의 나아감과 물러감이 모두 여러 재상의 행실에서 나타난다. 대체로 군자가 나오면 나라가 안정되고, 군자가 물러나면 백성이 괴로워진다. 이는 예나 지금이나 떳떳한 이치이다.

-이곡(李穀, 1298~1351. 고려 후기의 학자)
고려사高麗史

이곡은 충혜왕 말년에 정사가 어지러워져 관작이 남발되어 노비도 고관대작이 되는 것을 보고 개탄하여 이 사실을 시로 표현한 일도 있었다. 충목왕이 즉위하자 당시의 재상들에게 글을 보내 말하기를, "우리나라가 나라답지 못한 지가 오래되어 풍속이 무너지고 정사가 문란하여, 백성이 편히 살지 못하고 도탄에 빠진 것과 같다. 다행히 새 임금이 즉위하여 나라로 돌아오니 백성들의 바람은 큰 가뭄에 단비를 바라는 것과 같다. 그런데 새 임금은 춘추가 성하고 겸손하고 과묵하여 나라의 정사를 여러 재상에게 물을 것이니…." 하고 이 말을 하여 재상들에게 우선 훌륭한 인재를 등용하여 어진 정사를 펴게 하라고 예를 들어 자세히 권고하였다.

6

이 아드님은 실로 남다른 사람이니 그대의 힘이 미칠 바 못 된다. 그대의 가업은 이 아드님이 반드시 크게 이루어 나가리라.

-이달충(李達衷, ?~1385. 고려 공민왕 때 문신 · 학자)
고려사高麗史

이 사람이 가업을 대성한다는 뜻으로, 곧 이성계(李成桂)의 뛰어난 인품을 예언한 말이다. 이달충은 성품이 강직하여 불의에 꺾이지 않고 사물을 보고 판단하는 능력이 뛰어났다. 일찍이 동북면도순무사로 갔다가 돌아올 때 이자춘(李子春, 환조)이 들까지 나와서 그를 전송하는

데 아들인 이성계(태조)가 모시고 나왔다. 그때 이자춘이 술을 부어 올리자 이달충은 선 채로 받아 마셨는데, 이성계가 술을 부어 올리자 땅에 무릎을 꿇고 앉아서 받아 마셨다. 이를 보고 놀란 이자춘이 그 까닭을 묻자 이달충은 이 말을 남기고, 이어 뒷날 자신의 자손들도 보살펴 달라고 부탁하였다.

7

우리나라는 사람 쓰는 법도가 크게 무너져서 교양하려 하면 사도가 밝지 않고, 선거하려 하면 사사로움으로 공변됨을 덮고, 전주하려 하면 어진 사람과 어리석은 사람이 섞여 나오고, 고과하려 하면 청알이 번성하고, 출척하려 하면 뇌물이 공행한다.

-정도전(鄭道傳, ?~1398. 고려 말 · 조선 초의 정치가 · 학자)
고려사高麗史

관리 등용의 다섯 가지 방법인 교양(敎養) · 선거(選擧) · 전주(銓注) · 고과(考課) · 출척(黜陟)의 폐해를 설명한 것으로, 고려 마지막 임금인 공양왕의 인재 등용에 대한 물음에 정도전이 대답한 내용이다. 그는 서두에서, "당나라에 사람을 쓰는 다섯 가지 조목이 있는데, 첫째는 교양으로써 그 재덕을 닦게 하고, 둘째로 선거로써 그 뛰어남을 뽑고, 셋째는 전주로써 그 알맞은 임무를 맡게 하고, 넷째로 고과로써 그 공과를 살피고, 다섯째로 출척으로써 그 징계와 권면을 보이는 것"이라고 설명하며 당시의 실정을 말하였다.

8

좋은 일과 나쁜 일은 밖으로부터 오는 것이 아니요, 재화와 행복은 오직 사람이 부르는 것인데, 어찌 불교를 빙자하고 술수를 믿어서 복됨과 이로움을 바랄 까닭이 있으리오?

-강회백(姜淮伯, 1357~1402. 고려 후기의 명신)
고려사高麗史

길흉화복은 사람 자신의 처신에서 조성되는 것이지 어떤 신앙에서 이루어지는 것이 아니라는 뜻이다. 강회백은 공양왕이 즉위하자 밀직사사 겸 이조판서가 되었는데 이 말은 그때 상소한 내용의 첫머리다. 그는 이어 말하기를, "불교의 도는 청정과 과욕을 제일 중요한 의리로 삼는데, 만약 백성의 힘을 곤궁하게 하여 부처를 만들고 탑을 만든다면 도리어 죄 될 따름입니다. 요즘 연복사를 짓는 역사로 백성이 파산하고 할 일을 잊고 있으니 이는 어진 정사의 근본을 상하는 것입니다."라고 하였다.

9

신이 듣건대 여자는 두 남편이 없고, 신하는 두 임금이 없다고 하오니 고향으로 돌아가게 하여 신이 두 나라 임금을 섬기지 않으려는 뜻을 이루게 하소서.

-길재(吉再, 1353~1419. 고려 말·조선 초의 학자)
고려인물지高麗人物誌

고려에 벼슬하던 사람이 조선에 벼슬하여 그 충절을 바꿀 수 없다는 뜻이다. 길재는 어렸을 때 청빈한 집안에서 자랐으나 힘써 공부하며 스승을 찾아 멀고 험한 길을 꺼리지 않았는데, 한때 이방원(李芳遠)과도 학업을 닦았다. 고려가 망하고 조선이 세워진 뒤, 정종 때 이방원은 동궁으로 있으면서 길재를 생각하고 서연관과 더불어 말하기를, "길재는 강직한 사람이다. 내 일찍이 그와 함께 공부하였으나 만나지 못한 지 오래되었다."라고 하였다. 전가식(田可植)은 길재와 같은 고향 사람으로 마침 시강으로 있다가, "길재가 집에 있으면서 어머니에 대한 효행이 지극하다."라고 알렸다. 이에 곧 태상박사 벼슬을 내려 불렀는데, 이 말은 그 부름에 답한 말이다.

10

한 마을에도 오히려 아름다운 사람이 있는데 우리나라의 많은 사람으로서 어찌 그런 사람이 없으리오. 혹 비록 가

짜가 있다 하더라도 좋은 풍속을 힘써 권장하지 않겠는가?

-허조(許稠, 1369~1439. 조선 세종 때 대신)
세종실록世宗實錄 · 국조인물고國朝人物考

나라의 미풍양속을 권장하자면 어진 인재를 찾아 많이 등용해야 한다는 뜻이다. 허조는 태종의 총애를 받고 세종의 신임을 받아 이조판서가 되어 인사 전형을 맡게 되자, 전국에서 명신과 충신의 자제들로서 효자와 순손(順孫, 조부모를 잘 받들어 모시는 손자)으로 이름난 인재를 찾아서 모두 등용하였다. 그때 이러한 처사에 관하여 제의하는 사람이, "진짜로 효자와 순손이 이같이 많은가?" 라고 말하자, 그는 이 말을 하였다. 그리고 이어, "이러한 정책이 뒷날 아름다운 풍속을 이루어서 진짜로 효자와 순손이 많이 배출될지 알겠는가?"라고 하였다.

11

성실하고, 신애하고, 청렴하고, 공정하고, 근면하고, 간소하고, 화목하고, 인혜로워라.

-노숙동(盧叔仝, 1403~1463. 조선 전기의 문관 · 학자)
국조인물고國朝人物考

인생의 생활신조를 여덟 글자〔성신염공근간화혜誠信廉公勤簡和惠〕로 경계한 가르침이다. 성실은 바르고 참되고 망령됨 없는 것을 뜻하고, 미더움은 사물의 이치에 어긋

남이 없다는 뜻이고, 청렴은 욕심을 내어 마음대로 하지 않는 것을 뜻하고, 공정은 자신의 사사로운 욕망을 물리치고 바르게 처신하는 것을 뜻하고, 근면은 모든 일에 부지런하여 게으름이 없다는 뜻이고, 간소는 모든 일을 간결히 처리하여 어지러움이 없다는 뜻이고, 화목은 남을 대함이 온순하여 사이좋게 어울린다는 뜻이고, 인혜는 인자한 마음으로 남에게 사랑을 베푼다는 뜻이다.

노숙동은 이 말을 가훈으로 삼아 자손을 경계하였는데, 성실하면 자신의 양심을 속이는 일이 없고, 미더우면 남을 속이지 않고, 청렴하면 탐욕이 없고, 공정하면 사사로움에 치우치지 않고, 근면하면 모든 일에 부지런하고, 간명하면 매사에 깨끗하고, 화목하면 남과 잘 사귀고, 인혜하면 사랑으로 충만하다고 가르쳤다.

그는 이 가훈을 정함으로써 10대에 걸쳐 대대로 나름의 가훈을 마련하여 유명한 풍천노씨가학십도(豊川盧氏家學十圖)가 마련되었다.

12

궁핍과 통달은 모두 한계가 있는 것이니, 이를 구하여도 뜻대로 안 되면 그만두는 것을 피하지 않을 것이다.

- 강희안(姜希顔, 1418~1464. 조선 세종 때 명신)
국조인물고國朝人物考

강희안은 일을 처리할 때 문제 되는 행동을 하지 않았는데, 이 말은 그런 까닭을 밝힌 말이다. 그는 시를 잘 짓고, 글씨를 잘 쓰고, 그림도 잘 그렸다. 시는 아름다운 자연과 깨끗한 인생을 노래하는 데 뛰어났으며, 글씨는 전서에 능하였고, 그림은 우아한 필치를 구사하여 세상을 놀라게 하였으나 스스로 간직하며 남에게 보이지 않았다. 혹 청하는 사람이 있으면, "글씨나 그림은 전하는 예능인데 이를 후세에 전하면 마침내 이름을 욕되게 할 따름이다."라고 하며 들어 주지 않았다.

13

순결한 마음 하나로 잡된 생각에 빠지지 않게 하고, 밝은 덕성으로 신령스러운 뜻을 받아들이라. 사람의 마음은 방탕하기 쉽고, 위험한 행동은 안전하기 어렵다. 불을 타오르게 하면 그 열이 뜨거워지고, 얼음을 얼게 하면 그 기운이 차가워지는 법이다. 어두운 방 안에서도 속이지 말고 경계하고 삼가라. 하느님은 항상 곁에 있고, 귀신의 눈은 번개처럼 빠르게 살피는 것이니 어찌 참되고 진실하지 않으랴? 사람은 항상 예의 바른 행실을 표준으로 삼아서 겉마음이나 속마음이나 아울러 깨끗하게 하고, 조그마한 뜻을 나타냄에도 반드시 삼갈 것이다. 사람의 태도와 기운이 사사로운 데로 흐르게 되면 탐욕을 일으키게 되니, 선비들에게 귀중한 것은 이러한 탐욕을 힘써 물리치고 막을 것이다. 마음을 매우 깨끗하게 지녀 더럽고 흐린 데 물들지 말고, 맑고 또 맑아 티 하나 없게 하여 그 가문의 깨끗한 체통을 대대로 잇고 그 뜻을 전승할 것이다.

- 노분(盧昐, 15세기. 조선 세조 때 학자)
풍천노씨가학豐川盧氏家學

풍천노씨가훈 중 노분의 청렴과 신중에 관한 교훈이다.

14

남을 속이지 말라. 나는 평생 일찍이 남을 속이지 않았다. 벼슬길에 들어선 날부터 끝마치는 날까지 한 번도 거짓말한 일이 없었다.

- 이변(李邊, 1391~1473. 조선 세종~세조 때 문신)
국조인물고國朝人物考

이변은 성품이 청렴결백하고 정직한 사람이었다. 이조참의로 인재 전형 일을 맡았을 때 외관이 신선한 물고기와 좋은 고기를 바쳤는데, 이를 받지 않고 매우 꾸짖으며 인사는 공정해야 한다는 교훈을 남겼다. 이 말은 그때 말한 내용이다. 당시 학자 김종직(金宗直)은, "신의가 그 말과 같았다. 그의 덕은 진실로 정직하고 성실하고 공경스럽다."라고 칭찬하였다.

15

큰일을 의논하거나 크게 의심나는 일을 결단할 때는 반드시 바른 진리에 따라 어긋난 논란이 없도록 하라. 여기서 학문의 힘이 장성될 것이다.

-심회(沈澮, 1418~1493. 조선 전기의 문신)
국조인물고國朝人物考

이 말은 모든 일은 바르게 다스리는 데서 학문하는 힘도 커진다는 뜻으로, 평소 자제를 경계한 말이다. 대학(大學)과 중용(中庸)의 내용을 들어 자제를 엄정하게 훈도하며, 자신도 솔선수범하였다.

16

남을 책망하는 마음으로써 자기를 책망하고, 자기를 사랑하는 마음으로써 남을 사랑하면, 충실하고 너그러운 도리가 극진할 것이다.

-손순효(孫舜孝, 1427~1497. 조선 성종 때 문신)
국조인물고國朝人物考

이 말은 남의 잘못은 너그럽게 용서하고, 자기의 잘못은 엄격하게 책망하라는 뜻이다. 손순효는 성리학을 깊이 연구하여 조예가 깊었으며 문장과 그림도 능하였다. 성종은 자주 그를 불러 학문을 강론하였다. 어느 날 경연에서 학관들이 경사의 강의를 마친 뒤 그에게 중용과 대학과 주역과 시경을 강의하게 하니, 모든 학과를 거침없이 강론하였다. 이때 그는 위정자가 밝아야 재신들이 어질지, 위정자가 좀스러우면 재신들이 게을러지고, 그러면 만사가 다 게을러진다고 하였다. 왕은 기꺼이 받아들이고 이어 '충서(忠恕)의 도'를 논하라 하므로 그는 이에 관하여 강론한 다음 결론으로 이 말을 하였다.

17

너희들은 마음에 남을 공경하고 두려워하는 뜻을 가지고 감히 게을리하는 일이 없도록 하라. 남들이 혹 나를 비방하는 일이 있더라도 절대로 서로 남의 나쁜 점을 드러내어 말하지 말라. 이는 마치 피를 물고 남에게 뿜으려 하면 먼저 그 입을 더럽히는 것과 같으니 마땅히 이를 경계하라.

-김굉필(金宏弼, 1454~1504. 조선 전기의 학자)
가범家範 · 해동속소학海東續小學

이 말은 자제들에게 평소에 남의 인격을 존중하는 마음가짐을 가지고, 남들이 혹 비방하는 일이 있더라도 맞서서 나쁜 점을 드러내어 다투지 말라는 뜻이다. 김굉필은 대학자인 김종직(金宗直)에게 소학(小學)을 공부하고, 그 훈계에 따라 손에서 소학을 놓지 않다가 30세가 넘어서 육경을 탐독하여 모든 학문에 능통하고, 아울러 훌륭한 덕성과 인격을 갖추었다. 많은 학자가 문하에 모여들어 공부하였는데, 제자로 조광조(趙光祖)·김정국(金正國)·이장곤(李長坤) 등이 있다.

18

가벼운 것은 마땅히 무거운 것으로 바로잡고, 급한 것은 마땅히 느린 것으로 바로잡고, 치우치는 것은 마땅히 너그러운 것으로 바로잡고, 떠들썩한 것은 마땅히 고요한 것으로 바로잡고, 사나운 것은 마땅히 부드러운 것으로 바로잡고, 거친 것은 마땅히 세밀한 것으로 바로잡으라.

-상진(尙震, 1493~1564. 조선 명종 때 대신)
국조인물고國朝人物考

이 말은 신중하고, 침착하고, 너그럽고, 고요하고, 부드럽고, 세밀하게 처신하라는 뜻으로, 스스로 자신을 경계하는 자경문의 일부다.

19

완전한 사람을 어찌 얻기가 쉬우리오? 인재를 구할 때는 그 단점을 버리고 장점을 취하는 것이 옳다.

-민기(閔箕, 1504~1568. 조선 명종 때 문신)
국조인물고國朝人物考

민기는 타고난 자질이 뛰어나고 도량이 넓고 매사에 신중하였다. 다급한 일을 당하여도 놀라는 기색이 없고, 기뻠과 노여움을 얼굴에 나타내지 않았으며, 좋은 일을 보아도 지나치게 칭찬하는 일이 없고, 좋지 않은 일을 보아도 너그럽게 용납하였다. 사람들이 남의 단점을 들어 공박하는 일이 있으면 이 말을 하여 사람 보는 태도를 깨닫게 하였다.

20

어떤 일에 임해서도 어렵겠다고 거절하는 행동은 나는 하지 않았다.

– 백인걸(白仁傑, 1497~1579. 조선 명종·선조 때 문신)
국조인물고國朝人物考

이 말은 어떤 일을 하더라도 성실하게 하는 것이 선비다운 태도라는 뜻이다. 백인걸은 조광조(趙光祖)의 제자로서 학업에 열중하였으나, 중종 때 기묘사화로 스승과 동지를 잃자 금강산으로 들어갔다. 그 뒤 돌아와서 사마시에 급제하고 여러 벼슬을 지냈다. 인종이 세상을 떠나고 명종이 즉위하자 문정대비가 수렴청정하게 되어, 윤원형(尹元衡)에게 윤임(尹任)·유관(柳灌)·유인숙(柳仁淑)을 죄로 다스리려 하였다. 정신(鼎臣, 삼정승)들은 두려워 감히 바른말하지 못하였으나, 그는 이 말을 하고 이어, "국가의 정사는 마땅히 공명정대하게 처리하여야 한다. 이 세 사람을 죄 주자는 것은 정신들의 뜻이 아니다."라고 하였다. 그러나 이 일로 문정대비의 미움을 받아 벼슬에서 물러났다.

21

사람이 나라에 몸을 맡겨 벼슬할 때는, 나라의 위급 존망의 처지에 따라 의롭게 행동할 것을 생각해야지, 몸에 근심 없이 편안을 생각하는 것은 생각 밖의 일이어야 한다.

-심충겸(沈忠謙, 1545~1594. 조선 선조 때 문신)
국조인물고國朝人物考

이 말은 죽기를 각오하고 몸을 나라에 맡긴 벼슬아치는 어떤 어려움과 괴로움도 이겨내야 한다는 뜻이다. 심충겸은 타고난 인품이 의연하고 도량이 넓고 컸으며, 학식과 덕망을 아울러 갖추어 모든 일을 성실하고 공정하게 처리하였다. 임진왜란 때는 병조참판 겸 비변사제조가 되어 선조를 모시고 평양으로 갔다. 그 뒤 호조·병조참판 겸 세자 우빈객으로 임명되어 모든 일을 보살피고 군사와 군량을 관리하는 데 신명을 바쳤다. 이때 어떤 사람이, "옛날부터 몸을 세무에 맡긴 사람치고 화를 입지 않은 사람이 드문데 왜 그다지 스스로 괴로움을 겪고 있는지?" 하고 걱정하자, 그는 이 말을 하여 굳은 충절을 맹세하였다.

22

세상에 태어나서 함께 살다 죽어서 함께 묻히는 것은 천리라, 인정인들 어찌 아름다운 뜻이 아니리오? 이러면 영원히 함께 있으리니 장사는 한 언덕에 묻는 것이 좋겠다.

– 이원익(李元翼, 1547~1634. 조선 선조~인조 때 재상)
국조인물고國朝人物考

이 말은 선조가 세상을 떠나서 장례를 의논할 때 이원익이 한 말이다. 당시 장지를 건원릉(태조릉) 곁으로 정하였는데, 술사는 태조 묘에 가까이 묻는 것은 불길하다고 하여 의견이 분분하였다. 그는 중국 역대 왕릉의 실례를 들며 뜻을 굽히지 않았다. 광해군이 나라를 잘못 다스리자 그는 어머니(인목대비)를 모시고, 동기와 화목하고, 여색을 막고, 토목공사를 경계하라는 등 강력히 간하다가 홍천으로 귀양 갔다. 청백한 사람으로 이름 높았다.

23

장중하고 공경하면 날로 굳건하게 되고, 안일하고 방자하면 날로 탐이 많아진다. 이 가르침을 군자는 몸을 지키는 방도로 삼는다. 학업은 지조보다 먼저 할 것이 없고, 경계는 마음이 게을러지는 것보다 절실한 것이 없다.

– 유대칭(俞大偁, 1565~1634. 조선 인조 때 학자)
관원유고灌園遺稿

이 말은 군자다운 의로운 행실을 지키는 도리를 경계한 말로 유대칭은 이 말에 이어, "마음을 가라앉혀 옳은 도리를 체득하고, 엄격히 자신의 몸가짐을 바로잡는 데 힘쓰면 날로 굳건한 보람을 이룰 수 있으나, 집안에 혼자 있으면서 몸가짐을 게을리하고, 스스로 자신을 내던지고 앞길을 돌보지 않는다면 날로 탐욕에 물들지 않을 수 없을 것"이라고 경계하였다. 또 군자답게 힘쓰고 경계할 점은 삼가 올바른 행실에 달려 있다고 말하였다.

24

지금은 마땅히 사람 살리는 일을 급한 일로 삼고, 곡식 소비하는 일을 작은 일로 삼아야 한다.

-김수흥(金壽興, 1626~1690. 조선 숙종 때 학자 · 재상)
국조인물고國朝人物考

이 말은 흉년이 들면 백성 살리는 일을 급한 일로 삼고, 곡식을 풀어 쓰는 일은 작은 일로 삼아야 한다는 뜻이다. 김수흥은 청음 김상헌(金尙憲)의 손자로 명문에서 자랐는데, 인품과 학식과 덕행이 뛰어났다. 강화 유수로 있을 때 왕에게 아홉 가지 민폐를 들어 시정을 주창하고, 이어 호조판서로 있을 때 나라에 큰 흉년이 들자, 이 말을 하여 무엇보다 먼저 백성을 살리는 일이 급하다고 주창하였다.

25

사람이 살고 죽는 것은 붓끝에 달려 있는데, 살려야 될 사람을 죽게 하면 재앙이 반드시 이를 것이다.

-남용익(南龍翼, 1628~1692. 조선 숙종 때 학자)
국조인물고國朝人物考

이 말은 사람의 생사가 붓끝에 달렸을 때 그릇된 말로 집권자를 움직여 살릴 사람을 죽게 만들면 앙화를 받는다는 뜻으로, 간관으로 있을 때 벼슬아치들을 경계한 말이다. 남용익은 약관에 과거에 급제하고 벼슬하여 인품과 문망을 세상에 떨쳤다. 그러나 몸가짐을 닦는 데 힘써 한마디 말이나 한 가지 일에도 신중하여 40년 동안 잘못한 일이 없어 사람들이 감복하였다.

26

마음가짐을 공정하게 하고, 몸가짐을 청렴하게 하고, 나라에 충성하고, 어른 섬기는 데 공손하게 하고, 사물 대하는 데 미덥게 하고, 하인 대하는 데 너그럽게 하고, 일 처리를 삼갈 것이다. 이것이 벼슬하는 사람의 일곱 가지 중요한 일이다.

-홍만종(洪萬宗, 17세기. 조선 효종 때 학자)
순오지旬五志

이 말은 벼슬하는 사람의 일곱 가지 중요한 점을 든 것으로, 마음가짐과 몸가짐을 공정하고, 청렴하고, 충직하고, 공손하고, 신임하고, 관대하고, 신중하라는 뜻이다. 홍만종은 몸가짐을 닦는 방법 아홉 가지를 들어 말하기를, "첫째 효도하고 순종하라. 둘째 좋은 위장을 보전하라. 셋째 남을 사랑하고 불쌍히 여기는 마음을 가져라. 넷째 온화하고 부드러워라. 다섯째 익숙하고 성실하라. 여섯째 올바른 도리를 지키라. 일곱째 충직하라. 여덟째 남몰래 착한 일을 많이 하라. 아홉째 모든 일을 알맞게 처리하라."라고 하였다. 순오지를 15일 동안에 썼다고 하여 그 뜻으로 책 이름을 붙였다고 하니, 이 한 가지만 보아도 그의 박학을 엿볼 수 있다.

27

벼슬하는 사람은 백성을 사랑하고, 나라와 사회를 위하여 힘써 일하고, 청렴결백하고 검소하고 깨끗하고, 몸가짐을 잘 단속하고, 부지런하고 삼가고, 법도를 잘 지킬 것이다.

– 윤증(尹拯, 1629~1714. 조선 숙종 때 학자)
명재집가계明齋集家誡

이 말은 윤증의 가훈에 있는 말이다. 윤증은 자손을 훈계한 말에 특히 부지런하고 삼가야 한다는 점을 강조하여 부지런한 사람은 무슨 일이든 뜻대로 이루어지고, 삼가는 사람은 잘못을 저지르지 않는다고 가르쳤다. 또 자손들에게 남이 나를 논하는 것이 비록 정도에 지나치더라도 바르게 듣기를 좋아하고 반성을 더 하라고 경계하였으며, 자신의 맡은바 본분을 잘 지켜 처신할 것이지, 쓸데없이 남의 일에 관여하지 말라고 가르쳤다.

28

옳은 일을 행하는 몸가짐을 반드시 닦고, 글공부하는 일을 반드시 부지런히 하고, 예의 바른 법도를 반드시 지키고, 검소와 절약을 반드시 숭상하고, 어버이에게 효도하고 형제가 우애하는 일을 반드시 성실하게 하고, 선조를 받드는 일을 반드시 정성껏 하고, 아들딸 가르치는 일을 반드시 엄격히 하고, 아랫사람 거느리는 일을 반드시 너그럽게 하고, 사람 대접하는 일을 반드시 공손히 하고, 모든 몸가짐을 반드시 삼가고, 말은 반드시 신중히 하고, 집안은 반드시 정숙히 하고, 사귀어 노는 벗을 반드시 가리고, 세금 납부를 반드시 삼가며, 돈과 재물을 불리려 하지 말고, 방사의 술법을 즐겨 하지 말고, 도리에 어긋나는 행동을 하지 말고, 시비 가리는 일에 참여하지 말고, 분수의 한계를 넘지 말고, 재주를 자랑하지 말고, 명예를 구하지 말고, 기이한 일을 숭상하지 말고, 흘러가는 풍속을 따르지 말고, 부귀와 권세를 즐기지 말고, 빈곤을 싫어하지 말고, 재앙과 환난을 억지로 막으려 하지 말고, 원한을 갚으려 하지 말고, 남의 은덕을 잊지 말라.

-강진규(姜晋奎, 19세기. 조선 헌종 때 학자)
역암가훈櫟菴家訓

이 말은 가훈 28조의 제목으로, 올바른 삶을 도모하고 가정을 복되게 마련하라는 뜻이다.

29

마음가짐과 몸가짐을 잘 닦고, 가정을 잘 정제하고, 분수를 지켜 스스로의 처지에 만족하고, 영화와 명예를 구하지 말라. 어버이에게 효도하고 형제간에 우애하고 몸가짐을 깨끗하고 성실하게 하고 친척들과 화목하고, 이웃과 사이좋게 지내라. 근면하고 검소하고, 가난한 사람을 구제하고, 가정을 다스리는 데 법도가 있고, 남을 대접하는 데 반드시 공손하라. 지조가 늠름하고, 경전을 잘 연구하고, 명예와 이익을 구하지 말라.

-공낙호(孔洛鎬, 조선 후기의 학자)
-해동윤강록海東倫綱錄

이 말은 복된 집안을 이룩하는 데 중요한 신조를 말한 가훈이다. 첫째로 자신의 몸가짐을 닦고 집안을 정제하고 분수를 지켜 스스로 만족하고 영화를 구하지 말고, 둘째로 윤리를 존중하여 효도하고 우애하고 화목하고 남과 다정하게 사귀고, 셋째로 근면 검소하고 집안을 잘 다스리고 남을 공경하고, 넷째로 큰 뜻을 가지고 학문을 연구하고 명예나 이익을 취하지 말라는 뜻이다.

근 검 편

[勤儉 : 부지런하고 검소함]

1

나는 외로운 몸으로 도움 없이 부지런하고 검소하고 절개를 지켜 집안을 일으켰으니, 아이들도 다만 마땅히 바르고 곧고 아끼고 검소한 몸으로 천명을 기다리게 할 따름이라 어찌 가난함을 근심하리오?

-함유일(咸有一, 1106~1185. 고려 중기의 문신)
-고려사高麗史

이 말은 청빈한 가풍을 대를 이어 지키라는 교훈이다. 함유일은 태조 때 공신인 함규(咸規)의 후예로, 서경 반란 때 공을 세워 출세하여 보성 원이 되었고 청렴한 사람으로 이름이 났다. 공부상서로 벼슬에서 물러나 80세에 죽었는데, 평생 옷은 베옷이고, 그릇은 질그릇이고, 재산은 아무것도 없었다. 죽을 때 아내가 아이들의 장래를 걱정하자, 이 말을 남기고 세상을 떠났다.

2

손님을 대접하는 데 다만 흰 쌀밥을 연하게 짓고, 물고기를 잘라 국을 끓이면 되지, 하필이면 많은 돈을 들여 팔진미를 마련하겠는가?

-추적(秋適, 14세기. 고려 충렬왕 때 문신)
고려사高麗史

이 말은 간소한 식사를 권장한 가르침으로, 손님이 왔다고 특별한 음식을 마련하려 해서는 안 된다는 뜻이다. 또한 식사에 관하여 그 지위가 높다고 하여서 특별히 준비할 것이 아니라는 점을 깨우친 것이다.

3

부지런하고 삼가는 것을 집안의 법도로 삼고, 검소하고 너그러운 것을 집안의 기풍으로 삼으라.

-전경창(全慶昌, 1532~1585. 조선 선조 때 학자)
계동선생가헌溪東先生家憲

전경창은 일찍이 가헌 25조를 지어 집안의 법도와 가풍을 정하였는데, 이 말은 그 첫머리에 있는 말이다. 또 가령 15조를 지어 집안에서 일하는 사람들이 반드시 지켜야 할 명령으로 삼았는데, 가헌과 가령은 당시 유명한 가훈으로 다른 사람들도 본받았다고 한다.

4

녹을 받아서 먹고, 집을 빌려서 살면서, 마음에 걱정 없이 편안히 분수를 누린 사람으로 나 같은 사람이 없을 것이다.

-김응남(金應南, 1546~1598. 조선 선조 때 명신)
국조인물고國朝人物考

이 말은 벼슬아치로서 검소하게 살며 분수에 만족하는 것이 삶의 보람이라는 뜻으로, 생활신조를 언급한 말이다. 김응남은 착한 일을 좋아하고 악한 일을 싫어하여 항상 자제에게도 이를 경계하여 잘한 일은 권장하고 잘못한 일은 바로잡았으며, 큰일을 처리하는데도 의심 한 점 없이 뜻대로 잘 처리하였다. 30여 년 동안 조정에 있으면서도 토지도 집도 없었다.

5

우리 집이 작위를 받고 부귀를 누리는 것이 어찌 선조가 충성과 효도를 쌓은 덕이 아니겠는가? 이를 가지기가 어려움은 이를 얻는 것보다도 더한데, 이를 가지는 도리는 검소하고 절약하는 것밖에 다른 방도가 없다.

-권협(權悏, 1553~1618. 조선 중기의 문신)
국조인물고國朝人物考

이 말은 현실적으로 누리는 부귀와 영화는 조상의 은덕인데, 이를 가지는 방도는 검약밖에 없다는 뜻이다. 권협은 40년 동안 조정에서 한마음 한뜻으로 충절을 다하여 조야의 신망이 컸고, 손주 권대임(權大任)은 선조의 부마가 되었다. 광해군 때 벼슬에서 물러나 두문불출하고 조정의 고관들과는 왕래하지 않았다. 가정을 다스리는 가르침으로 부귀영화를 누리는 경계를 자손들에게 하였는데, 이 말도 그 일부이다.

6

본래 재능과 덕망이 없는 사람으로 높은 벼슬에 이르러서 늘 두려움을 생각하고 있으므로, 화려한 의복 입는 것을 진정 탐내지 않습니다.

- 홍서봉(洪瑞鳳, 1572~1645. 조선 선조·인조 때 문신)
국조인물고國朝人物考

벼슬이 높은 사람도 화려하고 사치스러운 의복은 삼가 검소한 몸가짐을 가져야 한다는 뜻이다. 홍서봉은 높은 벼슬에 올랐으나 일상생활이 근검 성실하고 옷은 검소함을 일삼아 사람들의 본보기가 되었다. 이 말은 어머니와의 대화에서 그 뜻을 말한 내용이다. 어느 날 어머니가, "너는 나이나 벼슬이 높으니 좀 잘 입어도 좋지 않으냐?" 라고 하자 그는 이렇게 대답하였다. 어떤 사람은, "홍재상은 도량이 다른 사람이 미치지 못하고, 두 번 공신호를 받았으나 검소하게 살고, 벼슬이 재상에 올랐으나 입는 옷이 화려하지 않다."라며 칭송하였다.

7

대궐 모양을 화려하게 장식하는 일이 성행하자 일반 여염집에서도 잘못을 본받는 일이 심한데, 만약 왕실에서 몸소 검소한 본을 보여 바로잡지 않으면 사치하는 폐단을 고칠 수 없으리라.

-이규령(李奎齡, 1625~1694. 조선 숙종 때 문관)
국조인물고國朝人物考

이 말은 임금이 솔선수범하여 이런 폐풍을 없애야 한다는 뜻으로, 이규령이 교리로 있을 때 왕실의 사치와 민생의 폐습을 없애기 위하여 강경한 논의로써 제소한 내용이다. 그는 뒷날 높은 벼슬에 있을 때도 굳은 지조와 바른 처신을 어지럽히지 않고 본분을 지켜 일하였다.

8

검약을 숭상하고, 재용을 절약하고, 세금 거두는 것을 적게 하라. 마음대로 사치하고, 재물을 마구 쓰고, 백성을 해치는 일이 한 가지라도 있으면, 망하지 않는 것이 없을 것이다. 가히 삼가지 않으리오?

-이순(李焞, 1661~1720. 조선 19대 임금 숙종)
열성어제列聖御製

이 말은 나라를 다스리는 데 가장 중요한 일은 검약한 생활과, 재정의 절약과, 세금 거두는 것을 적게 하는 일이니 사치와 낭비와 가혹한 정치를 삼가야 한다는 뜻이다. 숙종은 문화정치에 힘썼으나 당시 조야에 예의 논란이 크게 일어나고, 아울러 서원을 중심으로 당쟁이 전국에 파급되어 서인과 남인의 알력이 심하였고, 이어 노론과 소론의 당쟁이 오래 계속되어 정국의 불안이 계속되었다. 그는 일상생활에 절약과 검약을 미덕으로 삼아 늘 검소하면 살고, 사치하면 죽는다고 경계하였다.

9

검소한 사람은 스스로 절약에 힘쓰는 까닭으로 항상 여유가 있어 좋은 일을 잘 베풀지만, 사치하는 사람은 스스로 후하게 쓰는 데 힘쓰는 까닭으로 항상 모자라서 도리어 인색하다.

- 이덕무(李德懋, 1741~1793. 조선 영·정조 때 학자·문장가)
해동속소학海東續小學

이덕무는 학문이 뛰어나 경사자집부터 기문이서(奇文異書)에까지 능통하였으나, 서자란 이유로 벼슬이 규장각 검서관과 적성 현감에 그쳤다. 북경으로 가서 그곳 학자들과 사귀어 지식과 견문을 넓혔고, 돌아와서는 북학을 제창하였다. 박제가(朴齊家)·유득공(柳得恭)·이서구(李書九)와 함께 사가시인(四家詩人)의 한 사람으로 이름을 날렸다. 저서 중에 사소절(士小節)은 우리나라의 전통적인 예의범절을 남자·여자·어린이로 분류하여 작은 예절까지 중요시하여 저술하였는데, 내용은 미풍양속을 알고, 보다 좋은 예절을 구현하는 데 값진 자료라 할 수 있다.

10

검소는 착한 행실의 기본으로 사치의 반대다. 검소한 사람은 공손하고 사치하는 사람은 거만하며, 검소한 사람은 삼가고 사치하는 사람은 교만하며, 검소한 사람은 진실하고 사치하는 사람은 등한하여, 검소한 사람은 편안하고 사치하는 사람은 수고로우며, 검소한 사람은 부지런하고 사치하는 사람은 게으르며, 검소한 사람은 살고 사치하는 사람은 망한다.

－정종덕(鄭宗悳, 1804~1878. 조선 후기 고종 때 학자)
운곡집篔谷集

이 말은 가훈의 내용 일부로, 검소한 사람은 공손하고 삼가고 진실하고 편안하고 부지런하여 잘 살 수 있지만, 사치하는 사람은 거만하고 교만하고 등한하고 수고롭고 게을러서 망한다는 뜻이다. 정종덕은 또 착한 마음가짐을 갖고 살아야 한다고 가르쳤는데, "사람의 마음은 본래 착하지 않음이 없는데, 재물을 탐내는 욕심과 밖으로부터의 온갖 유혹이 여러 면으로 침투하여 혹은 방자해지고, 간사해지고, 교만해지고, 음란하게 되는 것이다. 만약 이런 점을 잘 다잡지 않으면 금수와 같이 되니 어찌 두렵지 않겠는가? 조금이라도 이런 잘못을 잘 막지 않으면 점점 나빠질 것이니 오직 공경하는 마음과 공손한 마음으로 몸가짐을 잘 가다듬어야 한다."라고 하였다.

11

우리 집은 본디 가난하게 살아왔으니, 반드시 부지런하고 검소하게 집안을 다스릴 것이지, 화려하게 사치하거나 분수에 넘치는 일을 하지 말라. 부모에게 효도하고, 형제간에 우애하고, 참되고, 미더운 네 가지 행실은 집안을 이룩하고 몸을 세우는 근본이 되니, 잠깐이라도 마음속에서 잊어서는 안 된다.

- 양재협(梁在協, 1863~?. 조선 고종 때 학자)
동천사고東川私稿

이 말은 가훈 첫머리에 든 가르침으로, 사람은 근면하고 검소하게 살아야지 사치해서는 안 된다는 것과, 효도·공정·충성·신의는 집안을 이룩하고 출세하는 근본이라는 뜻이다. 양재협은 또 자제를 훈계하는 말로, 책 읽는 소리가 집안에서 끊어져서는 안 되고, 관혼상제는 가정 형편에 따라 행하여야 하고, 특히 조상을 위하는 제사는 정성을 다하는 데 힘써야 하고, 술과 여색은 몸을 망치고 집안을 망하게 하는 근본이 되니 경계하고, 잡된 놀음과 송사로 싸워서는 안 된다고 가르쳤다.

선 정 편

[善政 : 백성을 바르고 어질게 잘 다스리는 정치]

1

내 미약한 몸으로 임금이 되어 백성을 잘살게 하지 못하여 늙은이와 어린이가 이런 지경에 이르게 하였구나. 이는 곧 내 죄이다.

- 박유리(朴儒理, ?~57. 신라 제3대 유리왕)
삼국사기三國史記

유리왕은 국내를 순행하다가 한 노인이 추위와 굶주림에 거의 죽게 된 것을 보고, 이 말을 하며 옷을 벗어서 입히고 밥을 지어 먹여 살렸다. 그리고는 전국에 영을 내려 환과고독(鰥寡孤獨)과 늙고 병들어 스스로 살 수 없는 사람을 조사하여 그들이 살 방도를 마련하였다. 이렇듯이 선정을 베풀자 이웃 나라 백성들이 몰려오고, 백성들은 국태민안을 노래하여 태평성대를 이루게 되었다.

2

사람들의 살아가는 일이 잘 다스려지고 사시절이 잘 조화되면, 창고가 충실하게 되고 백성들이 공경하며 예의가 바르게 된다.

- 호공(瓠公, 1세기. 신라 초기의 유명한 재상)
삼국사기三國史記

이 말은 호공이 사신으로 마한에 가서 신라의 건국 창업의 실상을 설명한 내용이다. 마한 왕은 이 말을 듣고 격분하여 호공을 죽이려다가 그의 인품에 감동되어 돌려보냈다.

3

창고가 비고 무기가 노둔하다면 수재나 한재가 들거나 변방의 경보가 있을 때 어찌 막겠는가? 마땅히 유사들이 농사짓고 누에 치는 일을 잘 권장하고 무기를 정비하여 뜻밖의 사고에 대비하라.

– 박파사(朴婆娑, ?~112. 신라 제5대 파사왕)
삼국사기三國史記

이 말은 식량과 무장을 강화하여 흉년과 국난에 대비하라는 뜻이다. 파사왕은 절약과 검소한 태도를 지니고 일상생활에 필요하지 않은 비용을 덜고, 백성들이 편안히 살도록 힘썼다.

4

착하지 않은 일을 하면 좋은 일이 변하여 흉하게 되고, 착한 일을 하면 재앙이 도리어 복이 됩니다. 지금 대왕께서는 나라 근심하기를 집안과 같이하고 백성 사랑하기를 아들과 같이하는데, 조금 다른 일이 있다 하더라도 어찌 근심하십니까?

– 고복장(高福章, 2세기. 고구려 태조왕 때 재상)
삼국사기三國史記

고구려 태조왕이 임금이 된 지 90년이 되는 해(142) 서울에 지진이 일어났는데, 꿈에 한 마리 표범이 호랑이 꼬리를 물어뜯었다. 왕이 그 길흉을 물으니 어떤 사람이, "호랑이는 짐승의 우두머리이고, 표범은 같은 짐승이나 작은 부류입니다. 생각하면 왕의 친척 중에서 대왕의 뒤를 끊으려 도모하는 사람이 있는가 봅니다."라고 하였다. 이때 왕은 꿈 조짐을 좋지 않게 여겨 고복장에게 의논하니 그는 이렇게 말하였다.

5

임금이 백성을 잘살게 하지 않으면 어진 임금이 아니요, 신하가 임금을 바르게 간하지 않으면 충성된 신하가 아닙니다.

– 창조리(倉助利, 4세기. 고구려 미천왕 때 국상)
삼국사기三國史記

임금이 백성을 사랑하고, 신하가 임금을 바른길로 인도하는 것은 올바른 도리다. 봉상왕은 어진 정사를 베풀지 못하고 실정을 거듭하였다. 창조리는 국상으로 왕에게 바른말을 간하였다. 이 말도 간한 내용의 일부다. 그러나 왕은 그 뜻을 받아들이지 않을 뿐 아니라, "국상은 나를 비방하여 백성들의 칭찬을 받으려 하는가?"라며 그 잘못된 정사를 고치려 하지 않자, 뜻을 같이하는 사람들과 봉상

왕을 폐하고, 왕손 을불(乙弗)을 맞아 왕으로 모셨는데 곧 미천왕이다.

6

백성들은 떳떳한 심정을 가지고 있지 않으므로 생각이 나면 오기도 하고 싫어지면 가버리기도 하는 것이, 실로 그들의 소행이라 하겠다.

-김내물(金奈勿, ?~402. 신라 제17대 내물왕)
삼국사기三國史記

이 말은 백성들은 위정자가 선정을 베푼다고 생각하면 오고, 실정을 한다고 여겨지면 가버리므로 어진 정사를 해야 한다는 뜻이다. 내물왕 때 백제 독산성주가 백성 3백 명을 거느리고 신라를 찾아왔으므로 왕은 그들이 살 곳을 마련해 주었는데, 백제 근초고왕은 그들을 돌려보내라고 힐난했다. 이때 내물왕은 이를 거절하는 회답을 했는데 이 말은 그 서두이다.

7

시조께서 나라를 세운 뒤로 나라 이름을 정하지 못하고 혹은 사라 혹은 사로라고도 칭하고 혹은 신라라고 일러 왔는데, 새 신(新)자는 좋은 일이 날로 새로워진다는 뜻이고, 그물 라(羅)자는 사방을 망라한다는 뜻이니 신라를 나라 이름으로 정하는 것이 좋겠다.

-김지대로(金智大路, 437~514. 신라 제22대 지증왕)
삼국사기三國史記

이 말은 나라 이름을 신라로 정한다는 뜻이다. 신라는 지증왕 때에 이르러 문화적으로 많은 일을 새롭게 제도화하였다. 이때 5세기 동안 써 내려오던 왕호도 바꾸고, 임금이 세상을 떠나면 남녀 다섯 사람씩 따라 죽어야 하던 순장 제도도 금지하였다. 또 소를 이용하여 밭을 가는 농사법도 시작되고, 배를 만들어 타고 다니는 문화생활도 일어나고, 얼음을 간직했다가 한여름에도 먹는 제도도 널리 행해지고, 시장을 설치하여 교역하는 온갖 산업도 발달하였다.

8

내 성충의 충성된 말을 듣지 않다가 이런 지경에 이르게 된 것을 뉘우친다.

-의자(義慈, ?~660. 백제 제31대 마지막 의자왕)
삼국사기三國史記

이 말은 충신이 간하는 바른말을 듣지 않고 간신들에게 싸여 있다가 나라를 망하게 한 것을 후회한다는 뜻이다. 의자왕은 화려한 망해정에서 날마다 궁인들과 음탕한 주색잡기에 빠져 국정이 문란할 때 성충(成忠)은 죽음을 무릅쓰고 바른말로 간하였다. 그리고 왕이 끝내 듣지 않자 옥중에서 마지막으로 충언을 올리고 죽었다. 왕은 나당 연합군의 침략으로 서울이 함락되고 나라가 망하게 되자, 지난 일을 뉘우치며 탄식하였다.

9

옛날 굴원은 남달리 정직하였으나 초나라에서 쫓겨났고, 이사는 충성을 다했으나 진나라에서 극형을 받았다. 그러므로 아첨하는 신하가 임금을 미혹하고 충성된 선비가 내쫓긴 사실을 알겠다. 옛날도 또한 그러하였는데 어찌 슬퍼하랴?

-실혜(實兮, 7세기. 신라 진평왕 때 관리)
삼국사기三國史記

이 말은 위정자는 간신의 참소로 충신이 화를 입는 사실을 알고 경계해야 한다는 뜻이다. 실혜는 성품이 강직하고 의로워 조금도 불의에 물들거나 어떤 유혹에도 뜻을 굽히지 않았다. 간신들의 참소를 당하여 귀양살이하게 되었는데, 적소로 떠날 때 긴 노래〔長歌〕로 그 뜻을 폈다고 하나 전하지 않는다.

10

무기를 녹여 농기구를 만들고, 백성을 잘사는 세상으로 인도하여 세금을 적게 하고 부역을 덜게 하니, 집집마다 생활이 넉넉하고 백성들이 편히 살고 나라에는 근심이 없어졌다.

-김법민(金法敏, ?~681. 신라 제30대 문무왕)
삼국사기三國史記

이 말은 문무왕의 유언 일부이다. 문무왕은 또, "내가 죽으면 바다에 장사 지내라."라고 유언하였다. 그 까닭은 죽은 뒤 용이 되어 바다로 침입하는 외적을 막겠다는 것으로, 지금의 대왕암이 곧 그 무덤이다. 왕은 유조(遺詔, 임금의 유언)에서, "나는 백제와 고구려를 쳐서 삼국을 통일하여 위로는 조종을 위로하고 아래로는 백성들의 오랜 원한을 갚았다."라고 하였고 또, "지금 창고에는 곡식이 산처럼 쌓이고, 감옥은 텅 비어 풀이 우거진 세상이 되었으니 저승이나 이승이나 부끄러움이 없게 되었다." 하였다.

11

옛날에 하나라 걸왕과 은나라 주왕은 주색에 빠져 음탕한 음악을 일삼다가 정사가 어지럽고 나라가 멸망하였으니, 지난날 실패한 사실을 거울삼아 뒷일을 경계할 것입니다.

-이순(李純, 8세기. 신라 경덕왕 때 명승)
삼국사기三國史記

경덕왕 때는 통일신라가 가장 융성한 때로, 대내마로 있던 이순은 산속으로 들어가서 중이 되고 아무리 불러도 나오지 않았다. 그런데 경덕왕이 풍악을 즐겨 정사를 게을리한다는 말을 듣고 곧 왕에게 글을 올려 간하였는데, 이 말은 그 일부이다.

12

음양이 조화되고 비바람도 순조로워 해마다 풍년이 들고 백성들은 먹을 것이 넉넉하고 변방도 안정되어 거리는 즐거움으로 가득 차니, 이는 어진 정사를 베푸는 성덕의 혜택입니다.

-김민공(金敏恭, 9세기. 신라 제49대 헌강왕 때 재상)
삼국사기三國史記

위정자가 어진 정사를 베풀면 천기도 순조롭고 풍년이 들어 국태민안을 도모할 수 있다는 뜻이다. 시화연풍(時和年豐)은 "시절이 고르고 해마다 풍년이 든다."는 뜻인데, 이렇게 되면 나라도 편안하고 백성들도 잘살게 될 것이 틀림없다. 헌강왕 때는 신라의 전성시대다. 예를 들면, 헌강왕 9년 9월 9일에 왕은 중신들을 거느리고 월상루에 올랐는데, 서울 백성들은 기와집을 짓고 숯불로 밥을 지어 먹고, 풍악 소리가 성안에 가득하였다. 이때 시중인 김민공이 이 말로 왕의 성덕을 칭송하였다.

13

목수가 집을 지을 때 큰 재목은 대들보나 기둥으로 쓰고, 작은 것은 서까래로 쓰고, 눕힐 것과 세울 것을 각각 그 자리에 알맞게 쓴 다음에 큰 집이 지어질 것이다.

－녹진(祿眞, 9세기. 신라 헌덕왕 때 중신)
삼국사기三國史記

이 말은 목수가 집을 지을 때 알맞은 재목을 골라 쓰듯, 나라의 인재도 적재적소에 써야 한다는 뜻이다. 조정의 인사행정이 문란하여 정사가 바로잡히지 않아 위정자가 번뇌에 싸였을 때, 녹진은 상대등 충공(忠恭)을 찾아가 이러한 비유를 들어 인재를 등용하는 데는 자질과 능력에 따라 적재적소에 배치할 것을 역설하였다. 이 말은 조정의 인사행정을 바로잡게 한 것으로 뜻깊은데, 이 사실은 뒷날 신하가 임금을 위하여 충간하고, 또 받아들이는 데 큰 영향을 끼쳤다.

14

나라의 생존과 멸망은 반드시 천명에 달렸으니, 다만 충신 의사들과 민심을 모아 굳게 지키다가 힘이 다한 뒤에 그만두어야지, 어찌 천년을 이어온 나라를 하루아침에 가볍게 남에게 줄 수 있겠습니까?

－마의태자(麻衣太子, 10세기. 신라 제56대 경순왕의 태자)

이 말은 경순왕이 나라를 고려 왕건(王建)에게 물려주자는 데 반대하여, 국민이 일치단결하여 천년 사직을 끝까지 굳게 지켜야지 넘겨줄 수 없다는 뜻이다. 마의태자는 경순왕이 자신의 뜻을 받아들이지 않자 충신과 의사를 거느리고 개골산(설악산)으로 들어갔다. 한계산에 높은 성을 쌓고 고려에 항거하다가 뜻을 이루지 못하고 인제에 슬픈 자취를 남겼다.

15

백성을 부릴 때는 그 때를 보아서 하고, 부역을 가볍게 하고 세금을 적게 하여 농사짓는 일을 알면 백성들의 마음을 저절로 얻게 되어 나라가 부유하고 백성이 편안할 것이다.

- 왕건(王建, 877~943. 고려 태조)
고려사高麗史

왕건은 후삼국을 통일한 다음 국토와 민족의 분열을 막고 고려 5백 년의 기반을 확립한 위대한 인물이다. 죽기 전에 자손들이 지켜나갈 열 가지 가르침, 이른바 훈요십조(訓要十條)를 정하였는데, 이 말은 일곱째 내용의 일부다. 그 내용은, "임금으로서 백성들의 마음을 얻기란 매우 어렵다. 그 마음을 얻는 데 요긴한 점은 충신들의 간하는 말을 잘 따르고 간신들의 참소하는 말은 멀리할 따름이다. 간하는 말을 잘 따르면 성군이 된다. 참소하는 말은 꿀과 같지만 믿지 않으면 저절로 없어진다."라고 하였는데, 그다음에 이 말을 하였다.

그리고 끝맺는 말은, "옛사람이 이르기를 좋은 미끼를 내리면 고기가 걸리고, 중한 상을 내리면 뛰어난 장수를 얻을 수 있다. 활을 쏘면 새들이 피한다. 어진 정사를 베풀면 백성들이 잘 따르고, 상벌을 공평하게 하면 음양도 순조로운 것이다."라고 하였다.

16

오랑캐들은 사람의 얼굴을 하였으나 짐승의 마음을 가졌으니, 형벌이나 법으로써 징계해도 안 되고, 인자와 의리로써 가르치려 해도 안 된다. 오래 머물러 두면 고향을 그리워하는 마음으로 반드시 분노와 원망을 품을 것이고, 또 먹여 살리는 경비도 많을 것이니 다 돌려보내는 것이 옳다.

- 최충(崔冲, 984~1068. 고려 문종 때 학자)
고려사高麗史

문종 4년(1050)에 왕은 최충에게 공신호를 주고, 문하시중으로서 도병마사로 삼자 그는 상주하기를, "지난해 서북면 여러 고을에 농사가 잘 되지 않아 백성들이 굶주리는데, 남자는 부역에 시달리고 여자는 식량을 구하는데 괴로워하니, 청컨대 성지를 수선하는 외에는 모든 부역을 금하소서." 하니 왕은 그 뜻을 따랐다. 또 이때 동여진의 추장 염한 등 87명이 여러 번 변경을 침범하므로 잡아 가두었는데, 그의 이 말에 왕은 그들을 모두 돌려보냈다.

17

역대 임금이 오랫동안 쌓아온 왕업을 이어받아 태평한 세상을 누린 지 오래되었으니, 마땅히 국비를 절약하여 백성을 잘살게 하고, 튼튼한 국력을 가지고 이루어 놓은 왕업을 잘 지켜 후사에게 전해야 하는데, 어찌하여 백성들의 재물을 다 없애고 백성들의 힘을 다 들여 급하지 않은 비용에 바쳐 나라의 근본을 위태롭게 하랴?

- 최유선(崔惟善, ?~1076. 고려 문종 때 문신)
고려사高麗史

최유선이 중추원사로 있을 때 문종이 흥왕사를 덕수현에 창건하려 하고, 덕수현을 양주로 옮기려 하자 간한 말이다. 문종은 그와 한가롭게 이야기하는 자리에서, "간하는 말은 곧 충성에서 나오는 말이요, 듣기 좋게만 말하는 것은 아첨이지?"라고 말하였다. 그는 대답하기를, "왕업을 창건하는 것은 오히려 쉬운 일이지만, 이루어 놓은 왕업을 지키기는 어려운 일임을 명심해야 합니다."라고 하였다. 또 어느 날 시어사 노단(盧旦)이 왕의 뜻에 거슬리는 말을 하자 왕은 크게 노하여 곁에 있는 사람들에게, "이는 충성된 신하의 말이 아니다."라며 끌어내어 옷을 벗기고 결박하게 하였다. 이때 최유선은 왕에게 아뢰기를, "신하가 잘못하는 일을 저지르면 마땅히 사헌부에 부쳐 처리할 것입니다."라고 하니 왕은 노여움을 풀었다.

18

지금 때마침 비가 흡족하게 와서 농사일이 바야흐로 한창이니, 원하건대 전하는 하늘이 백성을 기르는 뜻을 체득하여 흥왕사의 토목공사를 그만두게 하십시오.

-문정(文正, ?~1093. 고려 문종~선종 때 학자)
고려사高麗史

문정은 흥왕사의 토목공사로 농민들이 농사지을 때를 잃고 원망이 쌓이자 이 말로 간하였다. 왕은 그 뜻을 받아들여 토목공사를 중지하고 농사짓는 때를 잃지 않게 하였다.

19

옛 대궐로 돌아가서 사직의 장구한 대책을 강구하도록 할 것이지, 억설에 따라 망령된 공사를 일으켜서 백성들의 원

망을 만들지 않아야 할 것입니다.

- 오연총(吳延寵, 1055~1116. 고려 예종 때 문신)
고려사高麗史

이 말은 새 궁전을 짓느라고 백성을 고역에 시달리게 하지 말고 현실에 충실하며 국가의 융성을 도모하라는 뜻이다. 오연총은 예종 때 검교사공·형부상서가 되었는데, 왕은 술사와 태사령의 말을 믿고 서경의 용언에 새로 궁궐을 지으려 하였다. 이때 군사들은 이에 찬성하였으나, 오연총 혼자 반대하여 말하기를, "남경(당시의 서울)의 역사가 비로소 끝났으나 백성들의 수고로움과 재정이 궁핍한데 새 궁궐 짓는 공사를 일으켜서는 안 된다."라고 하였다.
그러나 평장사 최홍사(崔弘嗣) 등은 태사령의 뜻에 따라 송도의 기운이 쇠하였으므로 서경으로 옮겨야 한다고 왕의 마음을 움직여 서경에 용언궁〔용덕궁〕을 창건하려 하자, 오연총은 세 가지 불가함을 예로 들고, 끝으로 이 말을 하였으나 왕은 그 뜻을 받아들이지 않았다. 세 가지 불가론의 골자는 첫째, 서경에 좌우궁을 지었다가 후회하고 재정만 낭비한 일, 둘째, 남경을 창건한 지 8년이 되었지만 좋은 징조가 없는 일, 셋째, 새로 지으려는 용언궁은 먼저 지은 궁궐에서 멀지 않고 지세의 길조도 믿을 수 없는 일 등이다.

20

임금이 간사한 무리를 좋아함이 이와 같으니 내 선왕의 뜻에 보답할 수 없겠구나.

-정습명(鄭襲明, ?~1151. 고려 의종 때 중신)
고려사高麗史

의종은 인종의 원자(元子, 아직 세자에 책봉되지 않은 임금의 맏아들)로, 정습명에게 글을 배웠고, 그의 보살핌에 의하여 태자 자리를 지켰으며, 임금이 되었다. 인종은 죽기 전에 태자(의종)에게 말하기를, "나라 다스리는 일은 반드시 정습명의 말을 들으라."라고 하였다. 그래서 정습명은 의종에게 바른말로 자주 간하였는데, 김존중(金存中)·정함(鄭諴) 등은 왕을 간사하게 유혹하여 국정을 잘 다스리지 못하였다. 또한 그들의 말을 믿고 정습명의 자리에 김존중을 앉히자, 분함을 참지 못하고 이 말을 하고는 약을 마시고 죽었다.

21

식량은 백성들의 중요한 양식이다. 밭을 갈고 씨 뿌리는 것은 때가 있으니 그 때를 놓쳐서는 안 된다.

-김이(金怡, 1265~1327. 고려 충숙왕 때 문신)
고려사高麗史

김이는 24세 때 장흥 부사가 되었는데 합단적(哈丹賊)이 침입하자 나라에서는 백성들에게 성안으로 들어가서 나오지 말고 지키라 하고, 백성들에게 농사를 지으러 나오지 말라고 하였다. 이때 김이는 안렴사 강취(姜就)에게 이 말을 하고 나가 농사를 짓게 해 달라고 청하니 강취는, "만약 명령을 어겼다가 견책당하면 어떻게 하겠느냐?" 하였다. 그는 물러 나와 말하기를, "한 농부가 밭갈이를 하지 않으면 온 천하가 굶주림을 받는다. 명령을 따라 밭갈이하지 않으면 굶어 죽는 사람이 많아질 것이다. 명령을 따르지 않고 밭을 갈면 죄를 짓는 사람은 나다." 하고 백성들에게 나가서 밭갈이하게 하였다. 그런데 적은 그 고을에 나오지 못하고 멸망하였다. 그래서 다른 고을에서는 농사를 짓지 못하여 수확하는 것이 없었으나 장흥만은 크게 수확하여 원근에서 그에게 의지하였다.

22

말을 타고 서울까지 잘 갈 수 있으면 족하지, 무슨 까닭으로 많은 말을 집으로 가져가랴?

– 최석(崔碩, ?~?. 고려 충렬왕 때 문관)
고려사高麗史

이 말은 관리는 청렴결백하게 생활하여 백성들의 폐단이 되는 행위를 해서는 안 된다는 뜻이다. 그 예로 관리가 임기를 마치고 돌아갈 때 새 임지로 타고 갈 말이 있으면 되지, 고을에서 선물로 주는 많은 말을 무엇 하러 집에 가지고 가겠느냐는 말이다. 최석은 선정을 베푼 목민관으로 역사에 빛을 남긴 인물이다.

전라도 순천은 고려 때 이름이 승평부였다. 이 고을에서는 부사가 왔다가 갈릴 때면 여덟 필의 말을 선물로 주는 풍습이 있어, 최석이 부사로 있다가 돌아갈 때도 예대로 말을 선물로 보냈다. 그는 이런 풍습은 잘못된 풍습임을 말하고 말을 돌려보내니, 고을 사람들은 듣지 않았다. 그는 고을에 있을 때 그 말이 낳은 망아지까지 그대들 고을에서 난 망아지이니 가져오지 않겠다고 돌려보냈다. 이에 고을에서 오랫동안 내려오던 폐풍이 없어졌다. 이때 고을에서는 선정에 감복하여 팔마비(八馬碑)를 세웠는데, 그 비석은 지금도 순천 군청 뜰에 있다.

23

백성을 사랑하는 것을 인자라 하고, 사물을 분별하는 것을 지혜라고 하는데, 임금이 이런 마음으로써 세상을 다스린다면 태평성대를 이룰 수 있으리라.

-이공수(李公遂, 1308~1366. 고려 공민왕 때 충신)
고려사高麗史

이 말은 임금이 인자하고 지혜롭게 정사를 다스려야 나

라가 태평하다는 뜻이다. 이공수는 원나라에 갔을 때 순제의 태자와 함께 만수산 광한전에 올라갔는데, 태자가 인지전의 액자를 보고 인지의 뜻을 묻자 이 말을 하였다. 또한 태자가 금옥으로 만든 기둥을 가리키며 느낌을 묻자 말하기를, "임금이 어진 정사를 베풀면 거처하는 집이 비록 썩은 나무라도 금석보다 낫고, 그렇지 않으면 금과 옥이라도 썩은 나무보다 못하다."라고 깨우쳤다.

어느 날 태자는 거문고를 타다가 곡조를 제대로 이루지 못하고 말하기를, "오랫동안 익히지 않았더니 잊어버렸다."라고 하자 이공수는, "임금 될 사람은 다만 백성을 잘 다스릴 걱정을 마음속에 잊지 않을 것이지, 거문고 곡조 한둘쯤 잊는 것이 무엇이 해롭겠습니까."라고 말하였다.

24

세상에 나라를 다스리는 사람은 반드시 큰 계책을 정해야 합니다. 큰 계책을 정하지 못하면 백성들의 마음이 의심하게 되는데, 백성들의 마음이 의심하게 되면 모든 일의 화근이 됩니다.

-정몽주(鄭夢周, 1337~1392. 고려 후기의 충신)
고려사高麗史

이 말은 나라의 정책이 자리잡혀야 민심이 안정되고 모

든 일이 잘 이루어진다는 뜻이다. 정몽주는 원나라와 국교를 끊고 명나라와 사귈 것을 청하여 그것을 국책으로 정하였다. 그런데 공민왕이 시해되고, 김의(金義)가 명나라 사신을 죽이고, 이인임(李仁任) 등이 주동하여 원나라에 사자를 보내며 그 국책을 바꾸려 하였다. 이에 정몽주는 문신 수십 명과 더불어 우왕에게 상소문을 올렸는데, 이 말은 그 첫머리 말이다. 그러나 이 일로 이인임 일파의 책동으로 언양으로 귀양 가서 2년을 살았다. 또 불교를 배척하자고 직언하다가 왕의 노여움을 산 김초(金貂)의 죄를 너그럽게 용서해 달라는 상소문에서, "믿음은 임금의 큰 보배입니다. 나라는 백성으로 보전되고, 백성은 믿음으로 보전됩니다. 전하께서 바른말 하는 사람은 죄가 없다 하시므로 그 말을 믿고 정사의 잘잘못을 마음대로 말한 것이니 너그럽게 용서하소서."라고 하여 벌을 면하게 하였다.

25

간하는 말을 따르는 것은 임금의 아름답고 갸륵한 덕행입니다. 그러므로 옛말에 나무는 먹줄을 받으면 바르게 되고, 임금이 간하는 말을 잘 따르면 거룩하게 된다고 하였습니다.

- 이숭인(李崇仁, 1349~1392. 고려 후기의 학자)

이숭인은 강직한 성품으로 학식이 뛰어나 25세 때 이름이 세상에 떨쳤다. 우왕 때 전리총랑이었는데, 북원의 사신을 물리친 일로 한때 유배되었다가 기용되어 성균사성을 거쳐 우사의대부가 되었다. 이 말은 그때 올린 상소문 내용의 첫 부분이다. 이때 그는 왕에게, 첫째 정신을 가다듬어 어진 인재를 등용하여 선정을 베풀어야 하고, 둘째 관리를 적재적소에 배치하여 어진 정사를 베풀어야 하고, 셋째 국방을 강화하여 외적의 침해를 막아야 하고, 넷째 논공행상을 바르게 하고 국가재정을 확보하여야 하고, 다섯째 동서반 관리 임명 등의 행정 처리를 정확하게 해야 한다고 간하였다.

26

전하께서 그 어려움을 잘 아는 것은 실로 우리나라의 복입니다. 그러나 아는 것이 어려운 것이 아니라, 이를 행하기가 어려운 것입니다.

– 한상경(韓尙敬, 1360~1423. 조선 태종 때 재상)
세종실록世宗實錄 · 국조인물고國朝人物考

태종이 임금이 된 어느 날, 경기좌도 도관찰사로 있는 한상경에게 말하기를, "내 왕업을 이어받았으나 나라를 잘 다스릴 바를 알지 못하니 마음속으로 실로 어려운 것이라 여겨지오."라고 하자, 이 말을 하였다. 태종은 그 말을 받아들이고, 그를 호조판서로 임명하였다. 그 뒤 모든 공신이 헌수할 때 태종은 술잔을 받아들고 말하기를, "내 즉위 초에 경이 한 말을 기억하고 잊지 않고 있다." 하고 또한 말을 청하니 그는, "나라를 다스리는 데 처음에 공을 베풀지 않은 예는 없으나, 끝맺음을 잘하는 예는 드뭅니다."라고 말하였다. 태종은 그 말도 잘 받아들였다.

27

덕망으로써 나라를 일으킨 사람은 얻기는 쉬우나 잃기는 어렵고, 힘으로써 국토를 개척한 사람은 얻기는 어려우나 잃기는 쉽다.

- 김종서(金宗瑞, 1383~1453. 조선 세종~단종 때 명장 · 충신)

국조인물고國朝人物考

이 말은 김종서가 6진(鎭)을 개척할 때 상주한 국토 개척의 기본이념을 말한 내용이다. 그는 태종 때 함길도 도절제사로 나가서 세종 때는 6진을 개척하여 두만강 주변까지 국토를 개척하였다. 문종 때 좌의정이 되어 내정을 강화하고, 단종 때는 어린 왕을 지성으로 받들었다. 그러나 수양대군(뒤에 세조)은 정권을 잡기 위하여 지략이 뛰어난 많은 재상을 죽였는데, 그는 맨 먼저 참화를 당하였다. "삭풍은 나무 끝에 불고 명월은 눈 속에 찬데, 만리변성에 일장검 짚고 서서 긴파람 큰 한소리에 거칠 것이 없어라." 이 노래에서 변경을 개척하는 장군의 장한 모습을 엿볼 수 있다.

28

사방의 근본은 조정에 달려 있고, 조정의 근본은 임금의 한마음에 달려 있다.

-권벌(權橃, 1478~1548. 조선 중종~명종 때 문신)
국조인물고國朝人物考

권벌이 경상감사로 임명되었을 때 중종이 당부하기를, "영남지방은 요즘 흉년으로 인하여 백성들이 굶주리고 사방으로 흩어져서 헤맨다고 하니 경은 진심으로 백성들을 안정시키라."고 하였다. 이 말은 이때 왕의 당부에 대한 답변이다. 그는 이 말에 이어, "근래에 사치한 풍습으로 재물을 헛되이 쓰고 있는데, 만약 검소한 덕망으로써 먼저 외방을 다스리면 자연 감화될 것이오니 흉년과 같은 일은 그다지 해되지 않습니다."라고 말하였다.

29

하늘을 감동하게 하는 도리는 백성들의 마음을 기쁘게 하는 데 있습니다. 을사년의 옥사에는 횡포하여 죽은 사람들이 실로 많으니 원하건대 먼저 그 원통함을 풀어주어 하늘의 뜻에 부응하소서.

-이명(李蓂, 1496~1572. 조선 명종 때 재상)
국조인물고國朝人物考

이 말은 당시 한재가 매우 심하여 민심이 흉흉하자 특진관으로 임금을 알현하는 자리에서 이명이 한 말이다. 이어 권신들과 간신들의 잘못하는 일 처리부터 을사년의 옥사(을사사화. 명종 즉위년에 일어난 사림의 옥사로 소윤파가 대윤파를 몰아낸 사건으로, 이때 죽은 사람이 거의 100여 명)까지 진언하며 당시 참혹하게 죽은 원한을 풀어줌으로써 하늘을 감동시키자고 하였다. 이 진언에 힘입어 중신들도 그 뜻에 찬동하였는데, 그날로 형조판서가 되었다.

30

나라의 정사가 그릇되면 하늘의 뜻이 가버리고, 백성의 마음이 떠나면 그 피해가 위로 나라님의 어머니에게까지 미칩니다.

-조식(曹植, 1501~1572. 조선 전기의 학자)
국조인물고國朝人物考

이 말은 나라의 정사가 올바로 다스려져야 백성의 뜻이 화합한다는 뜻이다. 조식은 학식이 뛰어났으므로 명종은 그를 불러 여러 가지 일을 물었다. 한 번은 선정을 베푸는 도리와 학문하는 도리를 물은 다음 유비(劉備)가 제갈량(諸葛亮)을 세 번 찾아간 뜻을 물으니 대답하기를, "한나라 왕실을 회복하려면 반드시 영웅을 본받아야 하므로 이에 이른 것입니다."라고 하였다. 이보다 먼저 왕은 그를 단성 현감으로 임명하니 이를 사양하면서 상소문을 올렸는데 이 말은 그 서두이다.

31

나라가 잘 유지되는 것은 인재에 달려 있고, 인재가 일어나지 않는 것은 인심이 바르지 않은 데 달려 있고, 인심이 바르지 않은 것은 임금의 정사가 밝지 않은 데 달려 있다.

– 허엽(許曄, 1517~1580. 조선 선조 때 문신)
국조인물고國朝人物考

이 말은 나라 다스리는 근본이 민심을 안정시키는 데 있고, 뛰어난 인재를 찾아서 어진 정사를 베풀어야 한다고 강조한 말이다. 허엽은 사재 김정국(金正國)이 지은 경민편(警民編)을 증보하고, 또 삼강이륜행실(三綱二倫行實)의 편찬에 참여하였다. 어려서 나식(羅湜)에게 글을 배우고, 화담 서경덕(徐敬德)에게도 사사하였으며, 율곡 이이(李珥)와 사귀고, 퇴계 이황(李滉)과도 학술을 논의하였다.

32

백성들의 고난을 안정되게 하기 위해서는 임금이 먼저 마음을 바로잡고 몸가짐을 잘 닦고, 학문의 공력이 날로 진전되어야 다스리는 보람이 저절로 나타나고, 민생이 저절로 안정될 것입니다.

-임훈(林薰, 1500~1584. 조선 선조 때 효자)
국조인물고國朝人物考

명종은 경사에 밝고 행실이 방정한 선비 6명을 뽑아 6품 벼슬을 주고 현감으로 임명하였는데, 임훈은 그 한 사람으로 등용되었다. 왕은 여섯 사람을 불러 당장 급한 정사에 관하여 물었는데, 그는 이 말을 하였다. 왕은, "이는 곧 정사의 근본을 추구하는 말로 매우 옳은 말이다." 하여 그 뜻을 받아들였다.

33

간사하고 정직하고 옳고 그른 점이 본래 사람의 처신하는 데 있는 것은 마치 이 사람 저 사람이 서로 다른 것과 같다. 나라에서 사람을 쓰고 버리는 것도 인재의 어질고 어질지 않은 데 매어 있지 않고, 때에 따라 알맞게 도모하는 데 있다.

-신응시(辛應時, 1532~1585. 조선 명종~선조 때 문신)
국조인물고國朝人物考

이 말은 한 나라의 정사를 감당할 인재는 학덕이 높은 사람만이 쓸 것이 아니라 그때그때 실정에 적임자라야 한다는 뜻으로, 신응시가 선조에게 인재 등용에 관하여 진언하였으나 선비들의 말썽으로 의논이 분분하자 이에 대하여 탄식한 내용이다.

34

내 나라의 후한 은혜를 받고 왜적을 멸망시키기로 맹세하였는데, 어찌 역도들을 따라 반역하겠는가?

-김덕령(金德齡, 1567~1596. 조선 선조 때 의병장)
국조인물고國朝人物考

이 말은 왜적을 무찌르고 나라에 충성하려는 사람을 역적의 무리로 다스려서는 안 된다는 뜻이다.

김덕령은 임진왜란이 일어나서 형 김덕홍(金德弘)이 의병장 고경명(高敬命)의 참모로 싸우다 금산 싸움터에서 전사하자, 담양에서 의병 5천 명을 거느리고 일어났다. 나라에서는 그에게 익호장군(翼虎將軍) 이름을 주어 왜적을 치게 하였다. 이에 진주에 주둔하여 많은 군사를 모아 밤낮으로 군사를 훈련하며 왜적의 침입에 대비하였다. 그런데 이몽학(李夢鶴)의 역모 사건이 일어나자 그를 시기하던 무리의 모략으로 역모에 관련되었다 하여 서울로 불려와 하옥되었다. 이 말은 그가 하옥되어 자신의 결백을 아뢴 내용이다.

그는 왕에게 또 말하기를, "신이 만약 다른 뜻이 있었다면 어찌 도원수의 명령을 받고 이몽학을 치며 운봉에 이르렀고, 그가 잡힌 뒤에 또한 어찌 군사를 거느리고 본진으로 돌아왔겠습니까? 다만 신은 상중의 슬픔도 잊고 의병을 일으켰으나 재간과 공력이 없어 충성을 펴지도 못하고 도리어 효도에 굴하였으니 죄가 있다면 이것이 죽을 죄입니다."라고 하였다. 이때 정탁(鄭琢)과 김응남(金應南) 등은 억울함을 말하여 무죄를 역설하였으나, 끝내 역모로 몰려 모진 고문을 당하고 29세 젊은 나이로 옥사하였다.

35

염치를 아는 마음을 길러 흐린 풍속을 깨끗하게 하고, 형정을 밝게 하여 백성의 삶을 보전하게 하고, 학술을 창도하여 선비의 기풍을 떨치게 해야 합니다.

- 유성룡(柳成龍, 1542~1607. 조선 선조 때 명상)

선조실록宣祖實錄 · 국조인물고國朝人物考

유성룡은 선조 14년(1581)에 부제학으로 있을 때 왕에게 열 가지 정사에 관하여 진술하였는데, 이 말은 그때 제언한 세 가지 일이다. 그 내용은, "성실한 덕을 닦아서 하늘의 뜻에 보답하고, 내외를 엄격히 하여 대궐의 기틀을 정숙하게 하고, 다스리는 체통을 세심하게 하여 기강을 세우도록 하고, 공론을 중히 하여 조정 기강을 정연하게 하고, 명분과 실제를 잘 조사하여 인재를 등용하도록 하고, 공명정대한 길을 넓혀 잘못된 점을 막도록 할 것이다."라는 것이다.

36

한 사람을 무고하게 죽여도 오히려 안 되는데, 지금 선비들이 죄없이 많이 죽어서 원기가 쪼개졌으니 나라는 어찌 되랴?

- 이산해(李山海, 1538~1609. 조선 선조 때 재상)
국조인물고國朝人物考

이 말은 역모 사건으로 무고한 선비를 많이 죽였으니 나라의 앞일이 근심된다는 뜻이다. 선조 22년(1589)에 정여립(鄭汝立)의 역모 사건이 일어나서 많은 선비가 희생되었다. 이때 이산해는 영의정으로 그 옥사를 다스렸는데, 그가 전형한 정개청(鄭介淸)도 정여립 사건과 관련된 혐의를 받고 아울러 정철(鄭澈)의 주장으로 경원으로 귀양 가던 중에 죽었다. 그리고 우의정 정언신(鄭彦信)도 정여립과 친교가 있다는 혐의를 받자 이산해는 이 옥사를 심문하지 못하겠다고 밖으로 나와서 대죄하였다. 이때 선조는 그 정상을 알고 그를 불러 옥사를 조사하게 하였는데, 그 해를 넘겨 일을 감당하고 집으로 돌아오면 침식을 잊고 슬피 탄식하며 이 말을 하였다.

37

어진 백성들이 굶주림에 핍박하여 저지른 짓이지 어찌 본심에서 우러나온 행동이겠는가? 차라리 내 마음대로 내놓았다가 처형을 당할지언정, 그 실정을 알면서 어찌 차마 다 죽이겠느냐?

- 윤승훈(尹承勳, 1549~1611. 조선 선조 때 재상)
국조인물고國朝人物考

윤승훈이 충청도 관찰사로 부임하였을 때 직산의 송유직이 무리를 불러 모아 여러 고을에 격문을 전하고 소란을 일으켰다. 이때 어떤 사람이 군사를 동원하여 진압하자고 하자 그는 웃으며, "곧 진압될 것인데 군사를 일으키다니." 하고 주모자를 잡아 서울로 보내고 나머지 무리는 불문에 부치게 하였다. 그런데 순변사 이일(李鎰)과 절도사 변양걸(邊良傑)은 치죄해야지 풀어놓은 것은 마땅하지 않다고 하였다. 그러나 그는 이 말을 하고 모두 석방하니 백성들은 어진 정사에 감사하며 울면서 돌아갔다.

38

나라에서 급히 힘쓸 것은 조정을 바로잡고 기강을 세우고,

백성의 힘을 사랑하고 군사정책을 잘 닦는 데 달려 있다.

- 우복룡(禹伏龍, 1547~1613. 조선 선조 때 문관)
국조인물고國朝人物考

우복룡은 안동 부사로 있다가 강원도 관찰사를 지내고 강화 유수를 지냈는데, 모든 정사를 엄정하고 공명하고 근검하게 다스렸다. 그리하여 비록 종실이나 권세가 있는 사람들도 감히 부정한 일을 하지 못하였다. 훌륭한 목민관으로 자주 왕에게 선정을 베풀 것에 관하여 상소하였는데, 이 말도 그 하나이다.

39

좋은 약으로 병을 고치는 일은 어진 정사로 나라를 다스리고 백성을 보호하는 것에 비유할 것입니다.

- 윤선도(尹善道, 1587~1671. 조선 중기의 학자·시조 시인)
국조인물고國朝人物考

이 말은 인조가 병들어 위급할 때 윤선도를 부르자 병으로 가지 못하고 이런 글을 올렸는데 이때 그는, "마음은 한 몸을 주관하여 오장육부와 기맥과 음양의 순역(順逆)과 성쇠가 모두 마음에 매였습니다. 마음이 편안하면 몸도 편안하여 풍한서습(風寒暑濕)과 귀매백사(鬼魅百邪, 백가지 사악한 귀신과 도깨비)가 저절로 마음에 들어올 수 없으나, 마음이 불안하면 이와 반대입니다."라고 이 말을 하였다.

40

임금이 실로 마음을 바로잡으면 조정을 바로잡게 되고, 조정을 바로잡으면 백관을 바로잡게 되고, 백관을 바로잡으면 만백성을 바로잡게 된다. 그러면 기강이 서고 모든 일이 잘 다스려진다.

-이흘(李忔, 1568~1630. 조선 선조~인조 때 문신)
국조인물고國朝人物考

이 말은 한 나라는 임금이 마음을 바로잡아야 조정과 백관과 만민의 마음이 바로잡힐 수 있다는 뜻으로, 왕에게 나라의 기강을 확립하자고 역설한 내용이다.

41

성군이 나라를 다스리는 도리는 재물을 아껴 쓰고 백성을 사랑하고, 일을 삼가고 믿으며, 백성을 부리는 데 때를 알맞게 하였는데, 그 가운데서 '삼갈 경(敬)'자가 다섯 가지 일의 근본이 된다.

-정경세(鄭經世, 1563~1633. 조선 인조 때 학자)
국조인물고國朝人物考

정경세는 인품이 뛰어나고 총명하고 의논이 넓고 공평하였으며 그 학설은 사람들이 모두 칭송하였다. 특히 경세

제민(經世濟民)의 정치론은 위정자들을 경탄하게 하였는데, 이 말도 그 일부다. 그의 상소문은 대개 경전을 인용하여 성리학을 근본으로 설명하되, 문장이 우아하고 조리가 정연하고 주장이 명백하였으며 실정에 적합한 것이 특색이다.

42

조종을 위하고 강토를 지키는 도리는 반드시 먼저 부역을 가볍게 하고 세금을 적게 하여, 백성이 근본을 일삼고 농사에 힘써 부강한 업적을 이룩하게 하는 것이다.

– 박지계(朴知誡, 1573~1635. 조선 광해군 · 인조 때 학자 · 효자)
국조인물고國朝人物考

박지계는 이괄(李适)의 난 후에 김장생(金長生)과 함께 임금께 글을 올려 백성을 잘 기르고 군사를 잘 다스려야 한다고 간절히 간하였다. 사헌부 장령 · 내첨시정 · 집의 등으로 있으면서 내정을 바로잡는 데 힘썼다. 특히 북쪽 오랑캐를 경계해야 한다고 주장하여 국토 수호와 부국강병책에 관하여 상소하였다. 이 말은 그 상소문의 일부다.

43

옛날부터 변할 수 있는 인심이 아닌 것이 없고, 돌아설 수 있는 세도가 아닌 것이 없습니다. 이를 위해서는 거룩한 임금과 어진 재상들이 함께 선정을 베푸는 데 힘쓸 따름입니다.

-장현광(張顯光, 1554~1637. 조선 인조 때 학자)
인조실록仁祖實錄 · 국조인물고國朝人物考

이 말은 인조의 물음에 장현광이 대답한 일부다. 인조가 그에게 어진 정사의 방도를 묻자, "한마음으로 날로 새로운 정사를 떨쳐 일으키는 데 있습니다."라고 대답하였고 이어, "공경하고 검소하고 절약하며 덕을 너그럽게 베풀고 형벌을 삼가야 합니다."라고 하였다. 또 인심과 제도에 관하여 묻자 이 말을 하고, 인심을 수습하는 방도를 묻자, "백성들이 전세의 잔혹한 정사에 시달려 곤궁하게 되었으니 이를 불쌍히 여겨 정성껏 구제하면 날로 안정될 것입니다."라고 대답하였다.

44

굶주리는 백성들이 서로 죽어 넘어지는 것을 보고 슬퍼하고 있는데, 내 어찌 편안히 앉아서 차마 기름진 음식을 먹으며 못 본 체하겠는가?

-이광하(李光夏, 1643~1701. 조선 숙종 때 문신)
국조인물고國朝人物考

이 말은 목민관으로서 백성들과 함께 굶주림을 극복하는 검소한 참모습을 보인 말이다. 이광하는 숙종 때 좌승지로 있다가 함경 감사에 임명되었다. 이때 큰 흉년이 들어 백성들이 굶어 죽는 일이 생기자 창고에 있던 곡식을 급히 내어 굶주리는 백성을 구제하고, 생산되는 소금을 남쪽 지방으로 보내어 곡식과 바꿔와서 식량에 충당하였다. 이때 서울에 공납할 곡식까지도 바치지 않고 직권으로 우선 백성을 먹여 살렸다. 그리고 다음 해 봄에는 농민들에게 종자를 나눠주어 농사를 짓게 마련하였다.

손수 백성들을 구제한 장부를 기록하여 관리들의 청렴결백한 본보기가 되었는데, 임기를 마치고 서울로 돌아갈 때 백성들은 함흥 만세교에 송덕비를 세워 선정을 찬양하였다.

45

대신은 마땅히 임금의 마음을 바로잡는 일을 먼저 할 것이다. 그러므로 그 뜻한 일이 정해지면 비록 사생과 화복이 당장 눈앞에 다다르더라도 돌아보는 일이 없어야 한다.

– 남구만(南九萬, 1629~1711. 조선 숙종 때 학자 · 재상)

국조인물고國朝人物考

이 말은 재상은 임금이 국정을 바로잡는 데 온 마음을 쏟도록 성심껏 보좌해야 한다는 뜻으로, 평소에 벼슬하는 사람들에게 타이른 내용이다. 남구만은 한성 좌윤으로 있을 때 대신들의 불법적 행동을 바로잡는 데 힘쓰다가 숙종의 뜻을 거슬러 한때 남해로 유배되었다가 소환되어 우의정·좌의정 등을 거쳐 영의정이 되었다. 강직하고 의리를 좋아하였으며 모든 일에 분명하여 비록 하급 관리의 말이라도 바른말은 반드시 들었고, 옳다고 생각하는 말이나 일은 사생을 초월하여 물불을 헤아리지 않고 반드시 실천하는 데 힘썼다.

46

옛날 어진 임금은 욕된 사람도 죽이지는 않았는데, 하물며 관리로서 감히 형벌을 마음대로 하여 사람을 죽일 수 있으랴?

-김주신(金柱臣, 1661~1721. 조선 숙종 때 학자)
국조인물고國朝人物考

이 말은 임금이 어진 정사를 베풀면, 모든 관리도 그릇된 행동으로 백성을 괴롭히지 않는다는 뜻이다. 김주신은 숙종의 장인이었으나 겸손하고 청빈하였으며, 근면하고 검소하여 집안에 사치하는 사람이 없어 부녀자들도 비단옷을 입지 않았다. 평소 책을 읽어 경사자집에 능통하였고, 일상생활은 소학(小學) 내용을 실행하는 데 힘썼다.

호 국 편

[護國 : 나라를 보호하고 지킴]

1

지금 달걀을 여기에 쌓아 놓았는데 만약 왕이 그것을 깨지 않는다면 내가 장차 그대를 섬기겠으나, 그렇지 않으면 안 되겠다고 하라.

- 무휼왕자(無恤王子, ?~44. 고구려 제3대 대무신왕)
삼국사기三國史記

이 말은 이웃 나라의 왕이 위험한 전쟁을 일으키지 않으면 서로 친선을 도모하겠지만, 그렇지 않으면 안 된다는 뜻이다. 무휼왕자가 7세 때 부여 대소왕에게 위험한 행동을 하지 말라고 경계한 말이다.
부여 대소왕은 고구려 유리왕에게 사신을 보내어 섬기지 않으면 쳐서 없애겠다고 위협하자 유리왕은 굴복하려 하였다. 이때 어린 무휼왕자는 사신들에게 이 말을 대소왕에게 전하라고 하였다. 대소왕은 이 보고를 받고 중신들에게 의사를 물으니 한 노파가, "달걀을 쌓아 놓은 것은 위태로움을 뜻하는데, 달걀을 깨지 않는 것이 안전합니다."라고 그 뜻을 풀이하여, "왕은 자기의 위태로움을 알지 못하고 남을 섬기라고 하나, 그런 위태로운 일을 안전한 태도로 바꾸어 스스로를 잘 다스리는 것이 옳겠다는 뜻이다."라고 하였다.

2

군사가 많으면 마땅히 싸우고, 군사가 적으면 마땅히 지키는 것이 전략가의 떳떳한 도리다.

-명림답부(明臨答夫, 67~179. 고구려 신대왕 때 재상)
삼국사기三國史記 · 동국병감東國兵鑑

당시 한나라가 많은 군사를 일으켜 고구려를 침범하였다. 전략을 의논하는데 중신들 간에는 싸우느냐 지키느냐를 문제로 큰 논란이 벌어졌다. 그 논란인즉 나아가 싸우지 않으면 적은 우리를 얕보고 침략하려 할 것이므로 나아가 싸우자고 하였다. 명림답부는 이 말을 주장하여 국론을 통합하고는 굳게 지켜 드디어는 적을 물러가게 만들었다.

3

험난한 곳을 따라 요새를 베풀고 적이 오면 막아 침노하지 못하게 하다가, 이로울 때면 나아가 사로잡는 것이 이른바 남을 유인해도 남에게 유인되지 않는다는 것이다.

- 미사품(未斯品, 5세기 초. 신라 실성왕 때 재상)
삼국사기三國史記

이 말은 국방을 강화하여 적을 막아 그 만행을 저지르지 못하게 하여야 한다는 뜻으로, 왜적의 소굴인 대마도를 정벌하여 침략적 발판을 없애자는 논란에 대하여 건의한 말이다. 이때 미사품은, "무기는 흉기요, 전쟁은 위험한 일입니다. 더구나 바다를 건너가서 남을 치려다가 불리하면 후회막급이오니 그보다는 험준한 곳에…."라고 건의하여 내적으로 국방을 강화하여 적이 침범하지 못하게 하는 것이 상책이라고 하여, 드디어 왕은 고구려와 왜국에 사절을 보내어 친선을 도모하였다.

4

이웃 나라와 사귀는 도리는 성실과 신의를 존중히 할 따름이다. 그런데 만약 왕자를 볼모로 교환한다면 이는 오패가 한 일에도 미치지 못하니 실로 말세의 일이다.

－박제상(朴堤上, ?～418. 신라 눌지왕 때 충신)
삼국사기三國史記 · 삼국유사三國遺事

신라에서 고구려로 보낸 복호(卜好) 왕자는 10년 세월을 슬픔 속에서 헤매었으나 박제상의 뛰어난 외교로 돌아오게 되었다. 또 왜국에 가 있던 미사흔(未斯欣)도 그의 지략으로 돌아오게 하였으나, 왜에게 잡혀 죽었다. 박제상은 왜의 회유를 물리치고 죽을 때, "차라리 신라의 개돼지가 될지언정 왜놈이 되지는 않겠다."라고 하여 참혹한 죽임을 당하였다. 나라의 위태로움을 보고 목숨을 바치는 것이 충성이라면 박제상은 그 본보기라 할 수 있다.

5

우리나라는 곧 고구려의 뒤를 이었다. 그러므로 나라 이름도 고려이고 평양에 도읍하였다. 만약 국토를 논한다면 동경도 다 우리 강토인데 어찌 우리더러 땅을 침식하였다고 하는가?

-서희(徐熙, 942~998. 고려 초기의 명장)
고려사高麗史

거란이 침입하였을 때 서희가 적장 소손녕(蕭遜寧)과 국토 문제를 담판할 때 적을 굴복시켜 물러가게 한 명언이다.

고려 성종 12년(993)에 북방의 호족 거란이 80만 대군으로 침입하여 큰 국난을 겪을 때 적을 막을 대책으로, "서경 이북의 땅을 적국에게 주고 황주·자비령 선으로 국경을 삼자."라는 의견이 강력하여 서경에 있는 식량을 대동강에 버리자고 하였다. 이때 서희는 말하기를, "식량이 넉넉하면 성을 지킬 수 있고, 싸워 이길 수 있는데 어찌 버리게 하랴? 더구나 식량은 백성들의 생명인데 차라리 적의 먹이가 되게 할지언정 이를 강물에 버리리오? 이는 하늘의 뜻에 부합되지 않는다. 또 땅을 갈라서 적에게 주는 것은 만세의 부끄러움이니 한번 싸워본 뒤에 이 문제를 의논하여도 늦지 않다."라고 주장하였다.

이어 왕명을 받고 단신으로 적진으로 들어가서 적장 소손녕과 담판하여 그들을 굴복시키고, 압록강 변의 여진족을 내몰고 국토를 크게 개척하였다.

6

편안할 때도 위태로움을 잊지 말라. 그리고 적이 오지 않을 것을 믿지 말고 내가 방비하고 있어야 한다는 것을 믿으라.

-왕총지(王寵之, ?~1067. 고려 문종 때 재상)
고려사高麗史

이 말은 잘 방비하고 있어야 근심이 없다는 뜻이다. 정종 10년(1044) 봄에 왕총지는 예성강의 병선 180척으로 군자를 운반하여 서북계(西北界) 주와 진의 창고를 채우고, 참지정사 김영기(金永器)와 동북지방의 장주·정주·원흥진에 성을 쌓음으로써 이른바 천리장성이 완성되었다. 이때 그는 이 말을 임금에게 아뢰어 평화로운 때라도 항상 군비를 강화하여 유사시에 대비하여야 한다고 주창하고, 군대를 정비하고 군사를 훈련하여 외적 침입에 대비하였다.

7

넓은 하늘 밑은 임금의 땅 아닌 것이 없는데, 우리나라의 조그마한 곳을 하필이면 내 강토를 내가 다스리겠다고 말하는가?

-박인량(朴寅亮, ?~1096. 고려 문종·순종 때 문신)
고려사高麗史

이 말은 요나라(거란)는 넓은 땅을 가졌으면서도 왜 고려의 작은 땅을 빼앗으려 하느냐는 뜻이다. 요나라는 일찍이 압록강을 넘어 경계 삼으려고 배다리를 설치하고 강을 건너와서 동쪽 연안에 보주성을 설치하였다. 고려는 현종 때부터 그 부당성을 말하여 보주성을 철폐하라고 여러 번 청하였으나 듣지 않았다. 문종 29년(1075)에 왕은 사신을 파견하여 철폐를 청하였는데, 이때 박인량은 이 말을 서두로 하여 글을 보내어 요나라 임금(도종)의 마음을 감동케 하여 보주성을 철폐하였다.

8

오랑캐들이 우리나라의 은덕을 배반하고 강토를 침범하여 우리 변방의 백성을 약탈하는데 이를 막지 못하는 것은 나라의 치욕이다. 마땅히 서로 힘을 다하여 토벌해서 나라의 치욕을 씻어야겠다.

-김희제(金希磾, ?~1227. 고려 고종 때 장군)
고려사高麗史

김희제는 본래 군산도 사람이었으나 조상이 개성에 와서

자리 잡아 개성 사람이 되었다. 고종 8년(1221)에 몽고 사신 저고여(著古與)가 와서 재물을 강요하자 이를 막는 데 힘썼다. 고종 13년에 금나라 우가하의 군사가 침입하자 이 말을 하여 적을 토벌하자고 주장하고, 군사를 거느리고 나가서 격파하여 큰 공을 세웠다.

9

우리나라는 삼면으로 적의 침해를 받고 해구들이 사나워서 이를 막기가 매우 어려운데, 한번 그 기회를 잃어버리면 남쪽 지방은 보전하고 지키기가 쉽지 않다.

－신숙주(申叔舟, 1417~1475. 조선 전기의 학자 · 정치가)
국조인물고國朝人物考 · 세종실록世宗實錄

이 말은 세조가 신숙주를 병조판서로 임명하자 해적 방비 대책을 아뢴 말이다. 신숙주는 학식이 뛰어날 뿐 아니라 지략도 능통하였다. 그래서 세조는 즉위하여 늘 그를 불러 중요한 정사를 의논하였고 말하기를, "만약 경과 같은 사람 한 사람만 더 얻는다면 내 무엇을 근심하겠는가?"라고 하였다.
예조판서로 있을 때 이웃 나라와 사귀는 대책을 말하기를, "남과 교제하는 일은 쉬운 것 같지만 실로 어려운데, 오직 정성을 다해야 가히 남의 마음을 감동하게 할 수 있다."라고 하였다. 그는 근본의 중요성에 관하여 말하기를, "뿌리 깊은 나무라야 가지가 반드시 무성하고, 근원이 먼 물이라야 흐름이 반드시 길다."라고 역설하였다.

10

하늘이 만약 우리 뜻을 알고 있다면 차마 수만 명의 생명을 오랑캐 땅에서 얼어 죽게 하겠는가?

- 허종(許琮, 1434~1494. 조선 성종 때 대신)
성종실록成宗實錄 · 국조인물고國朝人物考

이 말은 정의의 군사를 일으켜 불의를 무찌르려는데 천지신명이 있다면 어찌 우리를 얼어 죽게 하겠느냐는 뜻이다. 허종은 뜻과 기개가 뛰어난 인물이었다. 성종 8년(1477)에 예조판서로 평안도 순찰사가 되어 압록강 대안의 야인 침입을 막았으며, 성종 22년(1491)에는 북정도원수가 되어 장병 2만 4천 명을 거느리고 압록강을 건너 오랑캐들의 소굴을 소탕하고 개선하였다. 이 말은 그 때 군사들에게 한 말이다.

당시 엄동설한으로 눈이 한 길이나 내려서 어려운 처지에 놓였고, 적은 험한 곳에 진을 치고 아군을 일시에 공멸하려 획책하였다. 그는 적도들의 전략을 잘 간파하고 군사들을 격려하여 적을 쳐부수고, 진격하여 그 소굴을 소탕하여 크게 이기고 돌아왔다.

11

천하에 악독한 사람은 한 가지다. 일본의 풍신수길은 그 임금을 죽인 사람이니 의리로 사귀는 것은 옳지 않다.

-노수신(盧守愼, 1515~1590. 조선 명종·선조 때 명신)
국조인물고國朝人物考

일본 사신이 와서 화친할 것을 구하자 왕은 이 문제를 대신들과 의논하였는데, 그때 노수신이 한 말이다.

12

하늘에는 두 해가 없고, 땅에는 두 임금이 없다. 일본은 거짓 임금이지만 이미 임금으로 삼았다면 관백은 비록 귀한 신분이라 하더라도 곧 신하일 따름이다.

-김성일(金誠一, 1538~1593. 조선 선조 때 명신)
국조인물고國朝人物考

이 말은 임진왜란의 원흉인 도요토미 히데요시〔풍신수길豊臣秀吉〕가 조선통신사를 대할 때 임금처럼 행세하려는 것을 잘못이라고 반박한 말이다. 선조 때 일본은 전국시대로 도요토미 히데요시가 등원씨(藤原氏)를 멸망시키고 관백(關白)이 되어 심복인 현소와 평의지를 우리나라에 파견하여 통호할 것을 청하였다. 그러자 조야가 앞으로 왜적의 침입을 예측하고 민심이 분분하였다. 그래서 동정을 탐지하고자 일본에 통신사를 보내게 되었는데 정사에 황윤길(黃允吉), 부사로 김성일이 가게 되었다.
이 말은 우리 통신사를 맞는 일본 관백 도요토미 히데요시가 예의에 벗어난 행동을 하려 하자 김성일이 이를 반박하여 나무란 말이다. 그는 끝내 뜻을 굽히지 않고 도요토미 히데요시의 거만한 태도를 굴복시키고 바른 예절을 알고 행동하게 하였다. 당시 김성일은 왜적이 쳐들어오지 못한다고 주장하여 정사 황윤길의 왜구 침입 예측설을 무시하였다.

13

평생 나라를 위하는 마음은 오늘 같은 어려움을 이겨내는 데 달렸다. 비록 저들이 우리를 구원하지 않더라도 내 감히 죽음으로써 나라의 은혜를 보답하지 않으랴?

- 안홍국(安弘國, ?~1597. 조선 선조 때 장군)
국조인물고國朝人物考

이 말은 국난 극복을 위해서는 어떤 어려움을 겪더라도 신명을 바치는 것이 국민 된 올바른 도리라는 뜻이다. 안홍국은 정유재란 때 군선 30척을 거느리고 적의 소굴을 소탕하러 가서 크게 무찔렀으나, 중과부적으로 전세가 위급하게 되었다. 후퇴하자는 사람이 많았으나, "안 된다. 적이 눈앞에 있는데 물러서면 언제 승리하랴? 하물며 상장이 가까이 있으니 어찌 우리를 구하지 않으리?

너희들은 한마음으로 죽음을 두려워하지 말라." 하고 이어 장병들에게 이 말을 하며 전비를 가다듬었다. 역전 고투하여 적을 무찔러 크게 승리하고 적을 추격하다가 유탄에 맞아 장렬하게 전사하였다.

14

하늘이 만약 우리나라를 복되게 한다면 반드시 이런 일을 없게 하였을 것이다. 설사 불행한 일이 있더라도 어찌 사사로운 지혜로써 그런 난리에 임하는 책임을 면하겠는가? 구차하게 면하려는 뜻은 없다.

－정탁(鄭琢, 1526~1605. 조선 선조 때 재상)
국조인물고國朝人物考

이 말은 임진왜란으로 국난을 당하여 나라가 위험한 처지에 놓였을 때 저마다 신명을 다하여 그 소임을 다해야 한다는 뜻이다. 정탁은 선조 25년(1592), 왜적의 침입으로 나라가 위험한 처지에 놓여 왕이 의주로 피난할 때 왕을 모시고 평양에 이르렀는데, 다시 왕자사부로서 세자의 분조(分朝, 임시로 설치한 조정)를 따라 급히 이천으로 떠났다. 길이 막혀 다시 의주로 향할 때, 일행은 두려워하여 변복하였으나 그는 태연히 웃으면서 이 말을 하고 침착하게 소임을 다하였다.

15

왜적이 곧 쳐들어오려고 하는데, 온 조정이 이를 은폐하고 임금에게 알리지 않는다. 내 어찌 차마 화를 두려워하여 나랏일을 그르치게 놔두고 말하지 않으랴?

-오억령(吳億齡, 1552~1618. 조선 선조 때 문신)
국조인물고國朝人物考

이 말은 외적의 침입으로 나라가 위태로운 처지에 당면하여, 벼슬하는 사람으로 이를 막을 대책을 강구하지 않고 자신의 화를 면하려고 급급한 잘못에 분개하여, 정의를 드러내는 올바른 행실을 하라는 뜻이다. 오억령이 사간원 전한으로 선무하는 일을 할 때, 일본의 음모를 알고 나라에 알려 그 대책을 세울 것을 말하였으나, 조정에서는 이를 묵살하려 하므로 이 말을 하고 분연히 일어났다. 이어 그의 말대로 임진왜란이 일어나 선조가 의주로 피난하였다. 아들 둘이 옥당(玉堂, 홍문관의 다른 이름)에 있을 때 국모를 폐하려는 논란이 일어나자 아들에게, "이는 인륜의 큰 변고인데 어찌 죽음을 두려워할 것인가?"라고 경계하였다.

16

일은 이미 어쩔 수 없게 되었다. 다만 화의를 주장하지 말고 명분과 절개를 온전하게 하는 것이 옳겠다.

-이안눌(李安訥, 1571~1637. 조선 선조~인조 때 문신)
국조인물고國朝人物考

이 말은 청나라와 화친하지 말고 명예와 의리를 지키는 것이 올바른 도리라는 뜻이다.

17

오늘의 정책은 오직 호적과 화친하느냐 싸우느냐에 달려 있습니다. 그런데 싸우려면 힘이 미치지 못하고, 화친하면 아마도 감히 하루아침에 성이 함락되어 온 국민이 죽지는 않을 것입니다.

-최명길(崔鳴吉, 1586~1647. 조선 인조 때 문신)
국조인물고國朝人物考

이 말은 사나운 호적(胡賊)과 싸우는 것보다 화친을 맺는 것이 나라와 백성을 위하는 길이라는 뜻이다. 병자호란이 일어나 적이 남한산성을 포위하고, 이어 강화도가 함락되어 나라가 위급하게 되자, 인조는 최명길의 손을 잡고 흐느껴 울며 국난 극복의 대책을 물었다. 그는 울면서 이 말을 하여 청나라와 화친 맺는 것이 상책임을 주창하였다.
이때 중신 간에는 척화론(斥和論)을 주장하며 싸울 것을 말하는 사람도 많았으나, 그는 그 뜻을 굽히지 않고 왕의 마음을 움직여 청나라와 화친을 맺고, 성을 나와 그들에게 굴복하여 국치 민욕을 당하여 슬픈 역사를 남겼다. 이때 그는 우의정이 되어 위로는 왕을 위로하고, 아래로는 민생을 안정시키며 어지러운 정사를 수습하는 데 힘썼다.

18

옛날부터 죽지 않는 사람은 없고 망하지 않는 나라도 없는데, 죽고 사는 것은 참을 수 있으나 역도를 따르는 일을 해서는 안 된다.

-김상헌(金尙憲, 1570~1652. 조선 중기의 학자)
국조인물고國朝人物考

이 말은 호적(胡賊) 청나라의 뜻을 따라 우방 명나라를 치는 일은 해서는 안 된다는 뜻이다. 김상헌은 호적의 침입으로 인한 정묘호란 때 인조의 부름을 받은 자리에서, "오랑캐들이 깊이 쳐들어와서 종묘사직이 난리를 피하여 떠나게 되었으나, 적도에게 굴복하는 치욕을 당하는 일은 차마 들을 수 없습니다."라며 그들과의 화친을 반대하였다. 병자호란 때는 예조판서로 비변사를 겸하였는데 끝내 호적들과 화친해서는 안 될 것을 주창하였다. 그러나 그들과 화의가 맺어지자 심양으로 잡혀가서 심한 고문을 받았으나 시종 뜻을 굽히지 않고 3년 동안 고난을 겪으며 감금되었다. 이때 청나라 사람도 그 충절에 감복되어 돌려보냈다. 이 말은 청나라가 명나라를 치려고 원군 5천 명을 보내 달라고 강요하여 파병론이 있자 이를 반대하는 상소문의 일부로, 그 뜻을 굽히지 않았다.

19

시세를 돌아보지 않고 청나라를 대적하면 사나운 강적이 반드시 쳐들어올 것이니 이 일은 깊이 생각하지 않아서는 안 된다.

– 이경석(李景奭, 1595~1671. 조선 효종 때 재상)
인조실록仁祖實錄 · 국조인물고國朝人物考

이경석은 인조 14년(1636)에 부제학이 되었는데, 이해 봄에 후금(後金)은 국호를 청나라로 고치고 사신을 보내왔다. 이때 조정의 의논은 사신을 목 베고 절교하려고 하니 그들은 도망갔다. 이에 온 나라의 민심이 흉흉하였다. 이 말은 그때 왕에게 올린 말이다.
병자호란이 일어나고 왕이 남한산성에서 나와 삼전도(三田渡)에서 청 태종에게 굴복한 뒤, 그들은 삼전도에 비를 세우게 하고 비문을 지어내라고 하였다. 왕은 장유(張維) 등에게 명하여 비문을 짓게 하였으나 청 태종은 불만을 표하여 다시 지어내라고 하므로, 왕은 이경석에게 지으라고 명하여, "월나라 구천(勾踐)이 신첩이 되는 것을 부끄러워하지 않고 스스로 힘을 기르려 하지 않았는가? 그 뜻에 맞게 지으라."라고 하였다. 그는 비문을 지은 다음 형 이경직(李景稷)에게 주면서, "형님, 아우는 글 배운 것을 후회합니다."라고 하며 울었다.

20

아아, 나라가 주권이 없어지고, 사람이 평등권을 잃어버리니, 무릇 교섭권에 관하여는 부끄러움과 욕됨이 다함이 없겠구나. 실로 한민족의 혈통과 특성을 가지고서 어찌 이런 치욕을 감당하고 참겠는가?

– 이한응(李漢應, 1874~1905. 구한국 고종 때 순국지사) 유계遺戒

이한응은 이 말에 이어, "종묘와 사직이 장차 빈 터만 남겠구나. 민족은 장차 그 노예가 되겠구나. 구차하게 살겠다고 하다가는 치욕이 더욱더 심할 것이니 이 어찌 죽는 것보다 낫다고 하겠는가? 내 자결이 여기에서 계획된 것이니 달리 할 말이 없구나."라고 말하였다.

형에게 남긴 유서에 말하기를, "운이 가고 때가 다하였으니 죽음은 있어도 삶은 없습니다. 나라에 충성하지 못하고 어버이에게 효도하지 못하였으니 어찌 즐거운 일이라 하겠습니까? 사세가 다하였으니 어쩔 도리가 없습니다. 당하고 있던 결과이므로 면하기는 어렵습니다만, 실로 죄지은 일도 없이 그중 가장 가련한 사람이 되니 어찌 원통하지 않으리까?…"라고 하였다. 그는 이 말을 남기고 임지인 영국에서 목숨을 끊었다.

21

사내대장부로 세상에 태어나서 적을 무찌르려 의지를 쌓았더니 이제야 뜻한 대로 좋은 때를 만났구나. 때가 영웅을 만드는가? 영웅이 때를 만나는가? 북쪽 바람 차기도 하나, 내 피는 뜨겁구나. 쌓였던 원한을 한번 털어놓으면, 어김없이 반드시 좀도적을 잡으리라. 우리 동포 형제자매들아, 이 공업을 잊지 말라. 만세 만세 만만세, 대한 독립 만만세.

– 안중근(安重根, 1879~1910. 구한국 말의 애국의사)
안중근명음安重根名吟

이 말은 안중근이 침략의 원흉 이토 히로부미〔이등박문伊藤博文〕가 하얼빈에 온다는 소식을 듣고 읊은 정기의 노래로, 대한제국의 독립을 위해 적을 반드시 죽이겠다는 뜻이다. 안중근은 이토 히로부미가 만주 하얼빈에 당도할 때 단신으로 삼엄한 경비를 뚫고 들어가서 일곱 발의 권총을 쏘아 적괴를 죽였다. 그리고 만만세를 외친 다음, 여순 감옥에 끌려가서 끝까지 대한제국 남아의 정당한 거사를 주창하고 의로운 일생을 마쳤다.

22

최후의 1인까지 최후의 1각까지 민족의 정당한 의사를 쾌히 발표하라.

-한용운(韓龍雲, 1879~1944. 독립운동가 · 시인)
독립선언서獨立宣言書

이 말은 3·1독립선언서의 공약 3장에 제시한 둘째 항목으로, 우리 민족은 일제의 침략에 항거하여 최후의 한 사람이 남을 때까지 독립투쟁을 전개하라는 뜻이다.

한용운은 공약 1항에 말하기를, "금일 오인의 차거는 정의·인도·생존·존영을 위하는 민족적 요구니 오직 자유적 정신을 발휘할 것이요, 결코 배타적 감정으로 일주하지 말라." 하였다. 그리고 또 3항에는 말하기를, "일체의 행동은 가장 질서를 존중하여 오인의 주장과 태도로 어디까지나 광명정대하게 하라."고 하였다.

당시 독립선언서는 육당 최남선(崔南善)이 짓고 만해 한용운이 여기에 공약 3장을 붙여 민족대표 33인의 이름으로 발표하였는데, 이는 우리나라 독립운동사상에 명문·명언으로 전승될 것이다.

인 덕 편

[仁德 : 어진 덕]

1

두 분 어버이가 세상을 떠나고, 나는 백성들의 추대로 왕위에 올라 두려운 마음으로 냇물을 건너는 것 같은데, 지금 이웃 나라가 침범하니 이 또한 나의 부덕한 탓이다. 어찌하면 좋을지?

-박남해(朴南解, ?~24. 신라 제2대 남해왕)
삼국사기三國史記

시조 박혁거세가 세상을 떠난 기회를 타서 낙랑이 군사를 일으켜 쳐들어왔다. 국상을 당한 중에 국난까지 겪게 되자 남해왕은 어찌할 바를 몰라 중신들을 모아 대책을 의논하였다. 이때 중신들은, "적은 우리가 국상을 당하였음을 다행으로 여겨 망령되게 군사를 일으켰으니 하늘이 그들을 돕지 않을 것입니다.(賊幸我有喪, 妄以兵來, 天必不祐.)"라며 이에 대처하여 적을 물리쳤다. 남의 불행을 틈타서 해치려 한 일은 어질지 못한 행실〔不仁之行〕이라 해서 고금을 통하여 도의적으로 용납되지 않았다.

2

임금이 덕을 닦아서 하늘의 뜻에 부응하면 복을 기다리지 않아도 복이 스스로 이르지만, 만약 덕을 닦지 않고 부질없이 헛된 글만 숭상하면 이로움이 없을 뿐만 아니라 마침내 하늘의 뜻을 모독하게 될 따름이다.

-임완(林完, 12세기. 고려 인종 때 문신)
고려사高麗史

이 말은 임금이 덕을 닦아야 복을 받지 그렇지 않으면 화를 받게 된다는 뜻으로, 상소문의 하나이다. 임완은 성품이 곧고 발라서 항상 임금에게 충언을 올려 왕이 마음가짐과 몸가짐을 닦는 데 공헌하였다. 인종에게 상소한 말 가운데, "신의 생각에는 말을 올리는 것이 어려운 것이 아니라, 그 말을 듣는 것이 어려운 것이요, 그 말을 듣는 것이 어려운 것이 아니라, 그 말을 실행하는 것이 어렵다고 여겨집니다."라는 말도 있는데, 이는 신하가 간하는 말을 임금이 받아들이고 실천해야 한다고 주장한 것이다.

서경 천도를 반대하여 상소한 말에는, "7, 8년 동안 상서로운 일은 하나도 없고 재난과 변고만 일어나는데, 이는 간신들이 임금을 현혹함을 경계하는 하늘의 뜻입니다. 사람이 사람을 속일 수 있을지언정 하늘이야 어찌 속일 수 있겠습니까?"라고 한 것 등으로 그 충언의 예를 들 수 있다.

3

부모의 마음은 자식에게는 모두 같다. 어찌 나이 들어 가정을 가진 딸에게는 후하고, 어머니가 없는 어린아이에게는 박하겠는가?

－손변(孫抃, ?~1251. 고려 고종 때 문신)
고려사高麗史

이 말은 부모의 자녀에 대한 사랑은 다 같다는 뜻으로, 어린 아들에게 재산을 주지 않은 까닭은 장래를 위함이다. 이는 남매의 의리를 뒷날에 깨닫게 하기 위하여 그렇게 한 것이다.

손변이 경상도 안찰부사로 갔을 때, 남매간의 송사로 미결된 것이 있었다. 아우는 송사하기를, "우리는 한 어버이에게 태어났는데 왜 누님이 혼자 부모의 재산을 다 갖고, 나는 그 분배가 없는지?"라고 하니 누이는 말하기를, "아버지가 돌아가실 때 집재산을 다 나에게 주고, 너에게 주는 것은 검은 옷 한 벌, 검은 관 하나, 미투리 한 켤레, 종이 한 권뿐이었다. 문서가 갖추어져 있는데 어찌 어기리오?"라는 내용이었다. 손변은 곧 두 사람을 불러들여 묻기를, "너희 아버지가 죽을 때 어머니는 어디 있었느냐?" 하니 대답하기를, "먼저 돌아가셨습니다." 라고 하였다. "너희들은 그때 나이가 각각 몇 살이었느냐?"라고 물으니 대답하기를, "누님은 이미 시집가서 가정을 가졌고, 저는 어린아이였습니다." 하니 손변은 이 말을 하였다.

그리고 이어서, "돌아보면 어린아이가 의지할 데는 누이 뿐인데 만약 재산을 누이와 똑같이 주면 그 사랑이 혹시나 지극하지 않고 기르는 것이 혹시나 전념하지 않을까 염려하였을 것이다. 아이가 자라면 이 종이에 소장을 써서 검은 옷을 입고 검은 관을 쓰고 미투리를 신고 관청에 고소하면, 관에서 이를 가려줄 것이라 하여 동생에게 이 네 가지 물건을 주라고 유언한 것이다."라고 해결하였다.

4

잔인한 마음은 인자함에 해롭고, 탐욕과 거짓된 마음은 의리에 해롭고, 교만하고 게으른 마음은 예절에 해롭고, 완악한 마음은 지혜에 해롭다.

- 옥고(玉沽, 1382~1436. 조선 태종·세종 때 학자)
응계실기凝溪實記

이 말은 인의예지를 해치는 악한 행동은 잔인과 탐욕과 교만과 완악한 마음에서 일어난다는 뜻으로, 인심선악상반도(人心善惡相反圖)에 있는 내용이다. 옥고는 일찍 아버지를 잃고 어머니의 훈도를 받으며 자랐고, 야은 길재(吉再)에게 학업을 닦았다. 학문이 뛰어나 많은 글을 썼는데, 그중에서 인심선악상반도·음양변역성괘도(陰陽變易成掛圖) 같은 것은 유명한 학설이다.

5

사람의 마음이 거칠거나 찬찬한 것은 착하고 어리석은 사람에 따라 서로 다른데, 어찌 겉으로 찬찬한 사람과 속으로 거친 사람의 행동이 저절로 통하는 것이라고 생각하겠는가?

-김안국(金安國, 1478~1543. 조선 전기의 학자 · 문신)
국조인물고國朝人物考

이 말은 사람의 마음과 행동은 겉과 속이 다른데, 겉만 보고 그 속도 같다고 생각해서는 안 된다는 뜻이다. 김안국은 대학자인 김굉필(金宏弼)의 제자로서 경학에 조예가 깊고 뜻이 원대하고 일 처리를 정확하고 세심하게 하여 조금도 빈틈이 없었다. 그래서 어떤 사람은 너무 자질구레한 사람이라고 헐뜯기도 하였다. 이 말은 그런 비평을 듣고서 웃으면서 한 말이다. 이 말에 이어 언급하기를, "옛사람은 한 가지 일을 할 때마다 반드시 하늘에 알려 정성껏 할 것을 알렸고, 또한 하루도 나랏일을 제대로 하지 못하였으면 저녁밥도 먹지 않았다고 한다. 내 어찌 구차하게 자질구레하다는 헐뜯음을 피하여 내 할 일을 제대로 하지 않겠느냐?"라고 하였다.

6

인심이 화평한 다음에야 재변이 없어지고, 사기가 배양된

다음에야 절개가 일어난다.

-민제인(閔齊仁, 1493~1549. 조선 중종~명종 때 문신)
국조인물고國朝人物考

이 말은 민제인이 명종에게 올린 글이다. 당시 수렴청정하는 문정대비가 전조의 권신인 윤임(尹任) 일파를 제거하려 하자 이를 부당한 처사라고 간언한 내용이다. 이 말에 이어, "윤임 등을 법대로 하지 않을 수 없다고 하더라고 인심의 두려움은 만물이 벼락을 두려워하는 것과 같은 점이 있습니다. 시골 선비도 공부는 해서 무엇하냐고 말하기까지 합니다. 인심은 이러합니다. 화평을 해치는 일은 재앙을 부르는 길입니다."라고 하면서 민심의 화합을 주장하였다.

7

밤기운이 청명하면 인자하고 의로운 마음이 시원하게 일어나서 해가 중천에 솟은 것과 같으나, 만약 색을 좋아하고 재물을 좋아하고 명예를 좋아하면 연기가 눈을 가리고 냄새가 코를 찌르는 것과 같아서 잠시도 참을 수 없을 것이다.

-성호(成浩, 1545~1588. 조선 선조 때 학자)
국조인물고國朝人物考

이 말은 학문하는 사람의 본심으로 뜻한바 태도를 가르

친 내용이다. 성호는 학업에 뜻을 두고 일상생활에 소학(小學) 내용을 지켰으며, 동강 남언경(南彦經)과 창암 김근공(金謹恭)에게 수학하였다. 학문이 뛰어났으나 과거를 보지 않고 어버이를 봉양하고 자연에서 학문 연구에 몰두하였다.

8

대학의 세 가지 강령〔명덕 · 신민 · 지선〕과 여덟 가지 덕목〔수신 · 제가 · 치국 · 평천하 · 정심 · 성의 · 치지 · 격물〕은 몸을 닦고 남을 다스리는 방도가 아닌 것이 없고, 하늘의 덕과 임금의 도리는 삼가 뜻을 세우고, 유능한 일을 귀하게 여기는 데 달려 있다.

-정구(鄭逑, 1543~1620. 조선 선조 · 광해군 때 학자)
국조인물고國朝人物考

이 말은 선조의 대학(大學)에 관한 물음에 정구가 대답한 내용이다. 정구는 7, 8세에 논어(論語)와 대학의 대의에 통하여 신동이라 불렸고, 학문을 닦아도 과거를 보지 않고 퇴계 이황(李滉) · 남명 조식(曹植) · 대곡 성운(成運)의 3현에게서 학문을 닦았으나 벼슬하지 않고 많은 제자를 가르쳤다. 임진왜란이 일어나자 의병을 일으켜 싸웠고, 그 뒤 벼슬하여 여러 고을을 다스렸다.

9

남이 나를 믿지 않는 것은 곧 내 마음가짐이 참되지 못한 까닭이고, 남이 나에게 순종하지 않는 것은 곧 내가 참된 뜻을 다하지 않은 까닭이다.

-이수광(李睟光, 1563~1628. 조선 중기의 명신)
지봉집芝峯集

이수광은 사람됨이 단아하고 장중하고 검소하였으며, 어지러운 세파에 휩싸이지 않았다. 많은 저서를 남겼는데 그중에서 특히 몸가짐을 닦기 위한 자경(自警) 수신록 같은 글은 유명한 말이다. 항상 자신의 마음가짐과 몸가짐을 닦는 말을 많이 하였다.

10

옛날의 군자는 착하고 잘하는 점을 좋아하고 악하고 잘못하는 점을 미워하였는데, 나는 그런 행실을 본받아 삶의 법도로 삼을 것이다.

-신익성(申翊聖, 1588~1644. 조선 선조 때 학자)
국조인물고國朝人物考

이 말은 옛날 군자를 본받아 사람다운 마음가짐과 몸가짐을 갖겠다는 뜻이다. 신익성은 명상 신흠(申欽)의 아들로, 어려서부터 학문과 덕행을 잘 닦아 10세 때 이미 학식과 행실이 남달리 뛰어나고, 12세 때는 선조의 부마가 되었다. 병자호란이 일어나서 왕이 남한산성으로 피하여 적을 막을 때는 임금을 모시고 끝까지 호적과 싸울 것을 주장하고, 화친을 맺자는 사람들이 세자를 볼모로 보내자고 할 때는 칼로 위협하며 이를 반대하였다.

11

도덕적인 성품을 존중하라. 이런 마음을 충분히 기른 다음에야 사람다운 위대한 근본이 자리 잡힌다.

-선우협(鮮于浹, 1588~1653. 조선 인조 때 학자)
국조인물고國朝人物考

이 말은 사람은 덕성스러운 마음을 길러야 그 근본이 바로잡힌다는 뜻이다. 선우협은 성리학의 연구에 심혈을 기울였다. 인조의 부름을 받고 한때 성균관사업 벼슬에 있기도 하였으나 왕에게 자신의 학설을 펴기도 했고, 효종의 뜻에 따라 성리학설을 해설하기도 하고 건의하기도 하였다. 이 말도 효종에게 올린 상소문의 일부다. 이 말에 이어, "마음은 한 몸의 근본이 되고 인의예지의 성품을 갖추어 나타내어 남을 불쌍히 여기고, 악을 미워하고, 사양하고, 옳고 그름을 분별하는 마음이 일어나서 심성과 감정을 거느리게 된다."라고 하였다.

12

마음을 다스리고 잘못을 고치는 도리는, 사리를 궁구하고 앎을 확실하게 하고 뜻을 참되게 하고 마음을 바로잡는 학설에서 시도하여 잘 살펴 실천하고, 항상 깨끗하고 밝게 하여 몸에 물욕이 가리지 않으면, 모든 일을 하는 데 나타나는 것이 저절로 빛나고 밝고 바르고 위대해서 쇠약하고 구차한 지경에 떨어지지 않을 것이다.

- 유계(兪棨, 1607~1664. 조선 인조~현종 때 명신)
국조인물고國朝人物考

이 말은 마음을 다스리고 잘못을 고치는 도리는 격물·치지·성의·정심의 학설을 근본으로 몸을 닦아 올바로 실천하는 데 달렸다는 뜻이다. 효종에게 마음을 다스리고 잘못을 고치는 도리를 훌륭한 학설에서 찾아서 어진 정사를 베풀어야 한다고 유계가 상주한 내용이다.

13

인자·의리·예절·지혜는 사람의 성품이고, 효도·공경·충성·신의는 도의적 행실이다. 성품은 마음에서 갖추어지는 도리이고, 도의는 몸소 마땅히 실행할 길이다.

- 박일성(朴日省, 1594~1671. 조선 인조~현종 때 문신)
국조인물고國朝人物考

이 말은 도덕의 중요성을 강조한 말이다. 박일성은 벼슬에서 물러나 고향으로 돌아가서 후진 교육에 힘썼는데, 평소 인륜 도덕을 중시하여 사람은 먼저 사람다운 행실을 갖추어야 한다고 역설하였다.

14

민생을 안정시키는 일을 극진히 하지 않고, 어려움을 구제하는 정사를 소홀하게 하고, 조정에서 맡은 일을 게을리 하고, 인재를 등용하는 형식과 실제와 바른말을 하고 못하게 하는 일들이 어찌 전하의 한마음에서 벗어나리오?

– 박장원(朴長遠, 1612~1671. 조선 인조~현종 때 문신)
국조인물고國朝人物考

이 말은 나라의 정사가 잘되고 잘못되는 것이 임금의 마음에 달려 있음을 명심해야 한다는 뜻으로, 현종에게 올린 말이다. 박장원은 인조·효종·현종 세 임금을 섬기며 충성을 다하였고, 정사가 잘못되는 일이 있을 때는 물불을 가리지 않고 임금에게 알려서 바로잡았다.

15

임금이 도덕에 뜻을 두면 도덕적인 선비가 나오고, 공명에 뜻을 두면 공명한 선비가 나오고, 부귀에 뜻을 두면 부귀한 선비가 나온다.

– 윤원거(尹元擧, 1601~1672. 조선 인조~현종 때 학자)
국조인물고國朝人物考

이 말은 위정자가 뜻하는 데 따라 그러한 인재가 출세하게 된다는 뜻이다. 예컨대 도덕을 존중하면 그러한 인물이 출세한다는 것으로, 나라의 어진 정사는 위정자의 인재 등용에 영향이 크다는 점을 경계한 내용이다. 윤원거는 집안에서 학문을 배웠으나 남달리 총명하고 자랄수록 뜻이 굳고 기개가 성대하였다. 14세 때 정시에 나갔는데, 한재(旱災) 대책에 관하여 묻자, "이이첨(李爾瞻)을 베면 곧 비가 올 것입니다."라고 하여 사람들을 놀라게 하였는데, 이이첨은 광해군의 총신이었다.

16

마음이 느껴 움직이는 것을 정이라 말하는데, 정에는 착한 것도 있고 악한 것도 있어 착한 사람과 어리석은 사람으로 나누어진다.

-성헌징(成獻徵, 1654~1676. 조선 현종 때 학자)
국조인물고國朝人物考

이 말은 성리학의 진리에 관하여 논한 내용이다. 성헌징은 23세로 세상에 이름을 떨치고 간 사람으로 유명한데, 성현들의 학술에 전력하여 성리학의 진리를 구명하는 데 힘썼다. 죽는 날도 아버지에게 알리고 세상을 떠났다.

17

자녀는 반드시 사랑으로 잘 어루만져 기르도록 하고, 지시하고 가르치는 일은 진실로써 할 것이지 거짓으로 하지 않도록 하라. 그리고 일상생활을 통하여 보고 듣고 하는 것을 바르지 않은 것으로 하지 않게 하고, 모든 일을 익히고 실행하는 것을 사치스럽고 방자하게 하지 않도록 하라.

-정제두(鄭齊斗, 1649~1736. 조선 영조 때 학자)

하곡집가법霞谷集家法

이 말은 그 가훈 내용에 자녀교육에 관한 가르침으로, 자녀교육은 사랑과 진실과 정직을 으뜸으로 하고 버릇은 사치와 방종에 흐르지 않게 하라는 뜻이다. 정제두는 또 말하기를, "가정에서 아이들을 가르쳐 인도할 때는 그 기운을 꺾어 놓거나 펄펄 살아나는 뜻을 좌절하게 해서는 안 될 것이니, 마땅히 순순히 타일러서 알아듣고 옳은 일에 잘 따르도록 지도할 것이다. 왕수인(王守仁)이 지은 훈몽대의(訓蒙大意)가 가장 옳은 방법이니 잘 권유하고 잘 기르면 본받을 점이 많을 것이다."라고 하였다.

절 의 편

[節義 : 절개와 의리]

1

사람의 마음은 헤아릴 수 없다고 하지만 내 아내만은 비록 죽더라도 두 마음을 갖지 않는다.

- 도미(都彌, 5세기. 백제 개로왕 때 의로운 사람)
삼국사기三國史記

아내의 굳은 정절은 어떤 어려운 일도 해낼 수 있다는 뜻이다. 개로왕은 도미의 아내가 나라에서 제일 아름답다는 말을 듣고 그녀를 빼앗으려고 도미를 불러, "부인의 행실은 비록 정결을 중요한 것으로 삼지만, 만약 으슥하고 사람이 없는 데서 교묘한 말로 유혹하면 움직이지 않는 사람이 드물 것이다."라고 하자, 도미는 이 같은 말로 대답하였다.

그러자 왕은 시험해 보자고 하여 도미를 집에 보내지 않고, 가까운 신하 한 사람에게 왕의 옷을 입게 하여 말을 타고 밤에 그의 집에 가게 하였다. 신하는 먼저 왕이 왔다고 알리고 말하기를, "내 오래전부터 그대가 아름답다는 말을 듣고 도미와 내기를 해서 이겼으므로 내일 대궐로 데려가겠다. 그대는 이제 내 사람이다."라며 욕보이려 하자 도미의 아내는, "임금은 망령된 말이 없겠으므로 내 감히 따르지 않겠습니까? 대왕께서 먼저 방으로 들어가시면 옷을 갈아입고 들어가겠습니다."라고 말하고 곧 종을 들여보내 모시게 하였다. 왕은 나중에 속은 사실을 알고, 도미의 두 눈을 뺀 다음 작은 배에 실어 강물에 버렸다. 그리고 그 아내를 불러 욕보이려 하니, 그녀는 월경(月經) 중이라 속이고 틈을 타서 도망하여 배를 타고 가 도미를 만나 고구려로 망명하였다.

2

신의를 버리고 거짓말하는 것이 어찌 인정이라 하오리까? 소녀는 끝내 아버지의 그릇된 분부를 따를 수 없습니다. 청컨대 두 번 다시 이런 말씀을 하지 마소서.

-설낭자(薛娘子, 7세기. 신라 진평왕 때 사람)
삼국사기三國史記

설낭자의 아버지는 국경을 지키는 임무를 띠고 수자리를 가게 되었다. 그러나 설노인은 늙고 병들어서 갈 수 없는 처지였는데, 가실(嘉實)이 대신 가겠다고 나서자 설노인은 보답으로 딸 설낭자를 아내로 삼게 하겠다고 약속하였다. 3년을 한정하고 떠난 가실은 나라의 사정으로 6년이 될 때까지 돌아오지 않았다. 그러자 설노인은 딸을 다른 사람에게 시집보내기로 하였다.
이때 설낭자는 이 말을 하여 아버지의 잘못을 간하였다. 그러나 설노인은 듣지 않고 강제로 결혼시키려 하였으나, 결혼하는 날 가실이 돌아와 설낭자와 가실은 결혼하였다.

3

열녀는 두 남편을 섬기지 않고, 충신은 두 임금을 섬기지 않는다. 만약 내 임금을 버리고 적자를 섬긴다면 내 무슨 면목으로 세상의 의로운 인사를 보랴?

- 박영규(朴英規, 10세기. 후백제의 장군)
고려사高麗史

이 말은 충성된 절개를 지켜야 한다는 뜻이다. 박영규는 후백제를 세운 견훤(甄萱)의 사위로 무서운 장수다. 견훤의 아들 신검(神劍)이 아버지를 거역하여 정권을 잡고 아버지를 가두자, 견훤은 도망하여 고려 왕건(王建)에게 망명하였다. 이때 박영규는 아내에게 말하기를, "대왕께서 40여 년 동안 이루어 놓은 공업을 하루아침에 아들들의 화로 의지할 곳을 잃고 고려로 망명하였다." 하고 이 말을 한 다음 이어, "고려 왕공(왕건)은 성품이 어질고 너그럽고, 부지런하고 검소하여 민심을 얻고 있으니 이는 하늘의 계시라 반드시 삼한(三韓)의 주인이 될 것이다. 어찌 글을 올려 우리 임금(견훤)을 위로하고 아울러 왕공에게 은근한 뜻을 다함이 장래의 행복을 도모함이 아니겠는가?" 하였다. 그러자 아내는 말하기를, "당신의 말이 곧 내 뜻입니다." 하니 박영규는 곧 사람을 파견하여 고려에 내응할 뜻을 표하였다. 왕건은 크게 환영하며 후백제 정벌을 도모하였다.

4

일하는 데 어떤 어려움도 사양하지 않는 것이 신하로서의 올바른 도리다. 어찌 사양하리오?

-김유성(金有成, ?~1307. 고려 충렬왕 때 문신)
고려사高麗史

이 말은 벼슬하는 사람은 어떤 어려운 일도 사양하지 않고 해야 한다는 뜻으로, 사명감을 깨닫게 하는 말이다. 김유성은 원종 때 일본을 선무하러 가는 사신 조양필(趙良弼)의 서장관으로 가서 그들에게 순종하면 행복하고, 반역하면 불행한 이치를 타이르고 돌아와서 그 공으로 감찰어사가 되었다. 충렬왕 때 다시 일본으로 가게 되었을 때 이 말을 남기고 떠났다.
이때 곽린(郭麟)도 함께 일본으로 갔는데 재상으로 있는 장인 최양이에게 부탁하여 가지 않으려 하자 김유성은 분연히 말하기를, "사람이 한번은 죽는다. 그 죽음은 나랏일로 죽는 것이 오히려 처자의 손에서 죽는 것보다 낫다."라고 하며 떠났다. 그런데 일본은 먼저 원나라가 일본을 정벌한 일에 원한을 품고, 두 사람 모두 돌려보내지 않았다. 들리는 말에 김유성은 병으로 죽었다고 하고,

곽린도 끝내 돌아오지 못하고 말았다.

5

남의 신하가 되어 나라가 망하면 함께 죽는 것이 의리다. 내 평생 충성과 효도를 스스로 힘써왔는데 지금 만약 몸을 망친다면 무슨 면목으로 임금을 지하에서 만나보랴?

-김자수(金自粹, 14세기. 고려 우왕 때 현신)
국조인물고國朝人物考

김자수는 고려가 망하자 벼슬을 버리고 고향인 안동으로 돌아가서 문밖을 나오지 않았다. 태종은 그의 인품을 알고 형조판서로 임명하고 불렀으나 그는 탄식하면서 이 말을 하고, 광주 추령으로 가서 자손들에게 유언을 남기고 자결하였다. 그는 죽기 전에, "평생 충성하고 효도하는 뜻을, 오늘 어느 누가 알겠는지?(平生忠孝意, 今日有誰知.)"라는 절명시를 남겼다.

6

요원의 불길이 나에게 미치는구나. 내 어찌 차마 대장부로서 죄없이 죽임을 당하여 참소하는 적도의 마음을 기쁘게 하겠는가?

-김식(金湜, 1482~1520. 조선 중종 때 학자)
국조인물고國朝人物考

김식은 어려서 아버지를 여의고 학업에 힘써 성리학에 통달하고, 조광조(趙光祖)·김안국(金安國) 등과 도학 소장파로 여러 제도를 개혁하며 교화에 힘썼다. 중종반정 때 많은 훈고파 사람의 훈적을 삭제하고, 토지와 노비를 빼앗는 등 급격한 혁신정치를 폈다. 그러나 남곤(南袞)·심정(沈貞) 등이 기묘사화를 일으켜 선비들이 화를 입고 처참하게 희생되자, 이 말을 남기고 거창으로 피신하였다가 자결하였다.

7

남의 죽음을 틈타서 그 재산을 취하는 것은 의리에 어긋나는 일이다. 구차하게 그 재산을 빼앗으면 어느 누가 그 해골을 덮어주랴?

-김현성(金玄成, 1542~1621. 조선 중기의 학자·명필)
국조인물고國朝人物考

이 말은 남의 불행을 틈타서 자기 이익을 탐내는 것은 사람으로서 의리에 어긋나는 행동이라는 뜻이다. 하인이 아들 없이 죽자 그 재산을 거두어들이라고 누군가가 권하자, 의리에 어긋나는 일이라고 반박한 내용이다.

8

임금과 신하의 정의는 아버지와 아들의 마음과 같으니, 비록 하루에 열 번을 만나보더라도 어찌 해로우리오?

- 윤국형(尹國馨, 1543~1611. 조선 선조 때 문신)
국조인물고國朝人物考

이 말은 나라를 다스리는 임금과 백성의 정은 아버지와 아들같이 가까우므로 무슨 일이든 만나 의논할수록 이롭다는 뜻이다.

9

내 이미 국난 극복을 위하여 의롭게 싸울 것을 허락하였으니 비록 죽더라도 한번 언약한 말을 저버리지 않겠다.

- 황진(黃進, 1550~1593. 조선 선조 때 무관)
국조인물고國朝人物考

황진은 인품이 뛰어나고 사람됨이 장중하고 기개와 절개가 굳건하고 힘이 세었고, 무예가 뛰어나고 용감하였다. 무과에 급제하고 통신사를 따라 일본으로 갔을 때 형세를 관찰한 다음, 그들이 군사를 일으켜 침입할 것을 예상하고 좋은 칼을 사면서, "장차 이 칼을 휘둘러 적도들의 목을 자를 것이다."라고 말하였다.
동복 현감이 되어서 날마다 공사를 마친 다음에는 곧 갑옷을 입고 말을 달리고 창칼 쓰기를 익혔는데, 임진왜란이 일어나자 곧 근왕병을 거느리고 안덕원·익산·수원 등지에서 왜적을 무찔렀다. 충청 병사가 되어 상주에서 적을 쳐부쉈는데, 왜적이 진주성을 침범하려 하자 창의사 김천일(金千鎰), 병마절도사 최경회(崔慶會) 등과 함께 진주성으로 들어갔다. 이때 의병장 곽재우(郭再祐)는, "진주성은 외로운 성으로 지킬 수 없다. 그리고 그대는 충청 병사로 충주를 지켜야 할 책임이 있으니 진주성으로 들어가는 것은 잘못이다."라고 하였으나, 그는 이 말을 하고 진주성으로 들어가서 격전하다가 장렬히 전사하였다.

10

외로운 성에 검은 기운이 덮치는데, 대진을 구하지 못하고 죽는구나. 군신의 의리를 중히 여기고, 부자의 은덕을 가벼이 여기는 것이 의리입니다.

- 송상현(宋象賢, 1551~1592. 조선 선조 때 문신)
국조인물고國朝人物考

송상현이 동래 부사로 갈 때 명나라와 일본 사이가 좋지 못하여 전쟁이 일어난다는 말이 떠돌고, 동래는 일본과 가까우므로 위험한 곳이라고 보았다. 그런데 왜적이 대거 침입하여 임진왜란이 일어나, 적은 부산진을 함락시키고 동래성을 포위하였다. 이때 병사 이각(李珏)은 적을 두려워하여 도망치려 하므로 그는 대의로 그를 나무라며 함께 동래성을 사수하자고 하였으나 이각은 도망하였다.
이에 외로운 성을 지키게 된 송상현은 개연히 성안의 군민을 모아 군비를 강화하고 적을 막아 싸웠다. 성이 함락되려 하자 그는 이 글을 부채에 써서 부친에게 보내게 하고는, 엄연히 조복을 갑옷 위에 입고 초루에 올라 의자에 의지하여 단정하게 앉아 움직이지 않았다. 왜적들이 달려들었는데, 적장 평조익(平調益)은 전에 사신으로 와서 송상현의 덕망을 알고 있으므로 그 앞으로 와서 얼른 피할 것을 권하였으나 응하지 않고, 의자에서 내려와 북쪽을 향하여 절하고 죽임을 당하였다. 적장 종의지(宗義智) 등은 그의 충절을 찬탄하며 그를 해친 자를 잡아 죽였다.

11

남아로서 죽을 때는 죽을 따름이다. 다시 피하자고 하는 사람이 있으면 참하리라. 나는 마땅히 이 성의 귀신이 될 것이니 가고 싶은 자는 가거라.

-정발(鄭撥, 1553~1592. 조선 선조 때 장군)
국조인물고國朝人物考

한 나라의 수성(守城) 장군은 어떤 위급한 사태가 있더라도 그 성과 운명을 같이해야 한다는 뜻이다. 정발은 부산진으로 부임할 때 어머니에게 하직하며 말하기를, “충성과 효도를 둘 다 온전히 할 수는 없습니다. 지금 나라를 위하여 급히 떠나니 원하건대 저를 염려하지 마소서." 하니 어머니는 등을 어루만지며, "떠나거라. 네가 충신이 되면 나는 한이 없다."라고 하였다. 그는 아내를 돌아보며, "어머니를 잘 봉양하오."라고 말한 다음 길을 떠나니 보는 사람마다 눈물을 흘렸다. 이때 그의 별명은 흑의장군(黑衣將軍)이다.

임진왜란이 일어나서 왜적들이 대거 침입하여 성을 포위하고 공격하자, 병사들을 독려하여 적을 치니 시체가 산처럼 쌓였다. 적들은 흑의장군에게 접근하지 말라고 하였다. 그러나 성안에는 화살이 다 떨어져 위급한 사태에 놓이자 부하가 피할 것을 권하였는데, 그는 이 말을 한 다음 끝까지 적을 막아 싸우다가 성이 함락되자 장렬히 전사하였다.

12

부자 형제가 나라를 위해 싸우다가 죽어서 서로 잃게 되었는데 나만 홀로 삶을 도모하랴? 이렇게 사는 것은 천지간에 죄인이니 무슨 면목으로 세상에 나서리오?

- 고종후(高從厚, 1554~1593. 조선 선조 때 열사)

국조인물고國朝人物考

고종후는 임진왜란이 일어나자 의병을 일으킨 아버지 고

경명(高敬命)을 모시고 아우 고인후(高因厚)와 함께 금산에서 왜적을 무찌르다가 아버지와 아우를 잃었다. 그는 싸움터의 시체 더미에서 아버지와 아우의 시체를 찾아 금산 기슭에 묻었다가, 뒤에 관을 짜 가지고 가서 장사를 지낼 때 통곡하며 이 말을 하였다. 이때 어머니는, "너희 아버지와 아우가 함께 전사하였는데 너까지도 죽으려 한다면 나는 누구를 믿고 살겠느냐? 내가 먼저 죽겠다."라고 하였다. 그러나 그는 의병을 모아 복수의장군(復讐義將軍)이라 이름하고, 영남 각지에서 왜적을 격파하며 용감히 싸우고 진주성으로 들어가 지켰다.
진주성을 9일 동안 지키며 왜적을 막았으나 황진(黃進)·김준민(金俊民)·장윤(張潤) 등이 전사하고, 서예원(徐禮元) 목사가 도망하여 성이 위태로워졌다. 김천일(金千鎰)·최경회(崔慶會)와 끝까지 왜적을 막고 진주성을 지키다가 남강으로 뛰어들어 자결하였다.

13

나라가 위급할 때는 은혜와 의리를 함께 온전히 할 수는 없다.

- 윤섬(尹暹, 1561~1592. 조선 선조 때 문신·의인)
국조인물고國朝人物考

윤섬은 임진왜란이 일어나 이일(李鎰)이 장군으로 출전하게 되자 벗으로서 제의하기를, "늙은 어머니가 있고 형제도 없으니 내가 대신 나가겠다."라고 하여 그를 대신하여 출전하였다. 이때 어머니는 그를 잡고 울면서, "너는 나를 버리고 싸움터로 나가 죽으려느냐?"라고 말하니, 어머니를 위로하면서 이 말을 하여 어버이와 자식의 의리보다 위급한 나라를 구해야겠다고 하였다. 그리고 상주 싸움에서 왜적과 싸우다가 전사하였다. 이 싸움에서 교리 박호(朴篪) · 이경류(李慶流)와 함께 전사하였는데 이 세 사람은 3종사관(從事官)으로 불린다.

14

절개에 몸을 바치고 의리에 죽는 것은 쉬운 일이 아니나, 그러나 살면서 욕을 당하는 것은 죽어서 부끄러움이 없는 것만 같지 못하다.

- 최유원(崔有源, 1561~1614. 조선 명종, 선조 때 명신 · 효자)
국조인물고國朝人物考

이 말은 최유원이 항상 자신의 뜻과 몸가짐을 남에게 알리던 말이다. 대사간에 이르렀을 때 세 번 상소하여 벼슬을 사양하니 광해군은, "강직하고 방정한 그대는 간관으로 적임이니 사양하지 말라."라고 하였다. 그리고 나라에 어려운 일이 있을 때 왕은 최유원이 간하는 말을 들었다. 그는 간하는 태도에 관하여, "임금에게 아뢰는 말은 온유하여야 한다. 이에는 그 뜻을 펼 수 있으면 족하다. 만약 부질없이 화살같이 곧은 태도만 지키다 화를 초래하면 뜻한 일을 이루지 못한다."라고 하였다. 효성이 남달리 뛰어나 나라에서는 효행으로 정문을 세웠다.

15

내 어찌 죽음을 두려워하여 망령되게 남을 끌어들이랴?

- 홍익한(洪翼漢, 1586~1637. 조선 선조~인조 때 학자 · 충신)

국조인물고國朝人物考

병자호란 때 금나라가 나라 이름을 청나라로 고치고 황제라 칭하여 사신을 보내어 받들라고 하자, 홍익한은 왕에게 상소하여 사신을 참살할 것을 청하였다. 태학생 윤선거(尹宣擧) 등이 그 뜻에 찬동하니 청나라 사신은 두려워하여 도망하였다. 이때 최명길(崔鳴吉) 등은 그들과 화친을 맺자고 주장하였으나 홍익한 · 오달제(吳達濟) · 윤집(尹集) 등은 호적과 화친하는 것을 반대하였다. 인조가 남한산성으로 파천하여 호적을 막을 때 척화신을 보내라고 하자, 홍익한 · 오달제 · 윤집은 자청하여 청나라로 가려 하였다.

그는 혼자 그들에게 가니 그들은 온 까닭을 물으며, "화친을 반대한 사람이 어찌 그대 한 사람뿐이오?" 하자, 그는 청나라 사신에게 이 말을 하고 두목인 용골대(龍骨

大)에게, "지난해 너의 목을 베자고 주창한 사람은 곧 나다."라고 말하였다. 또 청 태종은 그에게, "그대는 어찌하여 약속을 배반하고 척화하는가?" 하자 그는, "우리가 그대들과 약속한 일은 형제의 의리로 사귀자 하였는데, 지금은 군신의 의리로 하려 하니 약속을 배반한 사람은 그대들이 아닌가? 나는 대의를 주장할 따름이지 성패나 존망을 논하려는 것이 아니다."라며 그 잘못을 나무랐다. 그리고 그들에게 굴복하지 않고 대의를 주장하다가 오달제·윤집과 함께 죽임을 당하고, 만고에 애국 충절을 남겼다.

16

오늘 나라를 다스리는 사람들이 하늘을 두려워하지 않고 백성을 구제하지 않고 외적을 근심하지 않으니, 나라가 장차 어찌 되랴?

– 민응형(閔應亨, 1578~1662. 조선 인조 때 문신)
국조인물고國朝人物考

민응형은 인조반정 후에 간관이 되었는데 정사의 옳고 그른 점과 민정의 안정에 관하여 수시로 진언하였다. 그 뒤 사관이 되었을 때 청나라의 침해가 엿보이고 천재지변이 자주 일어났는데, 그는 왕에게 나아가서 이 말로 간하고 국정을 바로잡아 민생의 안정을 도모할 것을 역설하였다. 이때 인조를 비롯한 문무백관들은 그의 충언에 감동하여 내정과 외정을 가다듬으려 하였으나 병자호란의 국난을 겪게 되었다. 뒤에 예조판서가 되고 80세에 이르러서도 충직한 벼슬아치로 이름을 떨쳤다.

17

적도에게 몸을 굽히는 모욕은 도리어 죽는 것보다 심하다. 이는 너희들이 알 바가 아니다.

-윤집(尹集, 1606~1637. 조선 인조 때 충신)

국조인물고國朝人物考

윤집은 병자호란 때 왕에게 상소하여 호적들과 화친을 맺지 말고 싸울 것을 주창하였으나 그들과 화친하게 되자, 그다음 해에는 소위 척화신으로 몰려 호적의 소굴로 잡혀갔다. 이때 그를 잡아가는 호적들은 위협하기를, "화친 반대를 주창하는 사람은 홍익한(洪翼漢) 한 사람이 아닌가? 지금 만약 이에 관여된 사람을 말하면 죽음을 면할 수 있다."라고 하였다. 그는, "나는 죽어도 내 뜻대로 한다. 다시 묻지 말라."라며 심양으로 끌려가서 오달제(吳達濟)와 함께 심양 서문 밖에서 죽임을 당했다.

죽기 전에 하인에게, "나는 이제 죽는다." 하니 하인은, "왜 억지로 죽으려 하십니까?" 하자 그는 웃으며 이 말을 남기고는, 오달제와 함께 아무렇지도 않은 듯이 웃고 담소하며 최후를 마쳤다. 세상에서는 이때 죽은 홍익한·윤집·오달제를 삼학사(三學士)라고 한다.

18

나는 죽음을 두려워하지 않는다. 나는 내 머리를 가지고 왔으니, 어서 자르고 다시 두말하지 말라.

- 오달제(吳達濟, 1609~1637. 조선 인조 때 충신)
국조인물고國朝人物考

이 말은 호적의 유혹을 단호히 거절하고 죽음으로써 애국 지조를 지킨다는 뜻이다. 당시 금나라는 나라 이름을 청나라로 고치고 황제라 칭하며 우리나라에 사신을 보내 화친을 청하였는데, 오달제는 왕에게 상소하여 사신을 물리치라고 청하였다. 병자호란이 일어난 인조가 남한산성으로 피하자, 그는 성안으로 들어가서 적을 막으며 호적들과 화친을 맺지 말고 끝까지 싸울 것을 주장하였다.

그러나 화의를 맺자는 사람들은 홍익한·오달제·윤집을 소위 척화신이라 하여 호적의 소굴로 보냈다. 이때 적장 용골대(龍骨大)는 갖은 말로 유인하려 하였으나 그는 끝내 듣지 않았다. 그러자 용골대는, "그대와 윤집은 마음을 돌리면 죽이지 않을 것이니 처자를 불러와서 여기서 살라." 하였으나 그는 웃으며 이 말을 하고 빨리 죽이라고 하면서 뜻을 굽히지 않고 죽임을 당하였다.

19

한국 사람의 혼은 독립 자주의 혼이요, 동족 애호의 혼이요, 대의명분의 혼이요, 일치단결의 혼이요, 건설 개척의 혼이요, 세계 평화의 혼이요, 살신성인의 혼이다.

-이준(李儁, 1859~1907. 구한국 말의 순국열사)
이준명언李儁名言

이 말은 우리 민족의 혼은 독립 자주·동족 애호·대의명분·일치단결·건설 개척·세계 평화·살신성인의 애국혼이라는 뜻이다.

예 절 편

[禮節 : 사람이 지켜야 할 예의범절]

1

나라는 크고 작은 나라가 있고, 사람은 어른과 어린이가 있는데 작은 나라가 큰 나라를 섬기는 것이 예도요, 어린이가 어른을 섬기는 것이 순종이다.

– 대소(帶素, 1세기. 부여의 마지막 임금 대소왕)
삼국사기三國史記

대소왕은 금와왕의 일곱 아들 중에 맏아들로, 후에 고구려 시조가 된 고주몽은 부여 왕실에서 금와왕의 보살핌으로 그 형제들과 함께 자랐다. 주몽의 재능이 뛰어나므로 대소 왕자 일파는 그를 죽이려고 도모하자, 주몽은 오이(烏伊)·마리(摩離)·협보(陜父)와 졸본부여로 도망하여 고구려를 세웠다.
대소왕은 금와왕의 뒤를 이어 임금이 된 다음 고구려로 사신을 보내어 굴복을 강요하였는데, 이 말은 주몽에게 사신을 보내어 꾸짖은 일부다. 대소왕은, "지금 고구려가 예의를 다하여 부여를 섬긴다면 하늘도 도와서 나라를 오래 보전할 수 있지만, 그렇지 않으면 사직을 보전할 수 없을 것이다."라고 위협하였다. 그러나 얼마 후 부여는 고주몽의 자손에게 멸망하였다.

2

임금의 외조부라 하더라도 마땅히 글을 올릴 때는 신이라 칭하고, 조정에 있을 때면 군신의 예를 행하고, 궁궐 안이면 가인의 예의로써 서로 뵐 것이다. 이같이 하면 공적인 의리와 사적인 은혜가 둘 다 순조로울 것이다.

-김부식(金富軾, 1075~1151. 고려 인종 때 명신·사학자)
고려사高麗史

이 말은 임금과 신하의 의리는 공사가 분명해야 한다는 뜻이다. 인종이 즉위하자(1122) 왕의 외조부인 이자겸이 나라의 정사를 감당하였다. 이때 왕은 분부하기를, "자겸은 짐의 외조부니 반열의 예절이 백관과 같이해서는 안 될 것이다."라며 조정에서는 이 일을 의논하여 보고하라 하였다. 그러자 정극영(鄭克永)·최유(崔濡)는 전례를 들어, 자겸은 글을 올릴 때 신이라 칭하지 않고, 연회에 백관과 함께 뜰에서 하례하지 않고, 바로 자리에 나가 절하면 임금은 답례한 다음 앉게 하자고 하여 모든 사람의 의견이 그들의 뜻에 따르려 하였다. 김부식은 한나라 고조(高祖) 등의 예를 인용한 다음, 이 말로 잘못됨을 말하여 이자겸에게 바른 의리를 깨닫게 하였다.

3

예의 없이 국가를 잘 보전한 사람은 없다. 또한 옛 법에도 형벌은 대부까지 올라가지 않는다고 한다. 그대들이 나라를 바로잡을 뜻을 가졌다면 마땅히 옛 법을 본받을 것인데, 어찌하여 천졸이 대신을 욕보이는가?

-유응규(庾應圭, 1131~1175. 고려 명종 때 현신)
고려사高麗史

이 말은 나라를 보전하는 데는 예법을 존중해야 한다는 뜻이다. 유응규는 글을 잘하고 논리가 바르며 일을 처결하는 데 과감하였으며, 청렴결백하여 몸가짐이 정직하고 성실하였다. 남경 태수(지금의 서울시장 같은 벼슬)로 있을 때 부인이 병이 나서 잘 먹지 못하자, 한 아전이 몰래 꿩 한 마리를 가져왔다. 그러자 부인은 이 일로 해서 청백한 남편에게 누가 되면 안 된다고 돌려보냈다.

4

인자하고 의롭고 예의 바르고 지혜로운 행실은 믿음을 으뜸으로 삼고, 용모와 말과 보고 듣는 것은 마음가짐을 바로잡아야 한다.

-권경중(權敬中, 13세기. 고려 고종 때 문관)
고려사高麗史

사람은 미더운 행실과 바른 마음가짐이 중요하다는 뜻이다. 권경중은 명종실록을 편찬할 때 자연의 재변과, 위정자가 정사를 잘하고 잘못하는 것의 상관관계를 연구하여 옛날의 사실과 비교하며 임금의 마음가짐과 몸가짐을 경계하였다. 이 말은 그 가운데 하나이다.

그는 거론하기를, "신이 편찬한 바 4년간의 재앙과 이변을 기록한 글이 약간 있는데…."라고 시작하여 천변지이의 사실을 군왕의 정사의 득실에 결부시켜 논의하였다. 그 가운데 군왕으로서 가장 중요한 몸가짐은 인의예지를 믿음으로써 하고, 모언시청(貌言視聽, 얼굴과 말과 보는 것과 듣는 것이 일하는 데 네 가지 근본이 됨)을 바른 마음으로 해야 천의도 순조롭고, 군신의 도가 화합해야 천하가 태평하다고 역설하였다.

5

성인다운 행실은 일상생활에서 인륜 도덕의 원리를 잘 지키는 데 불과하다. 자식이 되어서는 마땅히 효도하고, 백성이 되어서는 마땅히 충성하고, 예의 바른 행실로 가정을 다스리고, 믿음으로 벗을 사귀고, 몸가짐을 닦는 데 반드시 삼가고, 일을 처리하는 데 반드시 참되게 할 따름이다.

- 안향(安珦, 1243~1306. 고려 충렬왕 때 명신·대학자)
고려사高麗史·고려인물지高麗人物誌·사효록思孝錄

이 말은 사람다운 도리는 일상생활에 윤리가 중요하다는 뜻으로, 유학의 근본 진리를 설명한 말이다. 안향이 말한 가운데 뜻깊은 것을 한두 가지 더 들면 다음과 같다. 찬성사로 임명되었을 때 학교가 날로 쇠퇴하는 것을 근심하여 양부에 의논하여 말하기를, "재상의 직책은 훌륭한 인재를 교육하는 것보다 먼저 할 것은 없다. 지금 양현고의 재원이 다 없어져서 선비를 양성할 수 없으니 6품 이상의 벼슬아치들은 각각 은 한 근씩을 내어 섬학전(贍學錢)을 만들고 그 재원으로 교육하게 하자."라고 하여 보람 있는 교육을 주창한 일이라든지, 또 재상들에게 말하기를, "공자의 도는 그 훌륭한 법도가 만세에 떨치고 있는데, 신하가 임금에게 충성하고 자식이 어버이에게 효도하고, 아우가 형을 공경하는 것도 그 도리를 가르친 것이다."라고 하여 인륜 법도를 강조한 것도 유명하다.

6

나는 우리 임금이 잘못한 것을 알지 못한다. 신하로서 임금을 참소하는 일은 개돼지 같은 놈도 하지 않는 것이다.

- 윤선좌(尹宣佐, 1265~1343. 고려 충숙왕 때 문신)
고려사高麗史

윤선좌가 감찰집의로 있을 때 심왕(瀋王) 왕고(王暠)가 원나라 영종의 총애를 받아 충숙왕을 무고하여 왕위를 빼앗을 음모를 하자, 이에 아부하는 무리가 자운사에 모여 원나라에 올리는 글을 꾸미고 서명을 받고 있었다. 이때 윤선좌는 홀로 이에 반대하고 이 말로 그들을 꾸짖고 침을 뱉고 나오자, 이로 인하여 음모가 좌절되었다. 이때 왕은 탄복하여 말하기를, "윤선좌가 헌사에 있지 않았더라면 국사를 그릇되게 할 뻔했구나."라고 하였다.

한성 부윤으로 있을 때 왕과 공주는 용산에 행차한 일이 있었는데, 왕은 좌우에 말하기를, "윤부윤(선좌)은 청렴하고 검소한 사람으로 백성들에게 선정을 베풀고 있으니 너희들은 일거일동을 삼가 그 정사를 어지럽히지 말라." 하였다. 죽을 때 자손들에게 마지막으로 말하기를, "화목하고 다투지 않는 것을 너의 자손들에게 훈계하라."라고 하였다.

7

사양하는 행실은 도덕의 시초다. 내가 남에게 사양하는데 남이 누가 나를 저버리리오? 우리 집에 사람다운 사람이 있으니 아마도 더욱 창성할 것이다.

-안축(安軸, 1282~1348. 고려 충숙·충목왕 때 학자)
고려사高麗史

이 말은 사양하는 마음은 미덕으로, 반드시 가문을 창성하게 하는 근원이 된다는 뜻이다. 안축은 의지가 굳고 절개가 굳건하였다. 충숙왕이 원나라로 불려가 머무르게 되자 동료에게 말하기를, "임금의 근심은 신하의 욕됨이요, 임금의 욕됨은 신하의 죽음이다."라며 분개하였다. 아들 안종원(安宗源)이 사한으로 있다가 임기가 다 되어서 높은 벼슬로 옮겨가게 되었는데, 동료가 나이가 많은데 그

보다 벼슬이 낮으므로 그에게 벼슬을 사양하였다. 이때 안축은 아들의 양보하는 뜻을 기뻐하여 이 말을 하였다.

8

남자가 부인의 손에서 죽지 않는 것이 예의이니, 그대는 노비들과 함께 물러가오. 그리고 또 소리높여 떠들어 나를 요란하게 하지 마오.

-김광재(金光載, ?~1363. 고려 공민왕 때 문신)
고려사高麗史

남자는 아내의 손에서 죽지 않는다는 뜻과, 죽는 사람을 조용히 보내는 것이 예라는 뜻이다. 김광재는 효자로 유명한데, 아버지 김태현도 효자로 그 어머니를 102세까지 효성으로 봉양하여 나라에서 세사미 30석을 받은 가문이다. 공민왕이 즉위한 뒤에 벼슬을 내놓고 고향으로 돌아가서 12년을 하루처럼 어머니를 봉양하고, 어머니가 세상을 떠나자 3년 동안 무덤을 지키며 슬피 울었다. 왕은 이 말을 듣고 그를 불러 위로하고 그가 사는 마을에 정표를 세우게 하고 마을 이름을 '영창방 효자리(靈昌坊孝子里)'라 하고, 약간의 사람들에게 봉사하게 하였다.

9

예는 윗사람과 아랫사람을 분별하여 백성의 뜻을 안정시

키기 위함이다. 실로 사람에게 예가 없으면 어찌 임금과 신하를 위하고, 어찌 어버이와 자식을 위하고, 어찌 나라를 위할 수 있으리오?

-이존오(李存吾, 1341~1371. 고려 공민왕 때 충신)
고려사高麗史

이 말은 예의범절이 잘 지켜져야 나라의 기강이 바로잡힌다는 뜻이다. 이존오는 강직한 사람으로 올바른 일을 위해서는 목숨을 걸고 바로잡았다. 이 말은 공민왕에게 올린 상소문의 일부로, 신돈(辛旽)의 잘못을 규탄하는 내용이다.

공민왕 15년(1366)에 정언이 되었는데 당시 신돈은 국권을 잡고 참람한 짓을 해도 말하는 사람이 없었다. 그 해 3월 18일 궁 안에서 문수회(文殊會, 문수보살을 신앙의 대상으로 삼아 행해진 법회)가 열렸는데, 신돈은 재신의 반열에 앉지 않고 왕과 나란히 앉아 사람들을 놀라게 하였다. 이존오는 이를 보고 크게 분개하여 이 같은 예의 법도를 말하며 신돈의 잘못을 낱낱이 들어 규탄하였다. 대언 권중화(權仲和)가 이 상소문을 반도 읽지 못하였을 때 왕은 이를 불태우게 하였는데, 그는 신돈을 향하여 꾸짖기를, "늙은 중이 어찌 이리 무례하냐!" 하자 신돈은 자기도 모르게 놀라서 황망히 평상에서 내려앉았다.

10

상례와 제례는 일체 가례에 따르되 집안 형편의 있고 없는 대로 할 따름이다. 겉만 꾸미고 실속 없는 일은 일체 하지 말라.

- 황희(黃喜, 1363~1452. 조선 전기의 명상)
성종실록成宗實錄 · 국조인물고國朝人物考

황희는 유훈에서, "내가 죽은 뒤에 장사 지내고 제사 지내는 예절은 일체 가례에 따라 행하도록 하라."라고 말하고, "만약 본토에서 행하기 어려운 일이 생기면 억지로 가례에 따르려 하지 말고 힘이 미치는 대로 집안 형편에 따르라."고 타이르고는, "겉만 꾸미고 실속 없는 예의범절은 일절 행하지 말라." 하고 경계하였다. 그리고, "음식을 마련하는 일은 조금만 잘못해도 병이 날까 염려되니 어른들의 분부를 기다릴 것 없이 죽을 쑤어서 대접하도록 하라."라고 하였다. 그리고는, "장사는 7일장을 하고, 전은 깨끗하게 마련하고, 가례에 없는 불교의식 같은 것은 행하지 말라."라고 경계하였다.

11

친척을 찾아보는 일을 친구를 찾아보고 서로 대접하는 것같이 하고, 꼭 말할 것을 말했으면 곧 물러 나오도록 하라. 주인이 만약 머물러 있기를 바라면 머물러도 좋지만,

그렇지 않으면 물러 나오도록 하라. 그 까닭은 주인이 혹 긴요한 일이 있어도 손님에게 가라고 말하기 어려워할까 염려되기 때문이다.

-임권(任權, 1486~1557. 조선 중종 때 명신)
병자록丙子錄

임권은 친구가 병이 났을 때는 반드시 찾아가 봐야 한다고 말하였고, 남이 가진 물건이 자기에게 필요하더라도 빌려달라고 해서는 안 된다고 하였다. 그는 세상을 바르게 살아가되 남에게 폐가 될 일을 하지 말라고 가르쳤다. 어릴 때 사서삼경을 외웠고, 힘써 학문을 닦아 식견이 뛰어나고 처사가 공평하였다. 논리와 사려가 정확하여 아는 일이면 말하지 않는 것이 없고, 말하면 극진하지 않음이 없어 사람들에게 존경을 받았다.
성품이 깨끗하여 화려한 것을 좋아하지 않아, 오랫동안 높은 관직에 있으면서도 집에는 넉넉한 재물도 없었으며, 늘 자제들에게 말하기를, "나는 평생 남보다 지나치려 하지 않았고, 스스로 마음을 속이지 않고, 남이 꺼리는 일을 하지 않았다."라고 하였다.

12

집이 비록 낡았더라도 족히 혼례를 행할 수 있다.

-신흠(申欽, 1566~1628. 조선 선조·인조 때 문신)

국조인물고國朝人物考

혼례는 내면적 인륜의 실제가 중요하지 집안 환경이나 장소 등 외면적 형식이 중요하지 않다는 뜻이다. 신흠은 청렴결백하고 검소한 생활을 하였으며, 형제간의 우의와 친척 간에 화목하였고, 어려운 사람은 자신이 먹을 것이 없어도 구제하였다. 그래서 집은 예스럽게 낡았고 좁고 누추하였다.

13

나는 재능이 없는 사람인데 오랫동안 나라의 은공을 입고 한 장수로서 그 보람을 갚지 못하였다. 더구나 죄스럽게 여기는 것은 저 이괄의 난 때 작은 공로가 저절로 나라의 은덕을 입게 된 것이니 삼가 과장된 글을 지어 비석을 세우지 말라.

– 정충신(鄭忠信, 1576~1636. 조선 인조 때 장군)
국조인물고國朝人物考

이 말은 유언으로, 나라의 은덕을 갚지 못하고 죽는 것을 겸손하게 사과하며 과장된 비석을 세우지 말라는 뜻이다. 정충신은 집안은 매우 가난하여 방은 좁아서 쓸쓸하였으나 늘 독서를 즐겨 싸움터에서도 손에서 책을 놓지 않았고, 식견은 넓어 금석학·의학·천문지리·점술 등에도 능통하였다. 이항복은, "이 사람이 만약 무기를 던지고 책만 든다면 뛰어난 문사가 될 것이다."라고 하였다.

14

네 아비는 망령되게 나라의 정사를 논하여 임금에게 죄를 지었다. 내가 죽은 뒤에는 관은 얇은 널로 쓰고 곽도 덮지 말며, 장지는 새로 잡지 말고 무덤엔 비석도 세우지 말라.

- 윤황(尹煌, 1572~1639. 조선 선조~인조 때 문신)
국조인물고國朝人物考

이 말은 자제들을 훈계하는 가훈 내용의 일부다. 윤황은 집안의 법도가 엄정하고 좋은 가훈을 지어 훌륭한 가풍을 마련하였는데 특히, "사치를 버리고 검소하라."라든가, "집안에서는 효도와 우애와 사랑과 화목에 힘쓰고, 나라엔 충성과 정직과 성실하라."라는 등 값진 말이 많다.

15

장례 지내는 제도는 한결같이 검소하고 절약하는 법도를 본받도록 할 것이지, 석회를 가지고 무덤을 쌓거나 비석을 세우거나 하지 말라.

- 이식(李植, 1584~1647. 조선 인조 때 명신)
국조인물고國朝人物考

이식은 장례에 관하여 자손들을 경계하는 가르침을 남겼

는데, 그 내용은 다음과 같다. "내가 죽은 뒤에는, 그 지문(誌文)에 죽은 날짜를 적고 아울러 자손과 산 자리의 방향과 장사지낸 날짜를 기록하되 너희들이 스스로 만들지 남의 손을 빌리지 말라. 장사지낼 때는 무덤에 석회를 쓰지 말고, 제사 지낼 때는 유밀과를 쓰지 말고, 만장(輓章, 죽은 사람을 슬퍼하여 지은 글) 써오는 것을 바라지 말고, 비석을 만들지 말라. 무당이나 불교의식을 하지 말고, 관에는 비단옷을 넣지 말고, 대렴할 때 심의를 입힐 것이지 속된 예식은 하지 말라. 장례 비용은 집안 형편에 따를 것이지 일체 분수 밖의 일로 구차하게 남의 돈을 빌려 쓰지 말고 모든 일을 간소하게 하라."

16

마음가짐은 반드시 겸손함을 으뜸으로 하고, 몸가짐은 반드시 화순에 힘쓸 것이다.

– 민광훈(閔光勳, 1595~1659. 조선 인조 · 효종 때 문신)
국조인물고國朝人物考

이 말은 두 아들이 과거에 급제하였을 때 마음가짐과 몸가짐에 대하여 경계한 가르침이다. 민광훈은 문무백관 중에서도 어진 행실로 이름이 높았고, 벗을 사귀는 데는 미더웠고, 풍류와 여색을 좋아하지 않았고, 말이 적었고, 이해득실에 초연하였으며, 집안을 다스리는 데는 법도가 있었다. 효종이 뜻을 이루지 못하고 죽자 대궐에 이르러 통곡하고 이어 병들어 세상을 떠났다.

17

장사지내고 제사 지내는 일은 힘써 검소하고 절약하는 기풍을 따를 것이지, 조금도 예법을 넘거나 외람되게 하지 말라.

-김수항(金壽恒, 1629~1689. 조선 현종·숙종 때 재상)
문곡집文谷集

김수항은 죽기 전에 아들〔창집·창협·창흡·창업·창립〕에게 보내는 유서를 남겼는데 이 말은 그 일부다. 이때 자신이 죽으면 장례에 명심할 점도 말하였는데 그 내용에, "무덤과 신도비 세우는 역사 같은 사치스러운 폐습을 본받지 말도록 하라. 할아버님(김상헌)의 신도비도 역시 분부에 따라 비석을 세울 수 없었다. 이제 내 무덤에는 다만 짧은 푯말만 세우고 또 지석(誌石)만 묻되, 그 지석에는 대략 세계(世系)와 낳고 죽은 간단한 이력만 기록할 것이지 장황한 문자를 써서 남의 비웃음을 사게 하지 말라."라고 하였다.

18

우리 선조는 삼가 예의범절을 지켜 집안사람들을 잘 다스려 왔다. 더구나 형제들은 우애와 공경이 지극하여 의복과 음식도 함께하여 조금도 내것 네것이 없었다. 그러므로 평화롭게 즐기는 뜻과 화목한 기풍이 가정에 넘치고 원근에 알려지니 어찌 의롭지 않겠는가?

-정규한(鄭奎漢, 1750~1824. 조선 순조 때 학자)
화산집華山集

이 말은 가훈의 일부로 정규한은 또 말하기를, "대체로 학식과 덕망을 갖추고 있는 선비는 부귀를 뜬구름같이 생각하고, 공명을 자신과 무관한 것같이 생각하였다. 대개 옛날부터 영웅호걸다운 선비는 공명을 세상에 떨친 사람으로, 모두 효도로써 어버이를 사랑하고, 충성으로써 임금을 공경하고, 지혜로써 변고에 대응하고, 재능으로써 중책을 맡고, 덕망으로써 백성을 기르고, 의리로써 절개를 지키고, 용맹으로써 적을 무찌르되, 반드시 굳건한 뜻을 품고 게으르지 않은 정성을 가지고 남이 능히 하지 못할 일을 해내는 것이니 이에 힘쓰도록 하라."라고 하였다.

19

손님을 대접하는 예절은 공경을 다하지 않아서는 안 된다. 크고 작고 높고 낮고 할 것 없이 나를 찾아오는 사람이면 역시 즐겁지 않겠는가? 가정의 형편이 있고 없는 데 따라서 그에게 정성을 다하여 대접하고, 그와 뜻에 맞는 이야기를 나누어야 좋을 것이다. 만약 맞고 보냄이 소홀해서 원수와 같이 본다면 손님이 어찌 다시 문에 발을 들여놓겠는가? 늙은이의 말이라도 명심하고 잘 실행하도록 하라.

-안혁중(安赫重, 1774~1855. 조선 헌종 때 학자)
쌍괴당유고雙槐堂遺稿

이 말은 가훈 중 일부로 안혁중은 또 자손에게 훈계하기를, "부모상을 치르고 제사 받드는 일은 예절에 따라 정성을 다하고, 친척과 화목을 도모하여 서로 힘껏 돕고, 세상을 살아가는 몸가짐은 의리를 분별하고 옳고 그름을 살펴서 하고, 어른을 공경하고, 벗을 신의로 사귀고, 남의 어려운 일은 힘껏 도와야 한다."라고 하였다. 특히 예의범절을 존중하여 작은 일이라도 지극한 예절로 대하였다.

지 략 편

[智略 : 슬기로운 지혜와 계략]

1

적은 군사는 비록 강하더라도 많은 군사에게 사로잡히는 법이다. 한나라 군사는 수가 많으니 꾀로써 쳐야지 힘으로 이기려 해서는 안 된다.

– 을두지(乙豆智, 1세기. 고구려 대무신왕 때 문신)
삼국사기三國史記

중과부적(衆寡不敵), 곧 적은 군사로써 많은 군사를 당할 수 없다는 말이 있다. 한(漢)나라 군사가 침입하자 긴급 군신 회의가 열렸는데, 우보 송옥구(松屋句)는, "덕을 믿는 사람은 창성하고, 힘을 믿는 사람은 망한다. 지금 한나라는 흉년으로 도적들이 벌떼처럼 일어나는데, 무명의 군사를 일으켰으니 천리를 거역하고 인심을 어긴 처사라, 치면 이길 수 있다."라고 말하였다. 이때 을두지는 이 말을 하여 그 뜻이 이루어지자 곧 성을 굳게 지키는 전략을 세우고 적을 물리쳐 국난을 극복하였다.

2

신비한 계책은 천문을 궁구하고, 묘한 계산은 지리를 통달하였구나. 싸움마다 이겨서 공이 이미 높았으니, 만족한 줄 알았으면 이젠 그만 돌아가지.

– 을지문덕(乙支文德, 7세기. 고구려 영양왕 때 명장)
삼국사기三國史記

이 시는 수나라 백만 대군을 이끌고 고구려를 침범한 수나라 양제(煬帝)의 주장인 우중문(于仲文)을 조롱한 시다. 을지문덕이 전략적으로 적을 유인하자, 적장 우중문은 대군을 이끌고 압록강을 건너와 평양성을 포위하고 공격하였다. 을지문덕은 군민을 단속하여 평양성을 굳게 지키고, 적군이 쇠약해져 곤경에 빠졌을 때 적을 섬멸할 전략을 세운 다음 이런 조롱하는 시를 적장에게 보냈다. 이 시는, "그대들이 우리나라의 천문을 아느냐, 지리를 아느냐? 우리 전략에 말려 쫓아 들어와 지금 꼼짝할 수 없는 지경에 빠졌으니 어떻게 살아 돌아갈 수 있겠느냐." 라고 빗대어 조롱한 뜻이다.
적장 우중문은 이 뜻을 깨닫고 급히 군사를 돌려 도망하였으나 살수에 이르러 전멸당하고, 압록강을 넘어 도망한 사람이 2천7백 명에 지나지 않았다. 이에 요동에 머물러 있던 수나라 양제는 크게 패하여 돌아갔다.

3

바른 마음을 지키고, 떳떳한 행실을 닦는 것을 올바른 도리라고 말하고, 위태로운 일에 임하여 변화를 마련하는 것을 올바른 권모라고 말한다. 지혜로운 사람은 때에 순응하여 성공하고, 어리석은 사람은 사리에 거슬러 실패한다.

－최치원(崔致遠, 857～?. 신라 말기의 학자)

격황소서檄黃巢書

이 말은 당나라 말기에 반란을 일으킨 황소(黃巢)를 치는 격문의 서두이다. 최치원이 이 글에서, "세상 사람들이 모두 너를 죽이려 할 뿐 아니라 땅속의 귀신까지 이를 의논할 것이다."라고 쓴 데에, 황소는 자신도 모르게 놀라 의자에서 떨어졌다고 한다.

한마디 말이나 한 문장은 사람을 감동하게 하는 힘이 있다. 이 격황소서(檄黃巢書, 토황소격문)는 당시 당나라 4백여 고을에서 모여진 명문 중에서 으뜸가는 문장이었다고 한다.

4

적은 수로는 많은 수를 대적하지 못하는 법이니, 마땅히 적의 예봉을 피하였다가 천천히 부흥을 도모할 따름이다.

- 강감찬(姜邯贊, 948~1031. 고려 현종 때 명장)

고려사高麗史

현종 원년(1010)에 거란주는 대군을 거느리고 서경(평양)을 공격하였다. 이때 우리 군사가 패하였다는 보고가 이르자, 군신들 사이에 적에게 항복하는 것이 상책이라는 논의가 있었다. 강감찬은 홀로 불가함을 말하고 이런 전략으로 회복을 도모하자고 역설하며, 일시 왕을 복주(안동)로 피난시켰다가 거란적을 물리친 다음 환도하게 하였다.
현종 9년에 그를 문하평장사로 임명할 때 왕은 임명장에 시를 지어, "경술년 호적의 난리를 겪을 때, 적도들의 병화가 한강까지 뻗었을 때 강공의 전략을 따르지 않았더라면, 지금은 온 나라가 호풍(胡風, 오랑캐 옷을 입는 풍속)을 따랐을 뻔"이라고 하였다. 강감찬이 귀주대첩에서 거란을 대파하고 개선하는 날, 왕은 군신과 더불어 영파역까지 마중 나와 개선군을 맞았다. 비단 장막을 치고 풍악을 갖추어 장병을 위로하며, 금꽃 여덟 가지를 친히 강감찬의 머리에 꽂아주었다.

5

여진 사람은 얼굴은 사람이지만 마음은 짐승 같으니, 그들을 은혜로써 회유하기보다는 위엄으로써 굴복시켜야 한다.

– 곽원(郭元, 11세기. 고려 현종 때 문신)
고려사高麗史

현종 때 거란의 침입으로 국난을 겪게 되고, 여진이 압록강 주변에 자리 잡고 있으므로, 이에 대한 대책을 의논하자 곽원은 이 말을 하며 여진 정벌을 주장하였다. 이때 최사위(崔士威)·서눌(徐訥)·김맹(金猛) 등은 여진을 회유하자고 주장하여 의견이 대립하였으나, 왕이 곽원의 뜻을 따르게 되어 군사를 일으켰다. 그러나 여진 정벌에 실패하자 그는 부끄러움과 노여움을 이기지 못하고 등창이 나서 죽었다. 덕종이 임금이 되자 그 공훈을 기려서 자손들을 등용하였다.

6

전쟁에 군사를 부리는 기술은 비록 사람의 마음을 화합하는 일이 귀중하다고 하지만, 지세를 편리하게 활용하는 일도 또한 가볍게 해서는 안 된다.

-김취려(金就礪, ?~1234. 고려 고종 때 명장)
고려사高麗史 · 고려인물지高麗人物誌

이 말은 군사를 쓰는 전략으로는 인화와 지리가 중요하다는 뜻이다. 김취려는 고종 3년(1216) 가을에 거란유종(대요수국)이 대군을 이끌고 압록강을 건너 침입하자 후군병마사로서 군사를 거느리고 나가 연주에서 적을 크게 파하여 적 3천4백여 명을 죽이고 승리하였다.

그다음 해 태조탄 싸움에서 홀로 창칼을 휘두르며 적진으로 뛰어들어 싸우다가 온몸에 많은 상처를 입고 채 낫지도 않았는데 전군병마사로 임명되자, 제천 박달재에서 적을 무찌르고 큰 전과를 거두었다. 이 말은 당시 지리의 중요성을 역설하고, 먼저 영상으로 올라가 진을 치고 적을 쳐부수어 적이 남쪽으로 내려오지 못하게 하였다.

싸움에 임해서는 기발한 전략을 세워 적을 격멸시키는 데 큰 공을 세웠다.

7

만약 승천부 다리를 건너면 민심이 어긋날 것인데 어찌 힘써 싸워 왜적을 물리칠 수 있으리오? 다리를 등지고 싸우는 것만 같지 못할 것이다.

-성석린(成石麟, 1338~1423. 조선 전기의 명신·명필)
고려사高麗史

이 말은 죽기를 결심하고 후퇴하지 않고 싸워야 승리할 수 있다는 뜻이다. 성석린은 우왕 때 밀직제학이 되었는데 왜적이 승천부에 침입하자, 조전원수(助戰元帥, 주장을 돕도록 임시로 두었던 무관직)가 되어 양백연(楊伯淵)을 도와 토벌에 나섰다. 이때 왜적의 세력이 강하므로 다른 장수들은 물러나 승천부 다리를 건너가려 하였다. 이 말은 그때 후퇴하여 다리를 건너면 안 된다고 주장한 말인데, 그의 강경한 태도에 감복하여 장수 등은 그 뜻을 따라 군세를 가다듬어 왜적을 무찔러 크게 이겼다.

8

한 나라의 강토를 지키는 신하는 적을 물리치는 싸움은 있을지언정 화친은 없다.

– 박명룡(朴命龍, 1588~1627. 조선 인조 때 무관)
국조인물고國朝人物考

박명룡은 인조 때 정묘호란이 일어나 의주가 함락되고, 형 박성룡이 용만에서 전사하자, 호적과 담판하기 위하여 적진으로 들어갔다. 적장에게 물러갈 것을 촉구하니 적장은 그에게 화친하자고 청하였다. 이 말은 이때 적장에게 한 말이다. 그가 호적을 꾸짖고 돌아서니 항장(降將) 정난영(鄭蘭英)은 그의 손을 잡고, "의주가 함락되어 그대 형이 전사하였는데 이제 안주성이 함락되어 장군이 또 잘못되어 형제가 모두 죽는다면 무슨 이로움이 있겠는가."라고 말하였다. 그는 소리 높여 꾸짖으며, "국난에 몸을 나라에 바치는 것은 신하 된 도리다. 나는 그대들이 한 짓을 본받지 않겠다." 하고 안주성을 지키며 싸우다가 장렬히 전사하였다.

9

화살과 탄환이 많지 않으니 함부로 쓰지 말라. 적들이 우리 진의 수십 보 앞에 오면 내가 깃발을 흔들 것이니 너희들은 내 깃발을 보고 일제히 쏘라. 어긴 자는 반드시 처형하리라.

– 유림(柳琳, 1581~1643. 조선 선조~인조 때 장군)
국조인물고國朝人物考

유림이 평안 병사가 된 병자년에 호란이 일어났다. 이때 호적은 많은 군사로 침입하여 평양성에 이르렀는데, 우리 군사가 적으므로 싸울 수 없어 군사를 숨기고 수비를 엄중히 하였다. 호적은 성 위에 깃발도 없고 군사도 보이지 않으므로 특별한 전략인 줄 알고 그대로 서울을 향하여 내려갔다. 그는 곧 군사 5천 명을 거느리고 적을 뒤쫓아 내려가 순찰사 홍명구(洪命耉)와 함께 금화에서 적을 맞아 싸웠다. 이때 홍명구는 전사하고, 유림은 얼마 안 되는 군사로 적과 싸워 물리쳤다. 이 말은 당시 결전을 앞두고 군사들에게 내린 군령이다.

10

양혜왕은 한번 싸우다 크게 패하면 반드시 이기고자 하다가 마침내 골육을 썩어 문드러지게 하는 데 이르렀는데, 이는 지금의 형세와 대략 같으니 깊이 생각하지 않아서는 안 됩니다.

-임담(林墰, 1596~1652. 조선 인조 때 명신)
국조인물고國朝人物考

임담은 병자호란 때 인조를 모시고 남한산성으로 들어가서 온갖 전술로 적의 침해를 막는 데 힘쓰고, 그다음 해 진휼어사로 호남으로 가서 백성을 구제하였다. 인조가 죽고 효종이 즉위하여 경연을 베풀고 맹자(孟子)의 강의를 마쳤을 때, 왕이 당시의 정세를 묻자 그는 이 말을 하였다. 왕은 이조판서로 벼슬을 올렸다.

11

오늘 동양에서 제일간다는 동경 병기창을 보니, 커다란 대포며 무수한 총기며 과연 일본이 강국임을 알게 되었다. 그런데 한 가지 걱정은 성서에 말하기를, "칼로써 일어난 자는 칼로 망한다."고 하였으니 다만 그것이 걱정이다.

– 이상재(李商在, 1850~1927. 구한국 때 종교가·정치가)
월남선생일화月南先生逸話

일본은 무력으로 한일협약(을사보호조약)을 맺고 그 부강을 과시하려고 한국 명사들로 일본 시찰단을 조직하고 각지를 구경시켰다. 이상재도 기독교 대표로 참가하였는데, 하루는 동경에서 제일 큰 병기창을 시찰시키고 차례로 그 감상을 묻자, 그는 이렇게 대답하였다. 이 말은 앞으로 일본은 전쟁으로 패망할 것을 풍자한 것이다. 이때 그들은 몹시 분개하였으나 이상재의 슬기로운 말에 트집 잡을 구실이 없어 꼼짝하지 못하고 무안을 당하였다고 한다.

용 감 편

[勇敢 : 씩씩하고 겁이 없고 기운참]

1

내 힘이 센 것이 아니라 황룡왕이 보낸 활 자체가 강하지 않을 따름이다.

- 해명태자(解明太子, ?~9. 고구려 유리왕의 태자)
삼국사기三國史記

이 말은 황룡국 왕을 위압하는 말로, 해명태자가 무용이 뛰어나다는 말을 들은 황룡국 왕은 그를 떠보려고 강한 활을 만들어 선물로 보냈다. 해명태자는 사신들 앞에서 활을 당겨 꺾었는데, 이 말은 활을 꺾고 한 말이다.
황룡국 왕은 해명태자를 죽여야겠다고 여겨 유리왕에게 참소하였다. 유리왕은 그 말을 믿고 태자에게, "내가 서울을 옮긴 것은 국태민안을 위함인데 너는 나를 따르지 않을 뿐 아니라, 힘을 믿고 이웃 나라와 원한을 맺으니 자식 된 도리가 이래서야 옳겠느냐?" 하며 칼을 보내 자결하게 하였다. 그는, "황룡국 왕이 강궁을 보냈을 때 나는 그들이 우리나라를 가볍게 여길까 하여 활을 꺾어 놓았는데 뜻밖에 이런 책망을 듣게 되고, 지금 나를 불효자라 하며 자결하라고 하니 내 어찌 아버지의 명을 어기랴?"라고는 곧 동원으로 달려가 창을 꽂아 놓고 말을 달려 창에 찔려 죽었다.

2

내 적진으로 뛰어들었으나 적장의 머리를 베고 장기를 빼앗지 못한 것이 원통합니다. 내 다시 들어가면 반드시 성공하리다.

-관창(官昌, 645~660. 신라 무열왕 때 화랑)
삼국사기三國史記

신라가 백제를 멸망시킬 때 무열왕은 김유신(金庾信) 장군 등 장병 5만 명을 거느리고 탄현을 넘어 백제로 쳐들어갔다. 이때 백제 계백(階伯) 장군은 5천 결사대를 거느리고 황산벌에서 네 번이나 격전을 벌여 신라군을 파하였다. 신라 김흠춘(金欽春) 장군의 아들 반굴(盤屈)이 적진으로 달려가서 용감히 싸우다가 전사하자, 품일(品日) 장군은 아들 관창을 앞세우고, "내 아들은 나이가 어리나 의기가 용감하니 오늘 싸움에 삼군의 표적이 되리라." 하였다.
관창은 적진으로 뛰어들어 용감히 싸우다가 백제 계백 장군에게 사로잡혔다. 계백은 관창의 사람됨을 사랑하여 돌려보냈다. 관창은 아버지 앞에서 이 말을 남기고 물을 움켜 마신 다음 다시 적진으로 달려가 싸우다가 사로잡혔다. 계백은 그 목을 잘라 안장에 매어 돌려보냈다.
품일 장군은 관창의 머리를 안고, 신라군은 그 광경을 보고 분개하여 물밀 듯이 쳐들어가서 백제군을 무찌르고 서울로 쳐들어갔다.

3

나라의 위태로움을 보고 목숨을 바치고, 어려움을 당하여 몸을 돌보지 않는 것을 열사의 뜻이라고 한다. 대저 한 사람이 죽을힘을 다하여 백 사람을 당하고, 백 사람이 죽을 힘을 다하여 천 사람을 당하고, 천 사람이 죽을힘을 다하여 만 사람을 당하면 가히 세상에서 마음대로 행동할 수 있을 것이다.

-김유신(金庾信, 595~673. 신라 무열왕 때 명장)
삼국사기三國史記

선덕여왕은 대량주 싸움에서 백제에게 패하자 김춘추(金春秋)를 고구려로 보내 구원병을 청하였으나, 고구려는 이에 응하지 않을 뿐만 아니라 60일이 넘도록 그를 돌려보내지 않았다. 김유신은 결사대 3천 명을 뽑아 충정을 결의하고 모든 장병에게 이 말로 경계하고 고구려로 향하였다. 일당백(一當百)이라는 말이 있는데, 이 말이 곧 그런 뜻을 나타내는 말이다.

4

싸움터에 나가서 용맹이 없어서는 안 된다는 것은 예경에 기록되어 있고, 전진이 있고 후퇴가 없는 것은 군사로서 떳떳한 도리다. 사나이 대장부는 일에 임하여 스스로 결단할 것이지 어찌 반드시 남의 뜻을 따르랴?

- 김영윤(金令胤, 7세기. 신라 신문왕 때 장군)
삼국사기三國史記

이 교훈은 화랑도의 계명이고, 또 이러한 생활신조는 신라가 삼국통일 하는 데 동력이 된 무사 정신이다. 김영윤은 증조부 김서현(金舒玄)과 할아버지 김흠순(金欽純), 아버지 김반굴(金盤屈)의 애국 충절을 이어받아 신라의 삼국통일을 이룩하는 데 본보기가 된 용사라 할 수 있다.

5

어진 재상과 충성된 신하가 여기〔화랑〕로부터 뽑혀 나오고, 훌륭한 장수와 용감한 군사가 여기〔화랑도〕로부터 생겨났다.

- 김대문(金大問, 7세기. 신라 선덕여왕 때 학자)
화랑세기花郎世記 · 삼국사기三國史記

화랑도는 신라 때 청소년들의 심신을 수양하고 인재를 양성하는 제도였다. 처음에는 여자를 우두머리로 하는 원화 제도였는데 이를 남자로 바꿔 화랑이라고 이름하였다. 화랑은 낭도를 거느리고 도의를 연마하고, 노래와 풍악을 즐기고, 명산대천을 유람하며 인격을 닦았는데, 그중에서 뛰어난 인재를 뽑아 조정에 천거하여 훌륭한 인물을 배출하였다.

6

수나라가 우리를 침범할 때 신라는 그 틈을 타서 우리나라 성읍 5백 리 땅을 빼앗았다. 이로부터 틈이 생긴 지 오래니 만약 침략한 땅을 돌려보내지 않으면 싸움을 그만둘 수 없다.

-개소문(蓋蘇文, ?~666. 고구려 말기의 재상)
삼국사기三國史記

이 말에서 외적의 침해를 막으면서 한편 신라에게 빼앗긴 강토를 수복하려고 군사를 일으키는 개소문의 강한 애국심을 엿볼 수 있다. 개소문은 정적을 모두 죽이고 왕까지 폐하고 세우고 하였으니 권세가 어떠하였는지 알 수 있다. 그는 힘으로 당나라 세력도 물리쳤으니 호전적이라기보다 나라를 사랑하고 국토를 조금도 빼앗기지 않으려는 뜻이 컸다고 할 수 있다. 그가 죽은 뒤 아들들의 정권 싸움이 일어나서 화를 불러일으키고, 결국은 국력이 약화되어 나라가 멸망하는 데 이르렀다.

7

너희들은 신라에 심나의 아들 소나가 있는 것을 아느냐?

나는 실로 죽음을 두려워하여 삶을 도모하려 하지 않는다. 싸우려는 놈이면 왜 나오지 않느냐?

- 소나(素那, ?~675. 신라 문무왕 때 장군)
삼국사기三國史記

이 말에서 외적의 침입을 죽음으로써 막은 선열의 고귀한 의지가 엿보인다. 소나는 아버지가 백제의 침입을 막아 싸우다가 용감하게 전사한 애국정신을 본받아서 아내에게, "대장부는 마땅히 싸움터에서 죽을지언정 어찌 집안사람들의 손에 안겨 편안히 자리에 누워 죽는단 말이냐?"라며 싸움터로 달려가 아달성에서 용감히 싸우다가 전사하였다.

8

무기는 흉악한 쟁기이고 전쟁은 위험한 일이다. 적과 싸울 때는 죽는다는 마음을 가지고 살아야 한다는 마음이 없는 다음에야 가히 승부를 결단할 수 있다.

- 유금필(庾黔弼, ?~941. 고려 태조 때 명장)
고려사高麗史

전쟁에 나가서는 죽을 것을 각오해야 승리한다는 뜻이다. 고려 태조 12년(929)에 왕은 장병을 거느리고 나가 후백제군을 격파하였다. 이때 적은 날쌘 군사를 거느리고 들어와서 고창군을 포위하고 공격하였다.

왕은 여러 장수와 의논하기를, "싸움이 불리하면 장차 어떻게 하는 것이 좋을까?" 하니 대상공 홍유(洪儒)가 말하였다. "만약 불리하더라도 중령으로 돌아가서는 안 됩니다." 그러자 장군 유금필은 이 말을 하며 이어서, "지금 적과 맞붙은 싸움터에서 싸울 것은 생각하지 않고 먼저 도망할 것을 생각함은 무슨 까닭입니까? 만약 우리 구원의 손길이 미치지 않는다면 적의 포위에 든 고창군의 3천 명 생령을 고스란히 적의 손에 넘겨준단 말입니까. 이 어찌 통탄할 일이 아니겠습니까? 나는 쳐들어가겠습니다."라고 하였다. 그리고는 적진으로 들어가 적을 크게 무찌르고 승리하였다.

9

군사를 거느리고 싸우러 나가면 오직 적을 만나지 못할까 두려워해야지, 적을 만나서 피하는 것은 용맹이 아니다.

- 이적(李勣, 1162~1225. 고려 고종 때 용장)

고려사高麗史

이적은 고종 3년(1216)에 거란유종인 금산(金山)·금시(金始)가 몽고군에게 쫓겨 대군을 이끌고 압록강을 건너 침입하자, 병마판관으로 출전하여 광탄 싸움에서 용감하게 싸워 공을 세우고 경상도 안찰사가 되었다.

거란적이 다시 대군을 이끌고 침입하자 여러 고을 안찰

사와 함께 군사를 거느리고 출전하였다. 적을 무찌를 때 도원수가 몰래 피하였다가 치라고 타일렀으나, 그는 이 말을 하고는 용감히 적진으로 쳐들어가서 크게 승리하였다. 은주 싸움에는 백 명에 지나지 않은 군사를 거느리고 적의 대군과 결사적으로 싸워 이를 격퇴시켜 사람들을 놀라게 하였다.

10

안 된다, 장수인 내가 움직이면 군사들의 마음이 다 흔들린다.

-김경손(金慶孫, ?~1251. 고려 고종 때 장군)
고려사高麗史

고종 18년(1231), 김경손이 정주분도장군으로 있을 때 몽고가 많은 군사로 압록강을 건너 쳐들어왔다. 그는 결사대를 거느리고 물리쳤는데, 적은 대군으로 귀주성을 공격하였다. 그는 12명의 결사대와 여러 성의 별초군에게 명령하기를, "신명은 돌아보지 않고 죽어도 물러서지 않을 사람은 내 뒤를 따르라." 하였으나, 12명의 결사대만이 뒤따랐다. 성 밖으로 나가 적장 한 명을 쏘아 죽이고 용감히 싸웠는데 적이 쏜 화살을 맞아 피가 흘렀으나 북채를 멈추지 않고 다섯 번이나 싸워 적을 물리쳤다.
적은 계속하여 성을 공격하여 20여 일간 격전을 전개하였는데 좌우에서 일단 피하였다가 다시 싸우자고 청하였다. 이때 김경손은 이 말을 하며 태연히 지휘하여 마침내 적을 물리치고 귀주성을 사수하였다. 몽고의 장수들은 말하기를, "이 성에서는 적은 군사로써 대군을 막으니 이는 하늘이 돕는 것이지 사람의 힘만은 아니다."라고 놀라 감탄하였다.

11

만약 적도를 쳐부수는 데 성공한다면 신분의 귀천을 가리지 않고 모두 벼슬을 내릴 것이다. 내 말을 다 믿어라.

-김윤후(金允侯, 13세기. 고려 고종 때 장군)
고려사高麗史

이 말은 큰 목적을 이루기 위해서는 먼저 실천하는 용단을 내리고 뒤에 법을 적용한다는 뜻이다. 김윤후는 중으로 일찍이 중으로 백현원에 있다가 몽고군이 침입하자, 처인성에 피난하였다가 적괴 살례탑(撒禮塔)을 쏘아 죽이고 적을 물리치는 데 공을 세웠다.

나라에서는 대장군으로 임명하였으나 사양하며 받지 않고, 그 뒤 충주 방호별감이 되었을 때 몽고군이 쳐들어오자 70여 일간 성을 지켜 싸웠다. 이 말은 이때 군민을 단합시켜 적을 막으면서 한 말이다. 그는 이 말을 하고 그 자리에서 노비 문서를 모두 불태움으로써 민심을 단합하여 국난을 극복하고, 말한 대로 전공에 따라 벼슬을 주어 약속을 지켰다.

12

왕명을 받지 않았는데 무엇을 믿고 싸움을 그만두란 말이냐?

-최춘명(崔椿命, 13세기. 고려 고종 때 자주 성주)
고려사高麗史

이 말은 누가 무슨 말을 해도 믿지 않고 적을 막아 싸우겠다는 뜻이다. 고종 18년(1231), 몽고가 많은 군사를 이끌고 압록강을 건너 쳐들어와서 여러 성을 치고 자주성을 포위하고 공격하였다. 성주인 최춘명은 얼마 안 되는 성민을 거느리고 굳게 지켜 적을 막아 싸웠다.
이때 조정에서는 몽고와 화의를 맺고, 사자를 보내 굴복을 권유하였으나 그는 대면하지도 않았다. 대집성(大集成)이 회안공 왕정(淮安公 王侹)의 명령을 받고 또 와서 굴복을 권유하자 이 말을 하고 이어, "자주성 백성들은 회안공이 있다는 사실조차 모른다."라며 끝내 그 뜻을 따르지 않았다. 이때 최우(崔瑀)는 왕에게, 최춘명이 명령을 거역하였다는 죄로 죽이자고 청하고 사람을 보내 처형하려고 하였으나, 그는 조금도 두려워하지 않았다. 그러자 몽고 적장들은 감탄하며 말하기를, "그는 우리들(몽고)에게는 거역자지만 그대들(고려)에게는 충신이다. 그런 인물을 어찌 함부로 죽이려는가?" 하니, 나라에서도 그를 용서하였다. 그리하여 자주성만은 끝내 적에게 굴복하지 않았다.

13

사내대장부로 태어나서 적진으로 뛰어들어 싸우다가 죽는 것도 또한 두려워하지 않는데, 하물며 이쯤이야?

– 한희유(韓希愈, ?~1306. 고려 충렬왕 때 장군)

고려사高麗史

이 말은 한희유가 젊었을 때 고을 사람들과 산에 불을 지르고 사냥할 때 말을 달려 불 속으로 나는 듯이 드나들어 사람들이 감탄하자 한 말이다.

고려 충렬왕 16년(1290) 봄에 호적이 동북면 변경에 침입하여 큰 소동을 일으키고, 겨울에는 합단적(哈丹賊, 원나라의 반란군) 수만 명이 동북면을 침범하여 영흥·안변 등지를 휩쓸고 남하하여 인적·물적으로 피해를 많이 끼쳤다. 그다음 해에 적도들은 계속 남하하였는데, 그 행패가 너무도 야만적이고 잔인하여 사람까지 잡아먹었다. 그래서 백성들은 적이 가까이 왔다는 소문만 듣고도 멀리 피하였다.

이때 한희유는 군사를 거느리고 충청도 연기현 정좌산에

서 적을 포위하고 맹렬히 공격하여 쳐부수어 도망하는 적을 공주 금강 방면으로 몰아넣고 크게 이겼다. 적도의 시체는 30리에 깔리고 강물에 빠져 죽는 사람도 헤아릴 수 없이 많았고 전리품도 많았다. 이 싸움에서 한희유는 장창을 휘두르며 말을 달려 적진으로 달려들어가 적장을 단창에 찔러 그 머리를 베어 창끝에 꿰어 들고 공격하니 적들은 혼비백산하여 도망하였다.

14

세상에 큰 용맹이 있는 사람은 헐뜯어도 노여워하지 않고, 덤벼들어도 놀라지 않고, 욕을 하여도 언짢아하지 않는다.

- 김정(金淨, 1486~1521. 조선 전기의 문신 · 열사)
해동속소학海東續小學

김정은 벼슬하여 맡은 일에 성실하며 매사를 바르게 처결하고 청렴결백하고, 의로운 일에 용감하여 그릇된 일을 바로잡는 데는 공명정대하였다. 형조판서에 이르렀는데, 정치의 새로운 풍토를 일으켜 지난날의 폐풍을 개혁하여 새로운 교화를 일으키고, 현량과를 설치하여 어진 선비를 모으고, 지난날 공신의 잘못된 것을 없애야 한다고 주창하다가 조광조(趙光祖) 등과 하옥되고, 금산으로 유배되었다가 다시 제주로 옮겨 사사(賜死)되었다. 이때 나이 36세였다. 형제에게 글을 보내 노모 봉양을 부탁하고 절명의 글을 지어 남겼는데, 식자들은 조광조·김정·기준(奇遵)의 죽음을 아까워하였다.

15

내가 막지 않으랴? 기마가 불행하여 싸움에 패한다면 오직 한번 죽음이 있을 따름이다.

- 고경명(高敬命, 1533~1592. 조선 선조 때 의병장)
국조인물고國朝人物考

고경명은 임진왜란이 일어나자 유팽로(柳彭老)와 함께 의병을 일으켜 거느리고 북상하다가 금산에서 왜적을 막아 싸웠다. 이때 아들 고종후(高從厚)·고인후(高因厚)도 함께 출전하였는데, 전세가 위급하자 아들 종후는 아버지를 걱정하였다. 그러자 그는, "너는 부자의 정으로 나의 죽음을 두려워하느냐? 나는 나라를 위하여 한번 죽을 따름이다."라고 타일렀다. 이 말도 이때 의병들에게 한 말로, 의병은 죽음을 두려워하지 않고 의롭게 싸워 적을 막아야 한다고 하였다. 금산 전투에서 아들과 함께 전사하였다.

16

감히 도망하는 놈은 목을 베리라. 대장부가 이렇게 하지 않고 어찌 남에게 모욕을 당하리오?

-김시민(金時敏, 1554~1592. 조선 선조 때 무관)
국조인물고國朝人物考

김시민은 무과에 급제하고 훈련판관으로 있을 때 병조판서에게 군사에 관한 일을 의논하니, 판서는 그 말을 듣는 체도 하지 않으므로 이를 항의하자 판서는 큰 소리로 안 된다고 나무랐다. 그러자 곧 자리를 박차고 일어나며 당장 모자를 벗어 땅에 던지고 발로 짓밟으며, "사내대장부가 이런 일을 하지 않고 어찌 남에게 모욕을 당하겠는가?" 하고는, 벼슬을 버리고 고향으로 돌아가니 사람들이 그 기이한 행동에 놀랐다.
그 뒤 진주 통판이 되었는데 다음 해 임진년에 왜란이 일어났다. 이때 진주 목사가 죽자 임시로 진주 목사를 대리하여 성병을 거느리고 진주성을 사수하였는데, 왜적의 침공을 두려워하는 사람들은 도망하려 하였다. 이 말은 그때 성민에게 내린 군령이다. 그는 성병을 정비하고, 무기를 수리하고, 성지를 수축하여 왜적을 막으니, 나라에서는 진주 목사로 승진시켰다. 군사들과 함께 진주성 사수를 결의하고 적을 물리치고 군사를 내어 사천·고성·진해의 적들도 격파하였다. 그 뒤 진주성을 사수하다가 순직하였다.

17

삼도의 근왕군이 한 사람도 오지 않아서 우리의 싸움을 도울 사람이 없으니, 사나이 대장부로서 나라를 위하여 죽을 따름이다. 다만 나라의 부끄러움을 씻지 못하고 장한 뜻을 펴지 못함이 한스럽구나.

-김여물(金汝岉, 1548~1592. 조선 선조 때 문관)
국조인물고國朝人物考

김여물은 벼슬이 의주 목사에 이르렀으나 해를 넘겨 그만두고 고향으로 돌아갔다. 그런데 통역관 사건에 연루되어 불미스러운 처지에 놓이게 되었다. 이때 왕은 그 재주와 용맹을 아껴 왜적을 쳐부수는 데 공을 세워 그 죄를 갚으라고 하며 신립(申砬)의 부장으로 임명하여 충주로 가서 적을 막게 하였다. 그는 곧 조령으로 달려가서 지세를 살피고 신립에게 말하기를, "왜적의 예봉을 막기가 어렵겠으니 이 험지에 진을 치고 막아야겠다."라고 하였으나, 신립은 그 말을 듣지 않고 충주 탄금대에 배수진을 치고 적을 막게 하였다.

이때 그는 어쩔 수 없이 상관의 명을 따랐으나, 싸움에 패할 것을 알고 아들 김류(金瑬)에게 이 유언과 함께 앞으로 왜적에 대처할 말을 남기고 적을 맞아 싸우다 장렬히 전사하였다.

18

대포를 가진 사람은 화약을 재워 놓고, 활을 가진 사람은 화살을 메겼다가 내 북소리를 들으면 곧 쏘도록 하라. 군법을 어기면 법에 따르리라.

-김응하(金應河, 1580~1619. 조선 광해군 때 장군)
국조인물고國朝人物考

이 말은 결전장에서 군명에 따라 힘을 최고도로 발휘하라는 뜻이다. 김응하가 선천 군수 겸 조방장으로 있을 때 호적의 건주위 반란이 일어났다. 이때 명나라의 구원병 요청에 응하여 강홍립(姜弘立)과 함께 좌영장군으로 압록강을 건너 건주위로 출정하였다. 그런데 명나라 유정(劉綎)의 군사가 패하자, 강홍립은 싸우려 하지 않았다.
그는 3천 명을 거느리고 호적 6만과 대적하여 결전을 감행하여 적을 물리쳤다. 그러나 갑자기 대군의 엄습을 받아 위험한 지경에 이르렀다. 이 말은 이때 내린 군령이다.
이렇게 싸웠으나 이기지 못하고 그는 버드나무에 의지하여 2명의 군사와 끝까지 싸우다가 장렬히 전사하였다. 몸에는 화살이 수없이 박혀 있었다. 이를 본 적들도 그 충절에 감복하여 유하장군(柳下將軍)이라고 부르며 묻어 주기까지 하였다.

안 분 편

[安分 : 편안한 마음으로 분수를 지킴]

1

한 나라의 임금 자리는 보통사람이 감당할 바 아닙니다. 내 들으니 거룩하고 지혜로운 사람은 이가 많다고 하오니 떡을 물어서 시험해 보기로 합시다.

-석탈해(昔脫解, ?~80. 신라 제4대 탈해왕)
삼국사기三國史記

유리(類利)태자는 자기보다 석탈해가 유능하다 하고, 석탈해는 지혜롭고 어진 태자가 임금 자리를 맡아야 한다고 서로 양보하였다. 석탈해는 태자가 이가 많은 것을 알고 있었으므로 태자가 왕위를 맡아야 한다고 고집하며 그 방편으로 이런 꾀를 냈다. 그 결과는 유리태자가 임금이 되었다.
이에 앞서 남해왕이 세상을 떠날 때 유언으로, 왕위는 태자가 맡아도 좋고 석탈해가 맡아도 좋으니 백성들의 추대를 받으면 누구라도 임금이 되라고 하였다. 그리하여 유리왕이 즉위하였는데, 유리왕은 죽을 때 유언으로 석탈해를 추천하였다. 그 뒤 박씨와 석씨가 백성의 추대로 왕위를 계승하게 되었다.

2

만족한 줄 알면 욕되지 않고, 그만둘 줄 알면 위태롭지 않다. 지금 얻은 것이 많은데 어찌하여 더 많이 구하리오?

- 막고해(莫古解, 4세기. 백제 근구수왕 때 장군)
삼국사기三國史記

이 말은 더 많은 것을 구하려고 하지 않는 것이 안전한 도리라는 말이다. 백제 문화를 크게 일으킨 근초고왕은 태자 수(須)와 장군 막고해에게 고구려의 남침 의욕을 막게 하니, 그들은 군사를 거느리고 출전하여 적을 무찌르고 크게 승리하였다. 이때 태자는 도망하는 적을 추격하여 더 큰 소득을 도모하려 하였으나, 막고해는 이 말을 하여 더 추격하지 않고 개선하였다.

3

사람이 죽고 사는 것은 운명에 달려 있고, 부유하고 가난한 것은 천명에 달려 있으므로, 오는 것은 막아서는 안 되고, 가는 것은 쫓아가서는 안 된다는데, 그대는 무엇을 근심하랴.

- 백결선생(百結先生, 5세기. 신라 자비왕 때 음악가)
삼국사기三國史記

이 말은 사람은 주어진 분수에 만족할 것이지 슬퍼할 것이 아니라는 뜻이다. 백결선생은 가난한 음악가였다. 섣달그믐날에 남들은 새해를 맞는다고 떡방아를 찧느라고 야단인데, 우리는 어떻게 하느냐고 슬퍼하는 아내를 위로하려는 뜻에서 거문고로 떡방아 찧는 소리를 탔다.

백결선생 부부는 떡방아 찧는 거문고 소리에 고된 삶을 달래며 그 소리에 도취되었다. 부부도 남남으로 어울린 인륜이므로 감정과 삶의 가치관이 같을 수는 없겠으나, 진지한 음악 소리에 부귀와 빈천의 삶의 경지를 정서적으로 초월하는 인생관은 실로 값진 삶의 태도라 할 수 있다.

4

윗사람을 잘 섬기는 법도는 충성을 다하는 것을 근본으로 삼고, 벼슬하는 사람의 의리는 두 가지 마음을 갖지 않는 것을 근본으로 삼는다.

-김정명(金政明, ?~692. 신라 제31대 신문왕)
삼국사기三國史記

이 말은 백성은 충성이 근본이 되고, 관리는 일편단심이 근본이 된다는 뜻이다. 신문왕이 왕위에 오른 해에 장인 김흠돌(金欽突)이 흥원(興元)·진공(眞功) 등과 반역을 도모하므로 사형에 처하고, 또 그들의 역모를 알고도 알리지 않은 이찬 군관을 잡아 처형하였다. 그리고 교서를 내렸는데 이 말은 그 내용이다. 이때 왕은, "그들의 역모를 알고 있으면서도 알리지 않은 것은 나라를 근심하는 마음이 없고, 나라를 위하여 목숨을 바칠 뜻도 없는 사람인데, 어찌 그를 재상 자리에 그대로 두어 나라의 법도를 문란하게 만들겠는가?"라고 하였다.

5

비록 시골의 초가집에서 살더라도 올바른 일을 행하면 복된 일이 오래가고, 실로 그렇지 않으면 비록 수고롭게 성을 쌓더라도 또한 이로울 것이 없습니다.

- 의상조사(義湘祖師, 625~702. 신라 진평왕~효소왕 때 명승)

삼국사기三國史記

이 말은 어진 정사는 궁성을 크게 짓고 사는 것보다 백성을 편안히 살게 하는 것이 중요하다는 말이다. 의상조사가 문무왕이 서울을 새로 건설하려는 데 관하여 생각을 묻자 대답한 말이다. 삼국통일을 완수한 문무왕이 즉위한 지 21년 되는 해 정월 초하루에 온종일 암흑처럼 어두웠고, 5월부터 6월까지는 하늘에 변괴가 잇달았다. 그래서 왕은 서울을 새로 건설하려 하여 의상조사에게 말하였는데, 그는 이렇게 말하였다.

6

사람이 나고 죽고 시작하고 끝맺는 것은 만물의 위대한 기약이고, 오래 살고 일찍 죽는 것은 천명의 떳떳한 분수다. 죽는 사람은 천리를 따르는 것이니, 산 사람들은 반드시 슬퍼할 것만은 아니다.

-김경응(金慶膺, ?~857. 신라 제46대 문성왕)
삼국사기三國史記

이 말은 문성왕이 죽을 때 남긴 유언 내용의 일부다. 문성왕은 장보고(張保皐)를 중용하여 청해진을 설치하고 해외무역을 전개하며 나라를 크게 융성시켰다. 그런데 왕이 장보고의 딸을 둘째 왕비로 삼으려 하자 조신들은, "부부의 도리는 인생의 대사요 나라의 존망이 달린 일이니 삼가지 않으리까?"라며 반대하였다. 이에 장보고는 반란을 도모하다가 죽고, 청해진도 폐지되고 나라도 차츰 쇠약하게 되었다.

7

때는 만나기는 어렵고 잃기는 쉽다. 하늘이 주는 것을 받지 않으면 도리어 그 앙화를 받는다.

-홍유(洪儒, ?~936. 고려 전기의 장군)
고려사高麗史

이 말은 왕건을 추대할 때 한 말로, 때를 놓치지 말고 궁예를 내몰고 나라를 세우자는 뜻이다. 태봉 궁예의 정사가 문란해져서 국민이 온갖 곤욕을 겪게 되자, 홍유는 신숭겸(申崇謙)·복지겸(卜智謙)·배현경(裵玄慶) 등과 함께 왕건을 찾아가서 말하기를, "궁예가 포악한 정사를 자행하여 그 아내와 자식까지 죽이고, 죄 없는 사람들을 마구 죽이고, 백성들을 도탄에 빠지게 하니 더 참을 수 없습니다. 어두운 임금을 폐하고 밝은 임금을 세우는 것이 세상의 공통된 의리이니, 청컨대 일어나서 이 일을 도모하소서." 하였다. 태조는 말하기를, "내 충성된 의리를 스스로 믿고 있는데, 왕이 비록 포악하다 하여 어찌 두 마음을 가지리오? 신하가 임금을 치는 것은 혁명인데, 내 실로 부덕한 사람으로 어찌 감히 이런 일을 감당하리오? 후세에 남의 구실이 될까 무섭소."라고 하였다.
그러자 홍유 등이 이 말을 한 다음, 왕건을 받들고 일어나 궁예를 내몰고 고려를 세웠다.

8

사람이 죽고 사는 것은 떳떳한 이치다. 지금 내 벼슬이 의정부에 이르고, 나이 또한 예순에 이르렀으니 어찌 죽는 것을 한스러워하랴? 내가 죽은 다음 불에 태우는 일 같은 것을 하지 말라.

- 안숭선(安崇善, 1392~1452. 조선 세종 때 명신)
국조인물고國朝人物考

세종 때 변경의 여진족을 정벌하는 데 관한 의논이 분분하였는데, 왕이 안숭선에게 대책을 묻자 대답하기를, "옛날부터 무관은 정벌을 논하고 문관은 화해를 논하오니, 신은 이만주(李滿住)의 포악무도한 행패를 당장 쳐 없애야 한다고 믿습니다." 하자, 국론이 이로 기울어져 곧 출정하여 정벌하였다.
죽기 전에 자제들을 모아놓고 이 말을 남기고 초연히 죽었다. 이 말이 전해지자 듣는 사람들은 모두 슬퍼하여, "한 나라의 어진 재상이 죽었구나."라고 애석해했다.

9

사람의 부귀와 영달은 타고난 분수에 달려 있지 구한다고 뜻대로 얻어지는 것은 아니다. 스스로 힘쓸 것은 효도와 공경, 충성과 신의, 예절과 의리, 청렴과 수치를 알고 잘 실천할 따름이다.

– 강석덕(姜碩德, 1395~1459. 조선 전기의 명신)
국조명신록國朝名臣錄

강석덕은 아들 강희안(姜希顔) · 강희맹(姜希孟)에게, "내 나이가 60세이고, 공과 이로움이 남에게 미치지 못한다 하더라도 권위와 거짓 없는 생활이 남부끄럽지 않은 것은 스스로 몸가짐을 반성하기 때문이다."라고 말하였다.
큰 글씨로 "분노를 경계하고 욕심을 막는다.(懲忿窒慾)"는 네 글자를 써서 좌우명으로 삼았다.

10

사람이 어느 누가 죽지 않겠는가? 다만 먼저 가고 뒤에

가는 차이가 있을 따름인데, 하필이면 죽음에 뜻을 쏟으랴?

-이륙(李陸, 1438~1498. 조선 성종 때 명신)
국조인물고國朝人物考

이 말은 천명에 순응하여 자신의 분수를 지킨다는 뜻으로, 죽음이 임박하였을 때 곁에서 울부짖는 자제들을 타이르며 남긴 말이다. 이륙은 충청도 관찰사가 되었을 때 아버지는 괴산 군수로 있었는데 성종은 아버지는 군사로, 아들은 감사로 있어 난처하겠다고 하였으나 그는 태연하여, 사람들은 이를 영예롭다고 찬양하였다.
성종이 세상을 떠나 청시승습부사로 임명되었는데, 이때 그는 심한 병으로 누워 있었으므로 친척들은 만류하였으나, "신하의 의리는 절개를 존중해야 하는데, 나라의 중대한 일을 당하여 감히 자신의 사사로움을 돌보랴?" 하고 길을 떠났다.

11

하늘과 땅 사이에는 만물이 있는데, 그중에서도 사람이 가장 귀한 존재다. 사람을 귀한 존재라고 하는 까닭은 사람에게는 사람으로서 지켜야 할 다섯 가지 윤리가 있기 때문이다.

-박세무(朴世茂, 1487~1564. 조선 명종 때 학자)

이 말은 박세무가 지은 동몽선습 첫머리에 나오는 말로, 사람에게는 다섯 가지 윤리, 곧 부자간의 사랑, 군신 간의 의리, 부부간의 분별, 장유 간의 질서, 붕우 간의 신의가 있으므로 고귀하다는 뜻이다. 박세무는 인간의 윤리 도덕을 중시하여 항상 후학들에게 사람답게 사는 도리를 가르쳤다. 그는 동몽선습을 통하여 사람은 어릴 때부터 사람답게 살 수 있는 도의심을 길러야 한다고 주장하고, 아울러 선조들이 어떻게 살고, 이웃 나라와는 어떤 관계를 맺고 있는지 그 뿌리를 알고 살아야 한다고 가르쳤다.

12

사나운 호랑이가 산속에 있으면 위엄을 떨치지만, 들에 내려와 있으면 겁을 낸다.

- 곽재우(郭再祐, 1552~1617. 조선 선조 때 의병장)
국조인물고國朝人物考

사람은 그 처지에 따라 힘을 쓸 수도 있고 쓰지 못할 수도 있으므로, 모든 일은 환경에 알맞게 조성해야 한다는 뜻이다. 곽재우는 임진왜란이 일어나서 여러 성이 무너지고 선조가 의주로 파천하자, 재산을 털어 장사를 모으고 의령에서 의병을 일으켜 닥치는 대로 왜적을 격파하여 세력을 떨쳤다. 부인은 그에게 붉은 옷을 입혀 싸움마다 승리하니, 왜적들은 천강홍의장군(天降紅衣將軍)이라 부르며 그를 보면 도망하였다.

이 말은 체찰사 이원익(李元翼)이 외로운 성을 지키기 어려움을 말하며 명나라 군사의 도움을 청할 것을 말하자 이에 대답한 전략 내용의 일부로, "오늘의 형세는 저마다 그 성지를 수리하고 식량을 저축하였다가 그들을 기다려 움직이자."라고 하였다.

13

하늘과 땅이 비어 있지 않으면 온갖 만물을 들어 있게 할 수 없고, 강이나 바다가 비어 있지 않으면 온갖 시냇물을 용납할 수 없고, 산과 연못이 비어 있지 않으면 여러 가지 빠른 놈들을 숨길 수 없다. 온갖 구멍은 비어 있으므로 바람 소리를 울릴 수 있고, 온갖 틈은 비어 있으므로 햇빛과 달빛을 비출 수 있다.

- 서문상(徐文尙, 1630~1677. 조선 숙종 때 학자)
서달성허곡기徐達城虛谷記

이 말은 모든 사물은 공간이 있어야 알맞게 채워질 수 있다는 뜻이다. 서문상은 시문이 우아하고 간결하고 실제적이어서 조금도 빈틈이 있거나 과장됨이 없어 사람들의 존경을 받았다. 이 말도 실제적인 사실을 우아한 문치로 그려낸 하나이다. 48세의 젊은 나이로 세상을 떠났다.

14

자손에게 많은 재산을 전하려고 하지 말라. 의롭지 않은 일을 부끄러워하고 착하지 않은 일을 미워하는 마음은 사람이 본래 가진 것이라서 혹은 죽고 사는 것을 가름하는 위급한 때에 잘 결단하기도 하고, 풍족하고 검약한 생활을 편안히 즐길 때 잘 계교하게 하기도 한다. 이러므로 군자는 잠깐이라도 이에 관하여 살피지 않아서는 안 된다.

-이하진(李夏鎭, 1628~1682. 조선 숙종 때 문신)

천금물전千金勿傳

이 말은 가훈 천금물전(천금을 주더라도 남에게 전하지 말라)의 한 구절로, 많은 돈을 자손들에게 물려주려고 생각하지 말고 자립시키라는 뜻이다. 이하진은 자신의 세 가지 즐거움을 말하기를, "하늘이 만물을 낼 때 오직 사람을 귀하게 만들었는데, 나는 사람으로 태어난 것이 첫째의 즐거움이요, 남자와 여자의 분별이 있어서 남자는 높고 여자는 낮아서 남자를 귀하다고 하는데, 나는 남자로 태어난 것이 둘째의 즐거움이요, 사람이 해와 달도 보지 못하고 강보에 싸여 있다가 죽음을 면하지 못하는 사람도 있는데, 나는 이미 60을 바라보게 되었으니 이것이 셋째의 즐거움이다."라고 하였다.

15

대체로 부귀로 크게 번성하는 것은 매우 두려워할 일이다. 부유함이 도리어 가난하게도 되고, 귀함이 도리어 천하게 되는 것은 필연적인 이치니 그것을 바르지 못하게 구하겠는가? 재산은 윗사람을 섬기고 아랫사람을 기르는데 없어지게 하지 않으면 족하고, 벼슬은 과거에 급제하고 출세하여 가문의 명성을 떨어뜨리지 않으면 족하다. 많은 돈을 모아둔다고 해도 반드시 다른 사람의 물건이 되고, 금이나 옥을 간직한다 해도 도리어 형벌의 근거가 되어 크면 종족을 뒤엎고 작으면 몸을 망치는 것이니, 가히 두려워하고 가히 두려워할 일이다. 옛사람이 부귀로 해서 몸을 망치고 종족을 멸망시킨 사실은 역사에 역력하니, 가히 집안을 뒤엎고 몸을 망칠 우환을 잘 살필 것이다. 자신에게는 비록 면하더라도 자손들이 부귀를 빙자하여 교만하고 사치하고 태만하고 방자하여, 하지 않는 일이 없다가 혹 종족을 뒤엎고 몸을 망치는 데 이르기도 하고, 혹 행실을 다잡지 않는 사람이 열 사람 중에 일고여덟 사람은 되니 삼가고 삼가라.

-권양(權讓, 1628~1697. 조선 숙종 때 학자)
영가가훈永嘉家訓

이 말은 영가가훈 중에서 부귀에 관하여 삼가라는 교훈으로, 사람이 부귀로 해서 교만하고 사치하고 태만하고 방자하면 종족을 뒤엎고 몸을 망치니 삼가라는 것이다. 영가가훈은 우리나라 미풍양속의 전통문화를 계승 발전시키는 데 귀중한 본보기가 되는 가훈이다.

16

모든 일에 최선을 다하라. 이는 내 아버님의 엄연한 가르침이다. 나는 이 교훈으로써 내 몸을 다스리고 자손을 위하는 계교로 삼았으니, 이 뜻을 집안을 이어가는 비결로 삼아서 대대로 잘못하는 일이 없게 하면 거의 우리 아버님께서 가르쳐 주신 뜻을 저버리지 않게 될 것이다.

- 채제공(蔡濟恭, 1720~1799. 조선 정조 때 문신)
번암집樊巖集

채제공은 자손들에게 이 가훈 내력에 대해 말하기를, "아버님이 병이 들어 거의 숨이 끊어지려 할 때 내 손을 잡고 모든 일에 최선을 다하라고 하셨다. 아아, 죽음과 삶의 갈림길에서 아버지가 아들에게 남겨주는 가르침이 어찌 끝이 있으랴만, 다만 착할 선(善)자 한 글자로 교훈 삼고 그 밖의 말에는 미치지 않았다. 이는 대개 아버님께서 평소에 몸소 실행하고 마음에 터득한 것이 이것밖에 생각하지 않았으리라. 그러므로 손을 잡고 당부한 말도 이 말이었으리라."라고 하였다.

17

옛 성현들은 마땅히 그 가질 것에 따라 이를 가졌고, 마땅히 그 얻을 것에 따라 이를 얻었다. 그러므로 유독 여러 사람 위에 나서서 다투려 하지 않았고, 아울러 세상에 아름다운 이름을 떨치려고 명예를 훔치지 않았다.

-홍석주(洪奭周, 1774~1842. 조선 정조·순조 때 문신)
연천집淵泉集

이 말은 자손을 훈계한 가르침으로 홍석주는 말하기를, "세상 사람으로 어느 누가 다투지 않으랴? 지체가 낮은 사람은 이익을 다투고, 지체가 높은 사람은 명예를 다툰다. 그리고 세상 사람으로 어느 누가 훔치지 않으랴? 지체 낮은 사람은 그 지위를 훔치고, 지체 높은 사람은 명예를 훔친다. 그러나 남을 보기를 나와 같이 여기고, 나를 보기를 남과 같이 여기면 어찌 다투는 일이 있겠으며, 내가 갖고 남도 가졌다면 어찌 훔치는 일이 있겠는가?"라고 하였다.

언 어 편

[言語 : 생각을 말이나 글자로 남에게 전달함]

1

만약 잘못을 고치고 스스로 새로운 정사를 베풀지 않으면 정사가 어지러워지고 백성들이 흩어져서, 선왕께서 창업한 왕업이 땅에 떨어질까 염려됩니다.

- 협보(陜父, 1세기. 고구려 초기의 개국공신)
삼국사기三國史記

협보는 유리왕이 간하는 말을 받아들이지 않고 노하여 파면시키자, 남한으로 망명하였다. 협보는 벼슬이 대보 곧 수상이었다. 당시 왕은 정사를 돌보지 않고 날마다 사냥을 일삼으므로 나라는 날로 어지러워졌다. 그래서 협보는, "대왕께서 서울을 국내성으로 옮겨서 백성들의 삶의 터전이 안정되지 않았으므로 마땅히 나랏일에 힘써야 하는데, 오랫동안 자리를 비워두니 이래서는 안 되겠습니다." 하고, 이 말을 하였다.

2

충성된 신하는 죽더라도 임금을 잊지 못한다고 하오니, 원하건대 한 말씀 더 올리고 죽으려 합니다.

- 성충(成忠, ?~656. 백제 의자왕 때 충신)
삼국유사三國遺事

나라를 위해서는 죽음을 두려워하지 않고 간하는 충성된 성충의 뜻을 엿볼 수 있다. 성충은 7백 년 이어온 나라가 망하려 할 때 의자왕에게 그 실정을 간하며 선정할 것을 청하였으나 왕은 듣지 않았다. 그는 옥에서 죽게 되었을 때 손가락을 깨물어 피로 글을 써 충언하였다. 이 때 이 말을 서두로, "신이 시국의 정세를 보니 반드시 전쟁이 일어날 것 같습니다. 군사를 쓸 때는 그 지리를 잘 살펴 상류에서 적을 맞아 싸워야 가히 나라를 보전합니다. 만약 적군이 쳐들어오면 육로는 탄현을 넘지 못하게 하시고, 수군은 기벌포를 지나 들어오지 못하게 하시며, 그 험악하고 좁은 곳에 진을 치고 이를 막아야 합니다." 하고 죽었다. 그러나 의자왕은 군비 강화는커녕 실정을 거듭하다가 얼마 안 되어 나라가 멸망하고 말았다.

3

옛날 어진 임금은 반드시 그날그날 온갖 정사를 깊이 생각하고 크게 염려하여, 곁에 있는 바른 선비들의 올바른 간언을 받아들이고, 모든 일에 부지런히 힘써 조금도 편히 지낼 생각을 하지 않았습니다. 그래야만 어진 정사가 베풀어져 나라를 보전할 수 있을 것입니다.

- 김후직(金后稷, 7세기. 신라 진평왕 때 충신)

삼국사기三國史記

김후직은 진평왕이 사냥을 즐겨 정사를 돌보지 않는 잘못을 지성으로 간하였으나 듣지 않자 죽을 때 아들에게,

"내가 죽으면 왕이 사냥 다니는 길가에 묻어라."라고 유언하여 그대로 하였다. 뒤에 왕이 사냥 갈 때 그 무덤에서, "가지 마시오."라는 소리를 내어 진평왕의 마음을 감동하게 하였다. 이때 왕은, "선생의 충간은 죽은 다음에도 잊지 않으니, 나를 사랑함이 지극하구나. 내 만약 끝까지 잘못을 고치지 않는다면 무슨 면목으로 그 영령을 대하리오?" 하고 다시는 사냥 가지 않고 어진 정사를 베풀었다.

4

저 사람이 고량진미로 배부르게 하고 차와 술로 정신을 맑게 한다 하더라도, 나는 비장해 둔 좋은 약으로 원기를 돕고 모진 돌로 독을 없애겠습니다. 그러므로 비록 실이나 삼으로 만든 좋은 신이 있더라도 짚신을 버리지 말라는 말이 있습니다.

– 설총(薛聰, 7세기. 신라 신문왕 때 학자)
삼국사기三國史記

이 말은 겉모양의 얄팍한 값어치보다 실속있는 진실이 더 값진 점을 알고 처신해야 한다는 뜻으로, 신문왕을 화왕에 비유하여 경계한 유명한 화왕계(花王戒)의 한 구절이다. 위정자는 간신의 말에 귀 기울이지 말고, 충신의 바른말을 들어 어진 정사를 베풀어야 한다는 말이다.

5

둥근 달과 같다는 것은 꽉 찼다는 말로, 차면 곧 이지러짐을 뜻하고, 초승달과 같다는 것은 차지 않았다는 말로, 차지 않았으면 점점 꽉 차게 됨을 뜻하는 말이다.

-백제무(百濟巫, 7세기. 백제 의자왕 때 무당)
삼국사기三國史記

이 말은 백제가 망할 때 괴변으로 생긴 말이다. 의자왕 20년(660) 때 이상한 일이 꼬리를 물고 일어났다. 서울의 우물물이 핏빛으로 변하는 일이 있는가 하면, 서해안의 작은 물고기들이 떼로 죽어 밀려 나오기도 하고, 백마강 물빛이 핏빛같이 붉고, 두꺼비 수만 마리가 나무 위로 기어오르고, 비바람이 몰아치고, 천왕사와 도양사에 벼락이 치고, 개 같은 들사슴이 백마강 언덕에 올라 궁성을 보고 짖고, 서울 안 개들이 떼를 지어 다니며 짖고 울고, 한 귀신이 궁성으로 들어와서, "백제가 망한다. 백제가 망한다." 하고 소리를 지르다가 땅속으로 들어가므로 파 보니 한 마리 거북이 나왔는데 그 등에, "백제는 둥근 달 같고, 신라는 초승달 같다."는 글이 쓰여 있었다. 왕은 이를 무당에게 물었더니 무당은 이 말을 하였다. 왕은 노하여 무당을 죽였다.

6

백강과 탄현은 우리나라의 중요한 길목이다. 여기서 한 사람이 창을 휘두르면 만 사람도 당하지 못할 것이니, 마땅히 날랜 군사를 가려 여기를 지켜서 당나라 군사가 백강으로 들어오지 못하게 하고, 신라 군사가 탄현을 넘어오지 못하게 할 것이다.

- 흥수(興首, 7세기. 백제 의자왕 때 좌평)
삼국사기三國史記

이 말은 백제의 충신 성충(成忠)이 감옥에서 죽기 전에 왕에게 올린 충언과 같은 뜻이다. 백제가 망할 무렵 의자왕은 흥수에게 사신을 보내어 의견을 묻자 그는 이 말을 하였다. 그러나 간신들은, "흥수는 오랜 귀양살이를 하여 왕을 원망하고 있으므로 이는 나라를 위하는 말이 아닙니다. 당나라 군사를 백마강으로 들어오게 하고, 신라군이 탄현을 넘게 한 다음 좁은 골목에서 몰아친다면 닭장 안에 든 닭과 그물에 걸린 고기 꼴이 될 것입니다."라고 말하며 그 말을 듣지 않다가 결국 나라를 망하게 하였다.

7

우공이 통곡하니 3년 동안 심한 한재가 들었고, 추연이 슬픔을 머금으니 5월에 서리가 내렸다. 지금 내가 품고 있는 서러움도 옛일과 비슷한데, 하늘은 말이 없고 다만 푸르기만 하구나.

-거인(巨仁, 9세기. 신라 진성여왕 때 학자)
삼국사기三國史記

이 말은 옛날에 억울한 사연이 있으면 하늘도 반응을 보이는데, 지금 나의 서러운 사정을 왜 몰라주느냐는 뜻으로, 거인이 그 원한을 하늘에 호소한 시다. 진성여왕의 잘못된 소행으로 정사가 문란하고 나라의 기강이 무너지자 어떤 사람이 그 실정을 비방하는 글을 써붙였다. 이에 왕은 그 죄인을 찾아내라고 명령을 내렸는데, 글 잘 쓰는 사람의 짓이라고 하여 거인이 지목되어 억울하게 잡혀 죽게 되었다. 이때 이 시를 지어 하늘에 호소하니 갑자기 천둥이 울리고 우박이 쏟아지는 변괴가 일어나자 왕은 그를 풀어주었다.
우공(于公)은 한나라 때 자비심이 많은 재판관이고, 추연(鄒衍)은 제나라 사람으로 연나라 소왕의 스승이다.

8

지금 나라의 형편이 어렵고 한재로 백성이 굶주리므로 사냥하고 잔치를 베풀고 즐길 때가 아닙니다. 전하는 어찌하여 백성을 구제하는 일은 하지 않고 사냥하는 데 빠지십니까?

-이승휴(李承休, 1224~1300. 고려 말기의 학자)
고려인물지高麗人物誌

이승휴가 전중시사로 있을 때 감찰시사 심양(沈諹)과 잡단 진척(陳倜), 시사 문응(文應) 등과 함께 충렬왕에게 상소한 글로서, 정치하는 사람은 항상 백성들의 실상을 알아서 그 어려움을 보살펴야지 이를 등한시하고 사냥이나 연회에 빠져서는 안 된다고 경계한 말이다.
충선왕은 임금이 되자 곧 그에게 글을 내려 말하기를, "내가 들으니 임금은 어진 사람을 구하는 데 부지런해야 하고, 인재 얻기를 즐겨야 한다고 한다. 이에 한 가지 능력이나 한 가지 재주가 있는 사람은 반드시 불러 쓰려고 하는데 하물며 그대에게 있어서랴?"라며 불렀다.

9

경은 근신이 되어 임금의 그릇됨을 잘 바로잡지 못하고, 잘못을 저지름이 이 지경에 이르게 하였는데 그 죄를 아는가?

-우탁(禹倬, 1263~1342. 고려 말기의 학자)
고려사高麗史 · 고려인물지高麗人物誌

이 말은 왕의 근신이 상소문을 읽지 못하자 그 잘못을 꾸짖은 말이다. 우탁은 성품이 바르고 곧아서 잘못되는 일을 묵인하지 않았다. 벼슬을 버리고 예안으로 돌아가서

정자(程子)의 학설을 연구하여 후진을 가르치며 이학의 선구자가 되었다. 경사와 역학과 복서에도 능통하였다. 충숙왕 때 다시 벼슬하여 성균좨주가 되었는데 세상에서는 역동(易東)선생이라 불렀다.
전하는 시조로 인생의 허무를 노래한, "춘산에 눈 녹인 바람…"과 "한 손에 막대 잡고…" 등이 있다.

10

전하께서는 노신의 말을 들어 간사한 사람을 내쫓고 어질고 착한 사람을 등용하며, 힘써 좋은 정사를 도모하시고, 다시 부질없는 놀이를 하지 않으면 노신은 비록 죽는 한이 있어도 땅밑에서 눈을 감겠나이다.

-이조년(李兆年, 1269~1343. 고려 충혜왕 때 충신)
고려사高麗史

이조년은 신명을 내걸고 바른말로 왕을 충간한 일이 한두 번이 아니었다. 이 간언은 충혜왕이 북쪽 궁전으로부터 나와서 언덕으로 올라가 새 잡는 것을 보고 그 앞에 무릎 꿇고 엎드려 간한 말의 뒷부분이다. 이때 그는 간하기를, "전하께서는 어찌하여 참소를 당하고 원나라에 가서 고생하시던 때를 잊으시나이까? 지금 간사한 나쁜 무리가 전하의 위엄을 빌어 부녀자를 마음대로 농락하고 재물을 빼앗으므로 백성들이 삶을 즐기지 못하오니, 신은 그 화가 조석으로 미칠까 두려운데, 이를 구제하려 하지 않으시고 이런 하잘것없는 놀이를 즐기십니까?"라고 한 다음에 이 말을 하여 왕이 잘못을 깨닫게 하였다.

11

훌륭한 임금이 되기도 어렵지만 어진 신하가 되기도 쉽지 아니합니다. 전하께서는 어진 사람을 가까이하시고 간사한 사람을 멀리하소서.

-염제신(廉悌臣, 1304~1382. 고려 말기의 재상)
고려사高麗史

공민왕이 세상을 떠나고 우왕이 뒤를 이어 임금이 되자 모든 군신이 하례하였는데, 염제신은 이런 충언을 올려 왕의 선정을 도모하게 하였다. 그는 고려 말기 충숙·충선·충목·공민·우왕 등 여러 임금을 섬겼으나, 한결같이 충성으로 섬겨 29년 동안 재상으로 이름을 떨쳤다.

공민왕 때 군무를 논하여 말하기를, "식량은 백성들이 제일 중요하게 생각하오니 군사를 농촌에 머무르게 하여, 그들에게 전쟁이 있을 때는 무기를 잡고, 없을 때는 둔전을 갈게 하면 군량을 운반하는 비용이 절약되고 식량이 넉넉할 것입니다."라고 하여 군량의 중요성과 둔전 제도를 강화하여 비상시에 대비하도록 하였다.

12

나라가 무사할 때는 공경들의 말도 기러기 털보다 가볍게 생각하고, 나라에 큰일이 있을 때는 필부의 말도 큰 산보다도 무겁게 여겨야 합니다.

- 이색(李穡, 1328~1396. 고려 말기의 대학자)
고려사高麗史

이색이 원나라 유학 중에 아버지(이곡)가 세상을 떠나자 고향으로 돌아와서 상복을 입고, 상중이지만 공민왕에게 선정을 베풀도록 올린 글의 머리말이다. 그는, "한 방울 물과 한 점의 티끌 같은 작은 것도 크고 깊은 자료가 되고, 나무하고 소 치는 아이들의 말이라도 성인들의 취하는 바 되기도 하오니, 만약 전하께서 신의 정성을 굽어 채택해 주시면 종묘와 사직을 위하여 매우 다행스러운 일이겠습니다." 하고 서두에서 국정에 대한 토지제도·조세·국방·교육·인재 등용 등에 관하여 진언하였다.

13

일은 변통을 귀히 여기고, 말은 때에 절실함을 중요하게 여깁니다. 변하는 일에 능통하지 않으면 성사하기가 어렵고, 그 때에 절실하지 않으면 말을 많이 한들 무슨 도움이 되겠습니까?

- 우현보(禹玄寶, 1333~1400. 고려 말기의 명신)

고려사高麗史

우현보는 공민왕 때 좌사의대부가 되었는데, 왜구의 침입을 막는 일과, 정령을 반포하면 그때그때 잘 시행해야 한다는 내용의 상소문을 올렸다. 이 말은 그 첫 부분이다. 그는 이 상소문에서 근래 왜적의 침입이 심하여 나라가 혼란하니 장상들과 의논하여 막아낼 방도를 강구할 것을 역설하고, 아울러 일단 조령을 반포하였으면 다스리는 효과가 나타나고 교화가 잘되도록 실천해야 한다고 주창하였다.

14

간하는 말 따르기를 물 흐르는 것같이 함은 임금의 아름다운 덕이요, 어려운 일을 임금에게 잘 실행하도록 권고하는 것은 신하의 충성된 의리이다.

-권근(權近, 1352~1409. 조선 전기의 학자·명신)
고려사高麗史

이 말은 권근이 우왕 때 좌사 대부로 임명되자 임금에게 덕망을 닦아 어진 정사를 베풀어야 한다고 상소문을 올렸는데, 그 첫 말이다. 이 상소문은 역사적으로 유명한 글인데, "간하는 말을 따라야 한다."는 말은 서경(書經)에 있는 말을 인용하여, "재목은 먹줄을 받아야 곧아지고, 임금은 신하가 간하는 바른말을 따라야 성군이 된다."고

하였고, “어려운 일을 잘 실행하도록 권고해야 한다.”는 말은 맹자(孟子)에서 인용한 말이다.

15

대간은 임금의 귀와 눈이라, 그 말이 비록 맞지 않더라도 또한 죄를 가하지 않는 것은 말하는 길을 열어놓고서 보고 듣는 것을 넓히며, 이를 만대에 전하는 올바른 계교로 삼는 까닭입니다.

-남재(南在, 1351~1419. 조선의 개국공신)
국조인물고國朝人物考

남재는 태종의 두터운 신임을 받았다. 태종 8년(1408)에 지평인 최자해(崔自海)가 정사를 논하다가 왕의 뜻을 거슬러서 억지로 집에 돌아가게 하니, 집의 벼슬로 있는 권우(權遇) 등도 그에 동정하고 아울러 대죄하여 일이 크게 벌어졌다. 이때 남재는 대사헌으로서 왕에게 이 말을 하니 왕은 곧 그 뜻을 받아들여 최자해 등을 불러 직책을 다하라고 분부하였다.

16

말은 참되고 미더워야 하고, 행실은 성실하고 삼가야 하니, 마음가짐을 삼가고 조심하고 몸가짐을 삼가 임금을 대하듯 하라.

-신개(申槩, 1374~1446. 조선 세종 때 재상)
세종실록世宗實錄 · 국조인물고國朝人物考

신개는 일찍이 이 말을 글로 써서 세 아들에게 주면서, "너희들은 마땅히 마음속에 명심하여 잘못하지 않도록 하라. 사군자의 마음가짐은 마땅히 이 말을 표적으로 삼아야 한다."라고 하였다. 신개는 대간으로 있을 때는 바른 말을 잘하며 뜻을 굽히지 않았다. 태조가 실록을 보려고 할 때도 끝까지 그 불가함을 말하여 보이지 않았고, 대신들의 잘못한 일이 있을 때도 강경하게 탄핵하였다. 그래서 태종은, "개(槩)는 간하는 신하로 기풍이 있다."라고 하였다.

17

사람은 저마다 생각이 있다. 그런데 논란한 일이 잘못되게 한 영예는 침묵으로 부끄러움이 심했던 것만 같지 못하다.

-정창손(鄭昌孫, 1402~1487. 조선 세종~성종 때 문신)
국조인물고國朝人物考 · 성종실록成宗實錄

세종 때 집현전 학사들이 시정 득실에 대한 논란이 있을 때, 말은 할 말은 하고 하지 않을 말은 하지 말아야 한다고 주장한 내용이다. 정창손은 세종부터 성종까지 6대 임금을 섬겼는데, 세조 때부터 성종 때까지는 오랫동안

의정부 재상 또는 공신으로 온갖 난국을 타개하였다. 학식도 훌륭하여 정인지(鄭麟趾) 등과 고려사(高麗史)·세종실록(世宗實錄)을 편찬하였다.

18

신은 별로 말할 것이 없습니다. 다만 경연에 부지런히 오셔서 정론을 들으시고, 원하건대 잘한 사람을 상주고 잘못한 사람을 벌주는 것을 알맞게 하소서.

- 노사신(盧思愼, 1427~1498. 조선 연산군 때 재상)

국조인물고國朝人物考

노사신은 연산군 때 영의정으로 72세로 세상을 떠났는데, 병으로 눕자 왕은 내의를 보내 치료하게 하며 수시로 상태를 물었고, 위독하자 승지를 보내 후사를 물었다. 이 말은 이때 대답한 유언이다. 그가 죽었다고 알리자 왕은 매우 슬퍼하였다.

19

인정이 지나친 말은 남에게 알려서는 안 된다.

- 신명화(申命和, 1476~1522. 조선 중종 때 학자·효자)

국조인물고國朝人物考

이 말은 진실이 중요하지 지나친 인정의 말은 삼가는 것이 좋다는 뜻으로 장인이, "인정 어린 글귀를 하나 써 달라."고 하였을 때 대답한 말이다. 신명화는 효성이 지극하여, 연산군 때 단상법(短喪法)이 엄격하였으나 아버지 장사에 3년상을 치르고, 무덤에 움막을 짓고 죽을 먹으며 피로도 잊고 명복을 빌었다. 딸만 다섯을 두었는데, 신사임당은 둘째 딸이다. 평소 딸이나 조카들과 이야기할 때도 조금도 절도를 잃지 않고 행동에는 예의와 법도를 지켰다.

어느 날, 부인 이씨가 변소에 갔다 돌아오다가 발을 헛디뎌서 넘어지려 하자 딸들이 달려나가 부축하며 함께 요란하게 웃었다. 이를 본 그는 말하기를, "부모의 기운이 허약한 것을 근심 걱정할 것이 아니라, 웃음거리가 되는 것을 살펴야 한다."라고 딸들에게 경계하였다.

20

입은 재앙과 행복을 불러들이는 문이니 삼가지 않아서는 안 된다. 더구나 나라의 정교와 사람들을 헐뜯고 칭찬하는 일은 삼가 입 밖에 내지 말라.

– 박영(朴英, 1471~1540. 조선 중종 때 명신)
송당집松堂集 · 국조인물고國朝人物考

이 말은 자손들을 경계한 글 일부로 후세에 가훈으로 유전되었다.

21

관리가 간하는 것을 명예로 삼는데, 사람이 죄없이 죽는 것을 보고도 말하지 않는 것은 비록 자신을 사랑하는 것이겠지만 그 직책을 저버리는 것이지 무엇인가?

-김극성(金克成, 1474~1540. 조선 중종 때 재상)
국조인물고國朝人物考

이 말은 간관은 죽는 일이 있더라도 임금에게 바른말을 해서 정사를 바로잡아야 한다는 뜻이다. 연산군이 의정부 사인으로 사관을 겸한 심순문(沈順門)이 바른말을 한다고 미워하여 죽이려 한 다음 군신들에게 물으니, 모두 죽음을 두려워하여 아무 말도 하지 못하였다. 이때 김극성은 대사간 성세순(成世純)에게 이 말을 하였다. 어떤 사람이 그에게 심순문과 함께 죽어도 무익하다고 하였으나 그는 성세순과 담소하며 태연히 말하기를, "사람의 죽고 사는 것은 중대한 일이나 저마다 그 뜻에 따르는 것이 옳다. 오늘 우리 두 사람이 먼저 죽는다 하더라도 어찌 남에게 누를 끼치겠는가?"라고 하였다. 드디어는 심순문의 억울한 사정이 알려져서 일단 무사하게 되었다.

22

마땅히 말을 적게 하라. 세상의 변화는 뜻대로 못하고, 사람의 마음은 바꿔서는 안 된다.

-홍춘경(洪春卿, 1497~1548. 조선 중기의 문신)
국조인물고國朝人物考

이 말은 어떤 일이 있어도 말을 함부로 해서는 안 된다는 뜻으로, 관리로서의 마음가짐과 삼갈 점을 경계한 내용이다. 홍춘경은 성품이 강직하여 바른 일에는 어떤 경우에도 뜻을 굽히지 않았다. 그래서 동료가 억울하게 배척당하자, 그를 구하려다가 고통을 당하기도 하였다.

23

나라의 큰 근심거리는 바르게 하는 말을 끊어버리는 것보다 큰 것이 없다.

-정두경(鄭斗卿, 1597~1673. 조선 인조~현종 때 학자)
국조인물고國朝人物考

정두경은 학식과 덕망이 뛰어나고 바른말하는 사람으로 유명하였다. 병자호란 때 적을 막는 데 열 가지 어려운 일을 왕에게 상주하였으나 받아들여지지 않았다. 또 나라를 다스리는 데 중요한 일 열 가지를 들어 상소하였는데, 그 내용은 뜻을 세우는 것을 먼저 하고, 공정한 도리를 베풀고, 기강을 정제하고, 바른말 하는 길을 열고, 노여움을 삼가고, 백성의 원망을 구제하고, 경전 공부를 숭상하고, 과거제도를 고치고, 무비를 삼가고, 형식적인 일을 제거하라는 것이었다.

24

말이 망령된 생각에서 나오면 모두 잘못이다. 입은 욕된 말을 만들어내고 입이 입을 죽인다고 하니, 입을 삼가지 않으면 화를 불러오게 된다. 더구나 말을 많이 하면 실패하는 일이 많아진다는 데 있어서랴?

- 허목(許穆, 1595~1682. 조선 숙종 때 명신) 자성잠自省箴

이 말은 자신을 반성하는 경계로 허목은 이 말에 이어, "잘못을 부끄러워하는 일은 마음을 경계하는 것만 같지 못하고, 입을 지키는 것은 삼가 침묵을 지키는 것만 같지 못하다. 삼가 침묵을 지킨다는 것은 말을 적게 하는 것이고, 말을 적게 한다는 것은 경계를 오로지 한다는 것이다. 경계를 오로지 하면 잘못하는 일이 적어질 것이다. 그러므로 침묵하는 몸가짐을 스스로 경계한다."라고 말하였다.

25

남을 대접하는 것은 사람으로서 큰 도리이다. 헐뜯음과 칭찬함과 영화와 치욕이 모두 여러 사람의 입에 달려 있고, 여러 사람 입의 헐뜯음과 칭찬함과 영화와 치욕이 모두 자기에게 달려 있으니 가히 두렵지 않으랴? 한 글자로써 여러 사람 입의 치욕을 막는 것은 오직 겸손하다는 글자뿐이다.

– 이경근(李擎根, 조선 후기의 학자)
고암가훈顧菴家訓

이 말은 가훈 중 대인관계를 훈계한 내용 일부로, 이경근은 이 말에 이어 남의 헐뜯음이나 욕된 일을 면하는 태도는 겸손한 것과 아울러 말이 적어야 한다고 가르쳤다. 또 마음을 바르게 가지고 살아야 한다고 말하였는데, 사람이 마음이 바르지 않고서는 몸가짐이 잘 닦아지지 않는다고 하고, 일상적으로 보고 듣고 먹는 것 같은 것도 마음이 바르지 않으면 안 된다고 말하였다.
그리고 사람이 도덕적으로 우러나오는 마음은 천리에 부합되고, 욕망에서 우러나오는 마음은 윤리에 어긋나는 것이므로 항상 바른 마음을 가지고 살아야 한다고 가르쳤다.

준 법 편

[遵法 : 법을 지킴]

1

천지의 재앙과 상서는 늘 형벌 정사의 잘하고 잘못하는 데 호응하는 것이니, 잘한 사람을 상주고 잘못한 사람을 벌주는 것을 삼가지 않아서는 안 된다.

– 이자연(李子淵, 1003~1061. 고려 문종의 외척)
고려사高麗史 · 고려인물지高麗人物誌

이자연이 문하시중 · 판상서이부사로 임명된 다음 문종에게 건의한 내용의 머리말이다. 그는 이 말에 이어 말하기를, "요즘 이부와 형부의 하는 일을 보면 날로 쇠퇴하고 기강이 무너져서 모든 일이 침체하고 미결되는 일이 많으므로, 만약 양부의 관원들에게 정밀하게 일 처리한 사실을 조사하고, 관리들의 부지런하고 게으른 사실을 상고하여 잘못하는 사람을 내쫓고, 잘하는 사람을 올려 쓰면 거의 억울한 사례가 없어지고 아름다운 사례가 드러날 것"이라고 하니 왕은 그 뜻을 따랐다.

2

준경이 저지른 병오년 2월 사건은 만세의 죄악이요, 5월의 사건은 일시의 공로입니다. 폐하께서는 어찌 일시의 공로로써 만세의 죄악을 덮으렵니까?

– 정지상(鄭知常, ?~1135. 고려 인종 때 문신)
고려사高麗史 · 고려인물지高麗人物誌

정지상이 좌정언에 이른 인종 4년(1126) 2월에 척준경(拓俊京)은 이자겸(李資謙)과 더불어 대궐을 범한 사건으로 죄를 지었는데, 5월에 그는 이자겸을 잡아 귀양보내는 데 공이 있었다. 그 뒤로 척준경은 그 공을 믿고 권세를 마음대로 부리자, 다음 해(1127)에 정지상은 상소하는 글을 올려 그의 죄를 규탄하였는데, 이 말은 그 일부이다. 왕은 정지상의 말을 옳다고 여겨 척준경을 제거하였다.

3

지금 정사와 형벌이 문란하여 공 있는 사람에게 상을 주지 않고, 죄가 있는 사람에게 벌을 주지 않는데 어찌 하늘이 비를 내리리오?

- 최영(崔瑩, 1316~1388. 고려 말기의 명장)
고려사高麗史

최영이 왜구를 소탕하는 도통사로 임명되었을 당시 강화도 일대의 피해는 매우 심하였다. 이때 만호 손광유(孫光裕)·김지서(金之瑞)와 부사 곽언룡(郭彦龍)은 도망하고 원수 김진(金縝)은 향락에 빠져 패전을 거듭하였다. 한편 한재가 들어 나라에서 기우제를 지내려 하자, 최영은 이 말을 하여 국정을 바로잡고 민심을 수습하여 외적의 침해를 막아야 한다고 주창하였다. 그는 위정자들에게 깨우쳐 말하기를, "지금 온 나라가 기근이 들어 백성들은 겨우 살아가지도 못하고, 농사일이 한창인데 놀음을 일삼아 백성들을 괴롭혀서는 안 된다."라고 하였고, 왜구를 격멸할 때는, "나라의 생존과 멸망이 이 한번 싸움에 달려 있다."라며 장병들의 마음을 다잡았다.

재상이 되었어도 생활이 청렴결백하였는데, 16세 때 아버지가 말한, "황금 보기를 돌같이 하라."는 교훈을 평생 명심하고 실천하여 사람들의 본보기가 되었다.

4

풀만을 깎아 없애고 뿌리를 없애지 않으면 마침내 다시 살아나게 되고, 악한 것만 없애고 화근을 없애지 않으면 그 악은 자라게 된다.

- 김진양(金震陽, ?~1392. 고려 말기의 문관)
고려인물지高麗人物誌

김진양은 성품이 강개하여 의롭지 않은 사람과는 어울리지 않았다. 좌상시로 있을 때, 수시중 정몽주(鄭夢周)는 그가 나라를 위하는 선비다운 기상이 있음을 알고 뜻을 같이하여 이성계를 제거하려 도모하였다. 그들은 우선 그 세력인 조준(趙浚)·정도전(鄭道傳)·남은(南誾)·윤소종(尹紹宗)·남재(南在)·조박(趙璞) 등 여섯 사람을 간악한 무리로 상소하여 귀양보내고, 이어 조준과 정도전을 없애려 하여 이 말을 하였다.

또 이 말에 이어, "조준과 정도전은 악의 뿌리요, 남은·윤소종·남재·조박은 뿌리를 길러서 덩굴을 번성하게 하는 자들이다."라고 말하며 극형에 처해야 한다고 역설하였다. 그러나 정몽주가 그들의 손에 죽고 일이 실패로 돌아가자 장형 백 대를 맞고 영남으로 유배되었다가 죽었다.

5

옛날 나라를 잘 다스리는 사람은 반드시 먼저 나라의 기강을 세웠다. 나라에 기강이 있는 것은 마치 몸에 혈맥이 있는 것과 같다. 몸에 혈맥이 없으면 기가 통하지 않는 데가 있고, 나라에 기강이 없으면 법령이 행하지 않는 것이 있다.

-조준(趙浚, 1346~1405. 고려 말·조선 초의 정치가)
고려사高麗史

조준은 어려서부터 큰 뜻을 가졌는데, 공민왕이 홍륜(洪倫) 무리를 시켜 강제로 왕비를 욕보이게 한 것을 보고 탄식하기를, "사람의 도덕적 윤리가 없어지니 무슨 말을 하랴? 왕은 어진 정사를 베풀지 않고 권력과 빼앗는 일을 소인배와 더불어 도모하고, 군자에게 뜻이 미치지 않으니 나라의 형세가 위태롭다."라고 하였다.

이 말은 위화도회군 후에 우왕을 폐하고 창왕을 세우고 한 말이다. 또 창왕을 내몰고 공양왕을 세웠다가, 고려를 무너뜨리고 이성계를 추대하여 조선을 세우고 개국공신이 되었다.

6

사람의 생명은 매우 중요하여 죽으면 다시 살 수 없는데, 갑자기 극형에 처한다면 그 의리가 어떠하랴? 마땅히 유사에게 넘겨 그 죄를 심사해야 한다.

- 안순(安純, 1371~1440. 고려 말·조선 초의 문신)
국조인물고國朝人物考

안순은 조선 태조 때 사헌부 잡단으로 임명되었다. 이때 한 궁녀가 죄를 범하였는데, 태조는 대사헌 조박(趙璞)에게 명하여 당장 죽이라고 하였다. 조박은 이 사실을 안순에게 알리자 그는 말하기를, "사헌부는 처형하는 관리는 아니고, 또 그 죄를 바로 심사하지도 않고 죽이는 것이 옳겠는가?"라고 하였다. 조박은 태조의 뜻이라고 하며 죽이려 하였다. 이때 안순이 이 말을 하니, 조박은 노하여 이 사실을 태조에게 알렸다. 태조는 그 말을 듣고 잘못을 깨닫고 그 뜻을 따랐다.

7

세 번 조사하여 처벌의 신중을 기하는 법도는 삶의 도리를 찾기 위한 까닭이요, 때를 기다려 처벌하는 법도는 하늘의 도리를 따르기 위한 까닭이다.

- 박원형(朴元亨, 1411~1469. 조선 세조 때 문신)
국조인물고國朝人物考

박원형은 승지부터 형조판서에 이르기까지 6년 동안 옥사를 다스리는 데 공명정대하였다. 사형수와 같은 죄인은 여러 면으로 살릴 수 있는 방도를 살피며 슬퍼하고 불쌍히 여겼다. 세조는 일찍이 그에게 말하기를, "공이 형조판서가 된 뒤로부터 형벌은 거의 경에게 의지하였다."라며 미더워하였다.
그런데 한 재상이 도적을 막는 대책에 관하여 제의하기를, "강도는 세 번 조사하는 법도를 없애고, 절도는 때를 기다려 처단하지 않도록 합시다." 하였다. 세조가 이 의견을 그에게 물으니, 이 말로 대답하며 당나라 때는 어진 정사를 베풀어 다섯 번 조사하는 법까지 있었다고 하였다.

8

어찌 법도를 다스리는 사헌부가 있는데, 욕되게 이름 없는 귀신에게 제사하는 유사를 놔둔단 말인가?

– 어효첨(魚孝瞻, 1405~1475. 조선 전기의 명신)
국조인물고國朝人物考

이 말은 미신을 중시하는 나쁜 폐습의 근원인 유사를 없애야 풍습이 바로잡힌다는 뜻이다. 어효첨은 문종 때 사헌부 집의로 임명되자 곧 풍속을 바로잡고 사회 기강을 떨치는 것이 자신의 임무라고 여기고 이 일에 발 벗고 나섰다. 이때 부중에 옛날부터 내려오는 유사가 있었는데 헐어버리면서 이 말을 하였다. 그러자 조정의 의논은 그 과단성 있는 일에 입을 다물었고, 미신을 믿는 나쁜 풍속은 숨을 죽였다.

9

흥하고 망하는 것은 지나간 일을 거울삼을 만하고, 아름다운 것〔좋고〕과 미운 것〔나쁜 것〕은 마땅히 장래에 본보기가 될 것이다.

– 서거정(徐居正, 1420~1488. 조선 전기의 학자)
동국통감東國通鑑 · 국조인물고國朝人物考

서거정은 대학자로 학식이 뛰어나 많은 저서와 작품을 남겼다. 또한 유명한 말을 많이 하였는데, 이 말은 동국통감의 머리말 첫 부분이다. 그 내용은 나라를 잘 다스리면 일어나고, 잘못 다스리면 망한다고 쓰고, 미오(美惡) 앞에 아름다움을 헛되게 하지 않고, 미운 것을 숨기지 않는다고 쓰고 이렇게 설명하였다.

10

임금이 임금으로서의 체통을 잃는 일을 하면 그 호령이 나타나지 않아서, 가히 한 사람의 힘으로는 그 문란함을 덜 수가 없다.

– 박원종(朴元宗, 1467~1510. 조선 중종 때 재상)
중종실록中宗實錄 · 국조인물고國朝人物考

박원종은 무관으로 출세하여 지중추부사 겸 경기도 관찰사로 있었다. 이때 연산군은 도성의 동북 백 리 지역을 사냥터로 만들고 관사와 민가를 헐고 사람들의 출입을 금지하고 위반한 사람이 있으면 사형에 처하였다. 그래서 중외의 민심이 소란하고 정사가 문란하게 되자 그는 친한 사람들에게 이 말을 하였다. 그러나 왕의 실정이 거듭되어 수습할 수 없는 지경에 이르자, "나라의 정사를 수습할 대책이 없으니 종묘사직과 백성들을 구제할 방도는 왕을 폐하는 도리밖에 없다." 하고 성희안(成希顔) · 유순정(柳順汀) 등과 획책하여 연산군을 폐하고 중종을 세웠다.

11

사람이 다섯 가지 윤리를 지키는 외에 행실을 닦을 것이 없다. 만약 죄를 여기에서 저지르면 큰 예절이 이미 망가졌으니, 비록 재능이 유하와 같다 하더라도 또 어찌 쓰겠는가?

－박대립(朴大立, 1512~1584. 조선 중기의 문신)
국조인물고國朝人物考

이 말은 사람의 행실에서 가장 중요한 규범이 다섯 가지 윤리 곧 효도·충성·분별·질서·신의라는 뜻으로, 사람들이 지켜야 할 윤리의 중요성을 설명한 내용이다.

12

한때 서로 알고 지낸다고 해서 어찌 다 그 무리라고 없애겠는가? 다만 그 심한 자만을 다스릴 따름이다.

－이탁(李鐸, 1508~1576. 조선 선조 때 문신)
국조인물고國朝人物考·해동명신록海東名臣錄

이탁은 사림의 화가 매우 처참한 중종 때 권신 윤원형(尹元衡)의 심복인 진복창(陳復昌)과 동료였는데, 종일 함께 지내도 세상일에 관해서는 한마디도 하지 않고 술을 마시고 농담을 주고받았다. 대사헌으로 있을 때 대사간 박순(朴淳) 등과 함께 윤원형의 죄를 논박하여 멀리 귀양보내고, 그 권세를 믿고 백성을 괴롭힌 무리를 제거하자, 그 문에 출입하던 사람들은 모두 불안에 떨었다. 이때 이탁이 이 말을 하니 사람들이 그 공평한 처사와 도량에 감복하였다.

13

아버지는 사람의 도리를 가르치면서도 입으로는 죽인다는 말, 곧 죽일 살(殺)자는 말하지 않았다. 그러므로 나는 여러 번 형벌 관계 관청의 장관으로 있었으나, 감히 사람의 생명을 가볍게 처결하지 않고, 죽일 만한 죄인이라도 반드시 살릴 수 있는 방도를 찾았다.

-권철(權轍, 1503~1578. 조선 명종·선조 때 재상)
국조인물고國朝人物考

이 말은 사람의 생명은 존엄하므로 관리는 형벌을 다루는 데 특별히 유념하라는 뜻으로, 형벌에 관하여 언급한 것이다. 권철은 벼슬하여 45년 동안 조정에서 일하면서 하나하나의 사소한 일 처리에도 잘못됨이 없는지 검토하였다. 백성을 살리고, 병을 고치고, 국방을 강화하고, 농토를 기름지게 하는 데 힘썼고, 평생 검소한 생활을 하며 화려한 것을 좋아하지 않았다. 정사를 처결할 때는 반드시 옛일을 거울삼아 법도를 어지럽히지 않았으며, 형법을 중요시하여 처벌을 신중히 하였다.

14

나는 비록 온갖 곤욕을 겪더라도 다른 선비들만 배척되지 않으면 죽어도 한 되는 것이 없다.

- 심의겸(沈義謙, 1535~1587. 조선 선조 때 문신)
국조인물고國朝人物考

심의겸은 명문에서 태어나서 학식과 덕망이 높았고, 효성이 지극하고, 인품이 검약하고, 인륜을 존중하고, 의협심이 많았으므로 당시의 명사 중에서 따르는 사람이 많았다. 신진 사림인 김효원(金孝元)과 반목하여 동인과 서인으로 나누어지고 서인의 영수로 지목되었다. 이때 율곡 이이(李珥)와 상국 노수신(盧守愼) 등은 사림의 분쟁을 완화하려고 힘을 기울였으나 뜻을 이루지 못하였고, 마침내 그는 동인들의 공박으로 벼슬에서 물러나게 되었다.

15

어떤 집안이든 남녀가 문란하면 그 자손들은 다 없어지지 않는 사람이 없다.

- 홍인걸(洪仁傑, 1541~?. 조선 선조 때 문신)
국조인물고國朝人物考

이 말은 홍인걸이 평소 자제들을 훈계한 말이다. 삼척 부사가 되었을 때 왜구가 침입하였다는 정보가 있어, 군사를 거느리고 나가서 잡았는데 그 무리에 우리나라 사람이 있었다. 그래서 그자를 감사에게 압송하려고 하였다. 그런데 아우 홍인간(洪仁侃)은 왜적을 돕는 자는 우리를 침해하는 악독한 놈이므로 그냥 둘 수 없다고 여겨 술 취한 김에 그자를 죽이고 말았다. 이때 어떤 사람이 부사 홍인걸이 무고한 사람을 마음대로 죽였다고 밀고하니, 선조는 감사에게 조사하게 하였다. 감사는 그에게 누명을 씌워 9년이나 갇혀 있다가 옥사하였다.

16

인륜의 근본인 세 가지 벼리가 없어지는구나. 내 한 나라의 대신으로 남다른 대우를 받았는데, 어찌 목숨을 아껴 차마 이런 꼴을 보랴? 마땅히 죽기를 다짐하리라.

- 이항복(李恒福, 1556~1618. 조선 선조 때 대신)
국조인물고國朝人物考

이항복은 임진왜란 때 국난을 극복하는 데 최선을 다하였는데, 특히 선조의 의주 파천에 신명을 다하여 호종하였고, 명나라로 가서 구원병을 청하는 일에 뛰어난 지략을 발휘하였다. 광해군이 아우 영창대군을 모해하고 인목대비를 폐위시키려는 실정을 신명을 바쳐 바로잡으려 힘썼다. 이 말은 그 일로 일어난 옥사 때 한 말이다.

17

비록 하루 동안 재상을 할 수 없더라도 백성이 죄없이 죽게 되는 것을 보고서 어찌 구하는 데 힘쓰지 않으리오?

-이성구(李聖求, 1584~1643. 조선 인조 때 재상)
국조인물고國朝人物考

용만 사람 최효일(崔孝一)이 명나라에 망명한 사건이 일어나자, 청나라 장수는 부윤 황일호(黃一皓)가 그 가족을 도왔다 하여 장차 죽이려고 하였다. 이성구는 무고한 부윤을 죽일 이유가 없다고 강경하게 주장하니, 청나라 장수는 노하여 말하기를, "국상이 이같이 하면 3일 동안도 재상을 할 수 없겠다."라고 하자, 그는 이 말을 하면서 뜻을 굽히지 않았다.

18

왕실의 집안에서 일을 마련하는 데는 마땅히 떳떳한 법도를 지켜야 하고, 사대부의 집안에서 지킬 의논에는 모름지기 신기한 것을 경계해야 한다.

-김남중(金南重, 1596~1663. 조선 인조 때 문신)
국조인물고國朝人物考

이 말은 왕실과 위정자와 벼슬아치들의 말과 행동과 처사를 경계한 것이다. 김남중은 좌의정을 지낸 김명원(金命元)의 손자로 명문에서 성장하였다. 어려서부터 인물과 도량이 뛰어나 선조 때 부마로 뽑혔다. 광해군 때 벼슬하고 인조 때 병자호란이 일어나자 대사간으로 국난을 극복하는 데 힘썼고, 특히 청나라와의 화친을 반대하는 소위 척화신을 처벌해서는 안 된다고 주창하였다. 손수 경사자집 10권을 뽑아 써서 역대인감(歷代人鑑)이라는 이름을 붙여서 가보로 전하였다.

19

김홍욱이 하옥되었다가 죽은 뒤로부터 임금의 법도는 날로 극심해지고, 나랏일은 날로 그릇되고, 재앙은 날로 나타나고, 인심은 날로 떠나가고, 충성된 말과 바른 논의는 전하의 뜨락에서 그림자가 끊어졌구나.

-조경(趙絅, 1586~1669. 조선 인조 때 명신)
국조인물고國朝人物考

이 말은 김홍욱(金弘郁) 옥사 사건으로 인해 어지러워지는 국정을 바로잡기 위해 한 충언이다. 조경은 선조 때 나서 광해군·인조·효종·현종 때 벼슬하면서 많은 충언을 한 사람으로 유명하다.

김홍욱이 황해 감사로 있으면서 인조 때 소현세자 비 강빈이 억울하게 죽은 죄를 벗겨야 한다고 상소를 올렸다가 효종의 노여움을 사서 하옥되었다. 친국 당할 때 조정에 조귀인의 세력이 너무 컸던 것을 간하고, 강빈이 사사된 뒤에 유배되었다가 죽은 어린 아들을 처벌한 것은 하늘이 용서하지 않을 일이라고 주장하다가 매를 맞고 김홍욱은 옥사하였는데, 숙종 때 죄가 용서되고 이조판서 벼슬을 추증받았다.

20

자녀를 가르치는 일은 처음 태어나서부터 잘해야 하고, 아내를 가르치는 일도 처음 시집왔을 때부터 잘해야 한다. 이는 진실로 사리에 맞는 교훈이 될 만한 말이다. 그리고 또 남들 집안을 보면 자녀와 아내에게 처음에는 사랑을 베풀다가 나중에는 미워하는 것은 모두 이런 때문이니, 너희들은 모름지기 너의 아내와 더불어 서로 경계하여 이런 습속을 본받지 말라.

– 송시열(宋時烈, 1607~1689. 조선 중기의 학자·명신)
우암문집尤菴文集

이 말은 가훈 중에서 집안을 다스려 나가는 데 경계할 점을 말한 내용이다. 송시열은 인조 때 병자호란과 효종 때 북진정책과 현종·숙종 때의 복잡다단한 세태에 정치적으로 당쟁의 온갖 풍파를 겪었고, 숙종 때 왕세자 책봉 문제로 제주에 유배되었다가 풀려나오다 정읍에서 사약을 받고 죽었다. 가훈과 아울러 여성으로서 명심할 계녀서(戒女書)는 훌륭한 문헌으로 우리나라의 전통적인 미풍양속을 전승하는 데 값진 역할을 하였다.

인명 찾아보기

▶ ㅅ

▶ ㅇ

한국의 명언

초판 인쇄 – 2022년 5월 10일
초판 발행 – 2022년 5월 16일

편저자 – 김 종 권

발행인 – 金 東 求

발행처 – 명 문 당(창립 1923년 10월 1일)
서울시 종로구 윤보선길 61(안국동)
우체국 010579-01-000682
전 화 (02) 733-3039, 734-4798
FAX (02) 734-9209
Homepage www.myungmundang.net
E-mail mmdbook1@hanmail.net
등록 1977.11.19. 제1-148호

* 낙장 및 파본은 교환해 드립니다.

* 정가 12,000원
ISBN 979-11-91757-49-1 03810